MARVEL

GAMORA e NEBULOSA

IRMÃS GUERREIRAS

SIGA NAS REDES SOCIAIS:

@editoraexcelsior

@editoraexcelsior

@edexcelsior

@editoraexcelsior

editoraexcelsior.com.br

MACKENZI
LEE

MARVEL

GAMORA e NEBULOSA

IRMÃS GUERREIRAS

São Paulo
2022
EXCELSIOR
BOOK ONE

MARVEL

Primeira edição Marvel Press: Junho de 2021

MARVEL PRESS
ARTE ORIGINAL DE CAPA **STEPHANIE HANS**
DESIGN ORIGINAL DE CAPA **KURT HARTMAN**

EXCELSIOR – BOOK ONE
TRADUÇÃO **BRUNO MÜLLER**
PREPARAÇÃO **SÉRGIO MOTTA**
REVISÃO **TÁSSIA CARVALHO E SILVIA YUMI FK**
ARTE E ADAPTAÇÃO DE CAPA **FRANCINE C. SILVA**
DIAGRAMAÇÃO **ALINE MARIA**

Dados Internacionais de Catalogação na Publicação (CIP)
Angélica Ilacqua CRB-8/7057

L518g Lee, Mackenzi

Gamora e Nebulosa: irmãs guerreiras / Mackenzi Lee; tradução de Bruno Müller. — São Paulo: Excelsior, 2022.

320 p.

ISBN 978-65-87435-68-8

Título original: *Gamora & Nebula: sisters in arms*

1. Literatura norte-americana 2. Gamora – Personagem fictício
3. Nebulosa – Personagem fictício I. Título II. Müller, Bruno

22-1451 CDD 813

Para o papai.
Nós Somos Groot.

Transcrição — imagens de segurança

o salão de jogos cósmico do grão-mestre

19h00 - 90-190-294874

[o grão-mestre está sentado em seu trono. O cabelo está perfeito. As roupas, ajustadas. A maquiagem, impecável. Todas as câmeras foram dispostas nesta sala seguindo suas instruções específicas, para capturar os melhores ângulos dele.]

[um visitante entra no enquadramento da câmera de segurança.]

[verificação de identidade: erro. reconhecimento facial: erro. escaneamento corporal e validação de voz indicam homem. afiliações desconhecidas. equipes de segurança de prontidão.]

grão-mestre: Então os boatos são verdadeiros.

visitante: Que boatos?

grão-mestre: Ouvi dizer que você estava nas redondezas. Mas eu estava esperando uma comitiva — você geralmente tem uma comitiva. Ou pelo menos sua namorada. Qual é o nome dela, mesmo?

visitante: Você sabe quem ela é.

grão-mestre: Eu seeeeei. É tão estranho. Posso te oferecer uma bebida?

[o grão-mestre se levanta e vai até o bar.]

grão-mestre: Você ainda toma Servo Espumante? gelado ou batido?

[o grão-mestre ativa o barman, depois aceita os dois copos que ele prepara. o grão-mestre gostaria de adicionar uma nota ao registro oficial desta reunião, de que seu novo penteado é muito sexy.]

[o grão-mestre oferece o pequeno cálice da caríssima bebida ao visitante. o visitante não aceita.]

visitante: Tenho negócios a discutir com você. Negócios pessoais.

grão-mestre: Meu terceiro tipo de negócio favorito, depois dos públicos e dos que não são da minha conta.

[o grão-mestre bebe o licor, depois desliga o barman.]

grão-mestre: Você veio para uma revanche?

visitante: Eu não tenho tempo para jogos.

grão-mestre: Ah, meu querido, então você entrou no lugar errado. Deveria saber a essa altura: só visite meu Salão de Jogos se estiver pronto para jogar.

visitante: Eu vim lhe pedir um favor.

grão-mestre: Aaaah, me bajule. Sim, eu adoro que beijem meus pés. Faz com que eu me sinta reluzente. Espere, deixe-me colocar meus óculos escuros.

[o grão-mestre coloca os óculos escuros. eles são, como dizem os terráqueos, estilosos.]

grão-mestre: Pronto, prossiga, puxe meu saco. Diga que sou lindo.

[PAUSA. O GRÃO-MESTRE TIRA OS ÓCULOS ESCUROS.]

GRÃO-MESTRE: Certo. Qual é esse [gesto de aspas] "favor" que quer tanto de mim?

VISITANTE: Procuro um artefato que está com você.

GRÃO-MESTRE: Você sabe que eu não saio distribuindo coisas. Não acredito em presentes.

VISITANTE: Eu sei.

GRÃO-MESTRE: Está disposto a barganhar por ele?

VISITANTE: Estou.

GRÃO-MESTRE: Implorar?

VISITANTE: Sim.

GRÃO-MESTRE: Trair seus amigos? Ainda tem algum que não tenha traído? Daria para encher um arsenal com todas as facas que já usou para apunhalar pessoas pelas costas.

[PAUSA.]

GRÃO-MESTRE: Bem. Este artefato está sob meu poder. O que você daria por ele?

[PAUSA.]

VISITANTE: Qualquer coisa.

23EA7H B22 130T P912U23

O pai dela vê a Morte em todo lugar.

Não da forma metafórica da poesia e das canções, nem nos reis que contratam imitadores e provadores de comida, esbanjando suas fortunas em proteções contra um inimigo que só existe em suas cabeças. Ele não é do tipo paranoico, que perscruta todo canto e verifica telhados em busca de atiradores, convencido de que toda a galáxia conspira contra ele.

Em vez disso, a Morte clama por ele.

O pai dela conversa com a Morte. Traz a ela flores e cinturões bordados e frutas raras recobertas de joias, de planetas exóticos cuja localização não está registrada em mapa algum. Às vezes ele convida a Morte à mesa de sua casa, e ela senta-se à direita dele. Ele a serve primeiro, completa o copo dela antes do seu próprio. Ele joga partidas de dados vigirdianos com a Morte, e quando ela tem uma mão vencedora, ele brinca dizendo que ela está trapaceando, como se fosse qualquer outra mulher que o fizesse companhia, e não uma senhora do universo, cujas mãos controlam mais do que meros dados.

O pai dela corteja a Morte. Ele a abraça e beija seus cabelos enquanto inspira seu profundo perfume amadeirado. Ele escreve canções de amor a ela, e o rosto dele, marcado de cicatrizes, abranda-se ao vê-la, como não faz com mais ninguém. Se a Morte o ama, quando a hora derradeira dele chegar, talvez ela poupe sua vida. Isso é o que ele deve ter pensado. O amor da Morte poderia poupá-lo das mãos dela — isso foi o que ele disse à filha quando trouxe a Morte para casa pela primeira vez. Era um encontro de negócios, como tantos outros que ele tivera com tantos seres muito mais estranhos que a mulher de cabelos longos ao seu lado.

Agora ela suspeita que ele ame a Morte mais que qualquer coisa. A Morte já foi sua única amiga, quando ele era um jovem pária e abandonado. Agora ela é a mais próxima dele, e sua presença na corte de seu pai é um lembrete de que ela está próxima de todos. Ela está em todo lugar.

Um dia, a filha dele imagina, a amizade de seu pai com a Morte será uma vantagem. A Morte vai reconhecê-la no campo de batalha e a poupará. A Morte vai lembrar da garota que às vezes sentava-se aos seus pés e ouvia as histórias dos heróis que conhecera em sua época. Mas quando ela encarar a Morte, onde quer, quando quer e como quer que esse encontro aconteça, ela espera que seu pai não esteja lá. Porque por mais que ela viva por ele, lute por ele, treine por ele, sangre por ele, sirva a ele, e sempre tenha sabido que um dia morreria por ele, ela não quer ser testemunha do momento em que seu pai escolha a Senhora Morte.

Ela jamais quer ter a certeza do quanto seu pai ama a Morte mais que ama a própria filha.

250R13 L624K2

Capítulo 1

Bastaram trinta e seis segundos após o pouso de Gamora na única doca pública da Estação Rango-15 para sua nave começar a ser desmontada. Andarilhos vestidos com roupas empoeiradas, os rostos cobertos com lenços enormes servindo de filtros improvisados que protegem seus pulmões da poeira de gralhimiquita, saíram de suas tocas e atiraram-se no trem de pouso feito um enxame, antes que o maquinário pudesse ser ativado. Subiram no nariz da nave e romperam a fuselagem para pegar a fiação abaixo dela.

Gamora suspirou, já arrependida de ter aceitado um trabalho num planeta que não passava de um lixão. Ela mal havia tocado a superfície e já estavam tentando deixá-la de mãos abanando. Removeu os cintos de segurança que cruzavam seu dorso e chutou o botão para liberar a escotilha. Enquanto abria com um chiado baixo, Gamora ficou em pé, tirando o blaster do coldre e mirando no sucateiro mais próximo. Com o dedão mudou a configuração da arma para atordoamento, e atirou duas vezes. O sucateiro voou da proa da nave, com os membros torpes. Os demais andarilhos se espalharam imediatamente, gritando como se também tivessem sido atingidos. Metade deles soltou as ferramentas de mineração quebradas que estavam usando para desmontar a nave, deixando Gamora sozinha no meio do que parecia ser o mercado de pulgas mais inútil da galáxia.

Ela devolveu o blaster ao coldre na cintura. Pelo menos um tirinho de atordoamento qualquer já tinha sido o bastante para assustá-los.

Gamora saltou da cabine; o cheiro da atmosfera artificial da estação era tão ruim que ela puxou o lenço do pescoço para cobrir o nariz e a boca. Ela havia prendido o cabelo em um nó frouxo na nuca, e já conseguia sentir o ar oleoso começando a cobri-lo. Tinha descolorido as pontas antes de sair de *Santuário II*, e sabia que elas estariam encardidas e com cor de vômito devido à poeira dali quando voltasse. Àquela altura já deveria ter aprendido: nunca use branco em uma batalha. E tudo era uma batalha.

Uma funcionária da doca veio apressada, com um ar preocupado, do outro lado da área de pouso. A parte de baixo do rosto dela estava escondida por um respirador com tubos verdes. Gamora tinha um modelo mais moderno, mas a disseram que não precisaria usá-lo até estar de fato na biosfera do planeta. A atmosfera artificial nas estações de habitação permitia respirar sem um respirador para filtrar o gralho do ar. No entanto, o médico da *Santuário II* que a havia liberado para essa missão fez uma lista tão grande de efeitos colaterais da exposição à gralhimiquita, que Gamora cogitou usar a máscara de sua mochila por precaução mesmo antes de aterrissar.

Enquanto a atendente tateava a tela presa ao antebraço — algemada ao pulso dela para que não fosse roubado —, o som de sua respiração mecânica se misturava ao chocalhar metálico das esporas de mineração em torno dos tornozelos dela, quando mudava o peso do corpo entre os pés.

— Bem-vin... — começou a dizer, mas sua voz foi engolida pelo motor estridente de uma nave que atravessava a película leitosa da atmosfera construída acima delas. O céu ondulou, e uma nuvem de fumaça preta expelida da parte de baixo do transporte envolveu a plataforma. O arrependimento de Gamora por ter descolorido as pontas ganhou mais força.

Com os olhos semicerrados, a atendente observou o pouso desengonçado da nave e aguardou até que o chiado do motor se transformasse em silêncio. Então, voltou-se para Gamora.

— Bem-vinda, amiga. — Tentou ela novamente. Sua voz soava distorcida e eletrônica através dos alto-falantes moribundos da máscara, e ela torceu um botão giratório ao lado do equipamento. Houve um zunido de resposta que fez as duas se encolherem. Em seguida, a atendente continuou, sem nenhuma melhoria evidente na voz. — Bem-vinda à Rango-15. São cem unidades por noite para deixar seu cruzador estacionado aqui.

— Estou aqui a negócios. — Gamora projetou um holograma do seu cartão de identidade a partir de uma tela no pulso. Tecnicamente, ela não estava nessa missão específica em nome de seu pai, e, tecnicamente, não era um grande problema pagar cem unidades, mas ela tinha princípios. Nenhuma filha de Thanos pagaria uma taxa de estacionamento em uma estação de habitação de um planeta de mineração.

A funcionária da doca só bateu o olho nas credenciais antes de voltar-se à própria tela.

— Você está fora dos domínios da Ordem Negra aqui, amiga.

— Eu não sou sua amiga.

A atendente olhou para cima e, dessa vez, Gamora percebeu os olhos da mulher passarem pelo blaster em sua cintura.

— Você é uma pistoleira?

— Não. — Tecnicamente não era uma mentira. Ela preferia espadas.

— Há uma taxa de cinquenta unidades por tiroteio — disse a atendente. — E custos de funeral. Mas só vou cobrar quarenta se pagar agora, antecipando quaisquer disputas relacionadas a armas de fogo em que você planeje entrar enquanto estiver aqui.

— Não sou uma pistoleira — disse Gamora. — E posso ir para outra estação.

A atendente cutucou sua tela vigorosamente, tentando fazer com que a superfície rachada respondesse.

— É a mesma taxa em todo lugar. Pode pagar agora pela sua estadia completa, ou pagar diariamente, mas com uma sobretaxa de dez por cento.

— E se eu não pagar? — perguntou Gamora.

A funcionária olhou para ela, como se estivesse em dúvida se era uma piada ou não. Então disse, entediada:

— A gente acaba com a sua nave.

Atrás da atendente, as portas de uma nave recém-chegada abriram num solavanco, e os sucateiros que se atiraram no cruzador de Gamora imediatamente se amontoaram sobre os passageiros que desembarcavam, implorando por favores com a cabeça abaixada e as mãos unidas diante de si.

— Vai manter os sucateiros longe? — perguntou Gamora.

— Tem minha palavra — respondeu a funcionária da doca. — Há uma taxa de trezentas unidades para sucatear na doca pública.

Gamora se segurou para não olhar por cima dos ombros para o nariz desmontado da nave dela.

— Certo. — Gamora tateou a tela holográfica em seu pulso, transferindo as unidades.

A atendente verificou a própria tela, então assentiu, confirmando a transferência. Com um tapa, colocou um código de barras magnético na nave de Gamora; uma placa enferrujada que mais parecia uma mancha de óleo naquela superfície refletora impecável.

— Bem-vinda à Dunaberta — disse ela, desligando a tela holográfica. — Não beba a água daqui.

Enquanto a funcionária se afastava apressada, Gamora atravessou a pista de pouso até a borda, e olhou para o planeta abaixo.

Esse lugar já foi verde, pensou, enquanto observava os restos esqueléticos do que costumava ser um planeta-selva antes dos veios de gralhimiquita serem descobertos sob o solo florestal. Agora a superfície tinha cor de ferrugem e era coberta de trincheiras. As minas eram crateras profundas entre os picos de fumaça e de geradores de gravidade artificial. Luzes vermelhas piscavam no topo das refinarias, mapeando constelações sangrentas por toda aquela vastidão. O coro baixo do maquinário era audível mesmo além dos campos protetores que cercavam a estação de habitação onde os mineradores viviam; um ressoar constante que se sentia nas solas dos pés. Acima da superfície, centenas de estações semelhantes a Rango-15 povoavam o ar, borrando o céu escuro. Um poço de elevador quilométrico conectava cada estação à superfície do planeta, deixando-as estacionadas acima da atmosfera agora venenosa de Dunaberta, tão cheia de fuligem de gralhimiquita que não havia lugar onde se pudesse respirar sem morrer.

Gamora pegou um par de binóculos da mochila e o levou aos olhos para ver a superfície com mais detalhes.

Enquanto observava o planeta, estatísticas surgiam diante de seus olhos em letras verdes, enchendo sua visão com longos trens de mineradores subindo e descendo pelos andaimes, transportando tubos cheios de gralhimiquita bruta. As estatísticas foram interrompidas temporariamente quando uma das enormes escavadeiras de nariz pontudo as atravessou. Gamora mudou o campo de visão para o fim da trincheira logo abaixo da estação, onde a maior parte dos mineradores que vivia em Rango-15 trabalhava. As estatísticas que indicavam profundidade da superfície piscaram por um momento, calibrando-se, depois indicaram: 3.897 quilômetros.

Ela desligou as lentes e jogou os binóculos de volta na mochila.

Só 3 897 quilômetros até o centro do planeta. Devia ser fácil.

— Opa, amiga — alguém disse atrás de Gamora, e ela se virou para ver um ser de óculos segurando uma tela holográfica enorme, andando rapidamente em sua direção. Parecia amigável até lhe dizer: — São duzentas unidades para estacionar sua nave na doca pública.

Gamora suspirou. Pelo menos tinha sido abordada pela golpista mais barata primeiro.

A cidade onde a estação ficava era empoeirada e pálida, e o gralho, que, na superfície do planeta, se agarrava nas roupas e botas dos mineradores, se desprendia e flutuava em nuvens difusas pela cidade, ganhando um tom dourado quando a luz as atingia. Motos flutuantes com peças faltando estavam estacionadas entre tinas de algum líquido sujo que os mineradores usavam para se lavar, em frente de lojas capengas. Havia mais seres que naves, e as ruas estavam lotadas. Mineradores ainda usando macacões, com as marcas dos óculos de proteção e dos respiradores desaparecendo aos poucos da pele, faziam fila diante das bancas de ração, trocando fichas por refeições, cobertores e cadarços novos. Uma baia médica estava abarrotada com outros que exibiam joelhos ensanguentados e mãos esmagadas, desesperados para serem atendidos. Por fim, havia aqueles com articulações desgastadas e pele acinzentada, quase colada aos ossos devido à exposição ao gralho. Perambulavam às margens da multidão, miseráveis demais para merecer a atenção de qualquer um.

Mesmo naquela pequena estação, havia uma vasta gama de seres de toda a galáxia entre os mineradores. Gamora lembrou-se de ter lido sobre quando a gralhimiquita foi descoberta: o planeta tinha sido inundado por forasteiros, que, em parceria com os nativos, investiram todas as suas economias na esperança de encontrar um veio e obter uma concessão. Os poucos sortudos que encontraram uma jazida receberam ofertas irrecusáveis da Companhia de Mineração; aqueles que cooperaram, receberam ações da Companhia em troca da renúncia da concessão, enquanto os que recusavam a oferta tiveram as esteiras de suas escavadeiras retalhadas durante a noite, sua comida roubada, e os túneis nos quais trabalhavam desabaram misteriosamente enquanto dormiam. Quando finalmente cederam, tiveram que aceitar outra proposta: se tornarem mineradores subjugados da Companhia, e agora moram nas habitações daquela estação.

Nos andaimes montados em torno dos restos de um edifício incendiado, um grupo de missionários da Igreja da Verdade Universal entoava hinos enquanto lavava os pés dos que se convertiam ao batismo. Uma missionária, usando a pintura facial de uma sacerdotisa, estava em pé sobre uma caixa vazia onde estava escrito "PERIGO: EXPLOSIVO", e declamava de um livro religioso esfarrapado:

— Pois então, encontraram na terra um jardim, e chamaram o jardim de Cibele, uma palavra que significa "as origens da vida", e de seu solo crescem todas as coisas da galáxia.

Gamora olhou para além dos acólitos enquanto passava por eles, ao fim da rua, onde havia cortiços improvisados, feitos uns sobre os outros a partir de peças de reposição e restos de mineração, alguns deles sendo nada além de folhas de papel-alumínio presas nos suportes dos andaimes. Havia fogo aceso entre elas, usado para cozinhar, e a luz era âmbar e líquida contra o céu avermelhado.

As estações acima do planeta não eram todas assim, moradias orbitais dilapidadas, infestadas de seres forçados a sair de suas casas para escavar o próprio planeta, a única saída para poder pagar os altos impostos cobrados para viver ali. No caminho para o sistema Rango, Gamora passou voando por algumas das cidades-estação de muralhas brancas que flutuavam ainda mais além da superfície, onde ar limpo era bombeado e flores vibrantes floresciam diante de casas com portões. Era lá que os executivos da Companhia de Mineração viviam, aqueles que haviam dilacerado Dunaberta em busca da sua fonte incomparável de energia, e agora arrancavam os tributos das moradias das estações direto da folha de pagamento dos mineradores.

Como uma fruta, aquele planeta enrugou até apodrecer por inteiro.

Gamora escolheu um bar elevado qualquer na praça principal, e subiu dois degraus de cada vez para chegar à porta. Ela precisava de algum lugar para revisar suas instruções e, ainda mais importante, precisava de uma bebida — havia colocado seu respirador antes de sair da doca, mas como tão poucos mineradores estavam usando um, ela o deixou pendurado no pescoço para não chamar muita atenção. A pele verde dela era menos chamativa nesse planeta do que um comportamento fora do padrão. As portas automáticas se abriram com um chiado e ela adentrou, mas um braço grosso a impediu de seguir.

— Entregue as armas — grunhiu a mulher à porta.

Havia um broche preso na parte da frente do macacão dela, onde estava escrito simplesmente "Me obedeça". Relutante, Gamora descarregou seus coldres, as duas espadas dobráveis da mochila, a arma de eletrochoque, uma bandoleira de bombas-bolha e quatro granadas de luz, colocando tudo no recipiente que a mulher estendeu.

A segurança do lugar olhou para as botas da visitante.

— E as facas.

— Eu não tenho nenhuma faca — respondeu Gamora.

A mulher levantou uma sobrancelha. A cara dela não era apenas de poucos amigos, como de muitos inimigos.

— Facas — repetiu. — Acha que eu não reconheço lâminas de biqueira da Força Estelar? Passa pra cá ou some daqui. — Ela conduziu a mão grossa até o bastão de atordoamento preso ao peito.

Gamora bateu com um calcanhar no chão; a faca das Forças Kree surgiu do esconderijo na ponta da bota, então ela a pegou e entregou com a lâmina apontada para a segurança.

A mulher jogou o objeto no recipiente, com o restante do arsenal de Gamora.

— E a outra?

— Não tem outra. — Ela bateu com o calcanhar no chão, e o soquete vazio fez um clique. A mulher estreitou os olhos, e Gamora se perguntou se a segurança seria desconfiada o suficiente para exigir que ela entregasse as botas e entrasse descalça no bar só para não arriscar que ela estava mentindo. — Já acabamos por aqui? — disse, rispidamente, antes que a mulher tivesse a chance de fazer uma revista completa.

A segurança grunhiu, depois destacou uma etiqueta vermelha da frente do recipiente, antes de empurrá-lo em uma esteira rolante que o levou para algum lugar interno.

— Retire suas coisas na janela quando for sair — disse ela, entregando a etiqueta à Gamora. — E não beba a água daqui, exteriorana.

Gamora fechou a cara para a mulher. Talvez a cautela para passar despercebida estava sendo em vão.

O bar estava lotado de mineradores que tinham acabado de finalizar seus turnos na superfície. Mesas de zardoc estavam encostadas nas janelas, todas repletas de gente fazendo apostas nos tabuleiros quadriculados. Um grupo barulhento no balcão assistia, em uma tela holográfica granulada, corridas transmitidas de algum lugar do sistema central. Gamora pediu uma bebida e pegou uma mesa nos fundos. O assento estava com o estofado rachado, e expeliu uma nuvem fétida de pó de gralho no ar em torno dela quando se sentou.

Ela abriu as instruções na tela do pulso, tomando cuidado para ficar de costas ao salão e deixar o dispositivo fora de vista. Não precisava que ninguém a visse como uma estrangeira rica que poderia ser encurralada em um beco e roubada só porque tinha uma tela holográfica medíocre, que na capital mal conseguiria trocar por um pouco de combustível.

A mensagem era breve, mas ela a verificou mais uma vez, como se alguma nova linha de texto pudesse ter aparecido desde a última vez que a tinha lido. Ali estavam as coordenadas de Dunaberta, um link para um documento sobre o histórico de mineração e os perigos ambientais do antigo planeta-selva, e depois mais duas linhas:

TRAGA O CORAÇÃO DO PLANETA.

ENTREGUE NAS SEGUINTES COORDENADAS:

Ela inseriu as coordenadas mais uma vez em seus mapas e, assim como antes, a localização não apareceu em nenhum deles.

Que trabalho interessante seria esse. Um empregador desconhecido a enviou atrás de um objeto desconhecido, a ser entregue em um local desconhecido. Quando ela encaminhara a mensagem a Thanos, esperando que ele dissesse que ela deveria recusar, que ela seria necessária em outro lugar, recebeu apenas "Vá" em resposta. Então, indiretamente, aquela missão virou uma ordem do seu pai. E ela era uma soldada dele, antes de qualquer outra coisa.

Gamora colocou a perna sobre o banco próximo e descansou o cotovelo na coxa, passando as telas do dispositivo para ver se seu pai havia tentado contatá-la enquanto estava voando. Não parou para ver se tinha alguma coisa vinda de Nebulosa, pois sabia que não veria nada a não ser a última mensagem que enviara à irmã, com uma marcação indicando que havia sido lida e apagada meses antes: "Sinto muito. Fale comigo, por favor.". Os dedos dela percorreram a bota, chegando ao espaço vazio onde estaria a outra das facas das Forças Kree. A que deixou com Nebulosa.

Levante a cabeça. Juntou os dedos num punho fechado e os comprimiu contra a ponta da bota. *Foco.*

Aquela missão não era de Nebulosa. Era dela.

— Oi, querida — alguém sussurrou atrás de Gamora, e ela se virou. Uma mulher de cabelo vermelho vívido, com bochechas e lábios pintados da mesma cor, estava com os cotovelos apoiados no encosto do assento, deixando os olhos de Gamora no mesmo nível do decote nada discreto dela. — Procurando uma amiga?

— Não, obrigada — respondeu Gamora, arrastando os olhos de volta à tela holográfica.

— É duro ser nova numa estação e não ter amigos. — A mulher afundou-se no assento ao lado de Gamora, que pôde sentir o perfume em excesso que a mulher usava para tentar esconder o quanto precisava de um banho. Os cílios postiços dela estavam começando a descolar nas pontas. Não tinha sobrancelhas, mas as havia pintado com algum cosmético roxo que parecia queimar a pele. — Você é alguma empresária de mineração? — gemeu a mulher.

— Não exatamente — respondeu Gamora.

— Uma investidora? Ou caçadora de recompensas? — Ela bateu palmas, eufórica ao pensar naquilo, e suas joias tilintaram.

— Algo assim.

— Mas não é das redondezas — disse a mulher. Uma afirmação, não uma pergunta.

— Não — concordou Gamora. — Não sou daqui.

— Alguém já te falou da água? — perguntou a mulher.

— O que sobre a água?

— Não beba.

Gamora bufou.

— Fiquei sabendo.

A mulher esticou o braço e passou um dedo pelo queixo de Gamora. Ela havia pintado as mãos, mas dava para ver a pele apodrecendo nas articulações dos dedos — a tinta não conseguia cobrir por inteiro as feridas em carne viva causadas pelo gralho.

— Bem, se não quiser dormir sozinha esta noite, me procura, tá bom? — disse ela, do mesmo jeito arrastado que Gamora já tinha percebido em todos os seres com os quais havia conversado desde que chegara; uma tendência a abandonar a gramática e as consoantes a favor da conveniência.

Gamora começou a responder, mas foi interrompida por um *bum* seco vindo de muito abaixo, da superfície do planeta. Seu copo chacoalhou na mesa. A tela holográfica acima do balcão se apagou, e todos que a assistiam gritaram. Gamora ficou em pé por instinto, procurando por um blaster antes de lembrar que havia deixado os com a criatura gigante na porta.

— Relaxa, irmã — disse a mulher, suavemente, ajustando a frente do vestido. A cintura parecia ter sido tão apertada que devia estar deslocando os órgãos internos. — É só a Espinha.

A maior parte dos seres no bar ignorou a explosão, mas alguns foram à parede encardida das janelas para dar uma olhada. Gamora saltou sobre o encosto do assento e os seguiu. Além do limite da estação flutuante, uma fumaça preta e grossa jorrava da superfície em uma coluna ondulante, manchada com linhas de raios brancos, como se fossem fios de uma tapeçaria.

Gamora sentiu a mulher chegando por trás dela, pressionando o corpo contra o dela para ver melhor. Os dedos apalpando o bíceps de Gamora.

— Uau, você é forte. Deve ser uma soldada.

A multidão em torno das janelas já estava se deslocando de volta às bebidas e aos jogos. Gamora viu a fumaça começar a dissipar, deixando a borda da trincheira tingida de preto.

— O que foi aquilo? — perguntou.

A mulher deu de ombros.

— Provavelmente alguém cavando onde não deve e acertando um veio de gralho. Não é um elemento lá muito estável.

— E como a trincheira se chama? — Gamora tocou no vidro manchado.

— A Espinha do Diabo — respondeu a mulher. — Uma das maiores jazidas de gralho que acharam. Ainda procuram o veio que segue terra adentro, ouvi dizer.

— Ouviu de quem? — Gamora se virou, viu que a mulher estava muito mais próxima do que esperava e deu um passo para trás, colocando-se pressionada contra a janela.

Mas a mulher não parecia preocupada. Ou perigosa o bastante para que a proximidade fosse um problema. Ela estava tirando poeira de debaixo de uma unha com a ponta do dente da frente.

— De tudo que é gente, quando se trabalha no mesmo ramo que eu. Faz três noites que vi uma menina que começou a chorar do nada, enquanto confessava que contou à Companhia de Mineração sobre as frentes que estavam se organizando para começar a protestar de novo.

— Há greves? — perguntou Gamora.

— Sempre querem alguma coisa. — A mulher tinha trazido a bebida de Gamora da mesa, e bebericou do copo, ficando com uma mancha cinza no lábio superior. — Salários mais altos, estações melhores e impostos mais baixos. Que a companhia dê respiradores. Caramba, tem gente que quer que a Companhia inteira seja desativada para que possam terraformar o planeta. Como se a Companhia fosse abandonar uma concessão de lavra da maior jazida de gralho da orla exterior só porque uns nativos explodiram umas escavadeiras.

— Tem quantos desses por lá? — perguntou Gamora.

A mulher deu de ombros.

— Talvez muitos. Alguns deles fazem greves nas estações ou protestos na superfície do planeta, até os seguranças da Companhia aparecerem e desmobilizarem tudo. Não que seja difícil. Não vale a pena, se quer saber. Não vão conseguir nada usando placas... ainda mais que a maioria deles nem sabe ler.

— Eles andam armados? — Gamora continuou o interrogatório. — Atacam o maquinário?

— Alguns. Uma equipe explodiu uma das máquinas umas semanas atrás. As de perfuração, que fazem os túneis — esclareceu ela, enquanto pegou algo que flutuava sobre a bebida e jogou na parede com um peteleco. — O motorista ligou a perfuratriz dele e BUM! — Ela deu um tapa no braço e a bebida espirrou. — Eles disseram que era um protesto. Só que a Companhia pegou alguns, e ouvi dizer que vão ser enforcados na Garganta da Camurça no dia do solstício. Enquanto isso, o resto de nós continua minerando, então o protesto não adiantou de muita coisa. Espero que a gravidade artificial esteja melhor que da última vez... não foi o bastante para quebrar o pescoço dos outros e tivemos que puxar os pés deles para que não ficassem pendurados por dias. Acha que vai estar por aqui lá pelo solstício? Deixo você me levar, desde que não use jaqueta — disse, passando a mão no bíceps de Gamora. — Coisa bonita tem que se mostrar. E é melhor que comece a usar esse respirador.

A mulher indicou com a cabeça o dispositivo em torno do pescoço de Gamora.

— Você vai começar a cuspir pó de gralho daqui até a *Santuário II* sem isso.

A menção à nave do pai fez Gamora dar um pulo, e a mulher riu.

— Não estamos tão longe assim; a gente também recebe noticiário de Xandar por aqui. O sinal pode demorar algumas semanas, mas acaba chegando. E não é difícil de te reconhecer, filha de Thanos. Especialmente com essa sua bela pele verde. — Ela deu uma piscadela. — Então. Que tal me pagar uma bebida?

— Me diga onde os prisioneiros rebeldes estão presos — respondeu Gamora — e eu te compro este bar inteiro.

TRANSCRIÇÃO — IMAGENS DE SEGURANÇA

O SALÃO DE JOGOS CÓSMICO DO GRÃO-MESTRE

19H05 - 90-190-294874

[O GRÃO-MESTRE, MAIS UMA VEZ USANDO FABULOSOS ÓCULOS ESCUROS, PREPARA OUTRA BEBIDA ENQUANTO O VISITANTE OBSERVA.]

VISITANTE: ESTÁ COM VOCÊ OU NÃO?

GRÃO-MESTRE: AH, QUERIDO. VOCÊ SABE QUE ESTÁ. TEM CERTEZA DE QUE NÃO QUER UM DESSES? SÃO INSUPORTAVELMENTE FRUTADOS, E FAZEM SUA BOCA FICAR ALEGRE. PELA SUA CARA, SUA BOCA NÃO VÊ FELICIDADE HÁ ANOS. POSSO LIGAR O BARMAN DE NOVO.

VISITANTE: DIGA SEU PREÇO, E BRINDAREMOS.

GRÃO-MESTRE: AH, VEJA BEM, TEMOS UM PROBLEMINHA. SÓ UNZINHO. UM PROBLEMINHA BEM PITITICO. É UM MINI, MICRO...

VISITANTE: QUAL É O PROBLEMA?

GRÃO-MESTRE: VOCÊ NÃO É O ÚNICO QUE QUER ISSO.

15UC16Y T12 25E B129N

Capítulo 2

Nebulosa tinha passado por alguns lixões ao longo da vida, mas Rango-15 devia ser o mais lixoso de todos. Mesmo com a escotilha da nave embaçada pela sujeira, ela conseguia ver o suficiente para saber que a estação teria um fedor insuportável.

A nave em si, um cargueiro com seres demais enlatados nele, com os sistemas de gravidade artificial falhando de tempos em tempos, fazendo com que todo mundo saísse do chão e tivesse que se desesperar em busca de corrimãos fixados nas paredes, já era um prenúncio. Nebulosa ficou enfiada num canto durante todo o trajeto, presa entre um velho kree com cheiro horrível e um kronaniano que soltava pequenos montes de cascalho sobre ela. A tela holográfica acima de Nebulosa ficava sinalizando, repetidamente, avisos sanitários a respeito da aproximação de Dunaberta, se perdendo entre as mesmas falas ditas várias vezes em trinta idiomas diferentes.

Ar irrespirável... Pede-se a todos os visitantes humanoides que usem respiradores com sistemas de filtração de nível três... Exposição prolongada à gralhimiquita bruta pode causar queda de cabelo, erosão cutânea e eventual colapso corporal, resultando em falência dos órgãos, perda de membros...

Tarde demais, pensou Nebulosa, olhando para a prótese no lugar do braço esquerdo. Era um trabalho improvisado que ela mesma tinha feito. Teria sido um desafio fascinante se não fosse a substituição do seu próprio membro, acompanhada de uma dor tão aguda que nublou o cérebro dela de tal maneira que às vezes ela se via tentando pegar ferramentas com uma mão que não estava ali. Nebulosa nem se deu ao trabalho de pedir uma prótese de verdade a Thanos. Não precisava dele lhe dizendo mais uma vez que a perda tinha sido culpa dela própria, e portanto ela não era digna das peças. Não havia por que jogar pérolas aos porcos.

Perder o braço tinha sido muito mais culpa de Gamora do que dela. E do pai delas ainda mais. E foi culpa da Senhora Morte dele, por ficar no canto assistindo enquanto Nebulosa lutava contra a rede de energia na qual estava presa. Nebulosa não a havia visto — ninguém podia ver a Morte da forma como o pai a via — mas a havia sentido ali, um borrão no limiar da visão que cintilava com a corrente elétrica.

— Saia de perto de mim! — Nebulosa gritara entre dentes, ao se debater inutilmente na rede enquanto outro espasmo quente de energia atravessava o corpo dela.

Mas a Senhora Morte esperara. Pacientemente.

Quando o transporte desceu e pousou na doca principal de Rango-15, Nebulosa puxou o respirador sobre a boca e colocou a mochila nas costas. A rampa de acesso abriu-se com um estampido e um chiado hidráulico, e a cabine foi inundada por um ar tão quente que ela pôde sentir o gosto dele. O braço mecânico dela se contraiu e os circuitos se encolheram devido à mudança de pressão.

Na plataforma, os passageiros foram recebidos por uma multidão de vendedores que ofereciam, de uma vez só, respiradores aparentemente defasados pelo preço de três novos na capital, além de viagens de triciclo até a cidade. Anunciantes ofereciam acomodações, algumas incluindo companhia, outras com companhia e uma escova de dentes. Nebulosa puxou o capuz, cobrindo a cabeça raspada, e atravessou a multidão aos empurrões em direção à beira da plataforma, onde poderia ter uma visão melhor da superfície decadente do planeta. Enquanto andava, percebeu um caça Lumineer Classe T-83, preto e lustroso, com faixas de corrida roxas nas asas, estacionado próximo dali, com uma etiqueta de código de barras presa no nariz da nave. Por um momento, Nebulosa considerou roubá-la. Ela teria adivinhado a senha de Gamora sem muita dificuldade. Ou talvez movê-lo para outra doca só para irritar a irmã. No mínimo escrever algum palavrão no para-brisa com tinta fluorescente permanente.

Porém, se o fizesse, sua irmã saberia que foi seguida.

Nebulosa ajustou a bolsa, considerando se a satisfação de uma pichação vulgar compensava revelar sua posição. O braço mecânico de repente deu um curto; a mão cerrou-se sem o consentimento dela e o cotovelo teve espasmos. Ela levantou a mão orgânica e mexeu em um chip instalado atrás da orelha, conectando o sistema nervoso à prótese. Ela teve de fazer aquele buraco no próprio crânio sozinha, com uma caneta laser que definitivamente não era apropriada para aquilo — e mesmo o poder anestésico do álcool medicinal de Baakarat não inibira a dor — e essa era a primeira vez que ela o testava em uma atmosfera que não tinha o ar fresco e filtrado da nave do pai.

Ela ligou e desligou o chip várias vezes — a forma mais eficaz de se reiniciar um sistema falhando. O ombro estalou ao girar no soquete, e ela percebeu que os mecanismos já estavam melados do pó de gralho presente no ar. Murmurou algum palavrão, enquanto tirava a mochila das costas e procurava suas ferramentas com uma mão só. Gamora já estaria em casa tomando um banho quente antes de Nebulosa chegar à superfície, se ela tivesse que parar a cada cinco minutos para limpar as novas articulações.

— Irmã — disse alguém, e ela girou num salto, com a mão disparando para a faca na bainha atada à coxa. Uma mulher baixa estava atrás dela, usando trajes de acólita da Igreja da Verdade Universal, com as barras da roupa sujas de poeira cor de ferrugem. Ela tinha a cabeça lisa, num corte tão limpo e brilhante que Nebulosa quase tocou o próprio corte de cabelo improvisado intuitivamente. A pele da acólita estava completamente pintada de branco, ainda que rachaduras estivessem começando a se formar em torno de suas juntas, como se estivesse usando o pigmento há dias. Havia três listras vermelhas que iam da testa ao queixo, e quando ela deu um passo em direção à Nebulosa, as contas do cordão de oração dela, entrelaçado entre os dedos, chacoalharam umas contra as outras.

— Quem é você? — exigiu Nebulosa.

— Uma missionária — disse a mulher, estendendo uma mão com a palma para cima, como se pedisse uma moeda. — Você precisa de abrigo?

Ela precisava mesmo era de um mecânico. De uma refeição quente e um par de sapatos melhor. De uma razão para estar aqui.

O que está fazendo aqui, garotinha?

Ela piscou, banindo a imagem da Senhora Morte de sua visão periférica. *É só uma falha*, pensou, tocando o chip atrás da orelha como um lembrete de que parte dela não era mais ela mesma. O braço de metal retorceu-se outra vez, sofrendo para dobrar.

Ela e a missionária encararam a prótese. Algumas faíscas saltaram da articulação esférica do pulso.

— Você precisa fechar isso — disse a missionária. — Para manter protegido do pó do gralho. Ou passar óleo. Você tem pomada de betônia?

Nebulosa meneou a cabeça.

— Venha comigo — disse a mulher. — Posso ajudá-la com isso.

Mas Nebulosa não se moveu.

— Quanto vai me custar?

— Custar? — A mulher franziu a testa. Os olhos dela estavam avermelhados, e não tinham cílios. — Irmã, somos representantes sagradas da Matriarca da Igreja da Verdade Universal. Não pedimos nada em troca de nossos deveres. Queremos apenas cuidar de todos os seres que sofrem nesse mundo. Venha. Posso ajudar.

A mulher começou a cruzar a plataforma e o braço mecânico de Nebulosa convulsionou mais uma vez. Ela o dobrou contra a articulação, imaginando o que seria mais provável: aquela mulher tentaria drogá-la e vendê-la em alguma operação de tráfico ilegal, ou que realmente a ajudaria para então cobrar um valor absurdo para a suposta caridade sem fins lucrativos. Quem garantiria que ela sequer fosse mesmo uma missionária da Igreja? Poderia ter roubado os trajes do cadáver de alguém que ela mesma havia matado, para dar o golpe em recém-chegados.

Os gritos dos vendedores de respiradores ainda tomavam a área da doca, e se a vida perambulando a galáxia ensinou a Nebulosa alguma coisa, foi a de que tudo tem um preço.

Uma fagulha elétrica torta piscou dos dedos mecânicos. A Senhora Morte cantarolou nos ouvido dela.

Nebulosa pegou a mochila e seguiu a missionária.

O Santuário da Igreja da Verdade Universal era o edifício mais alto em Rango-15; seu campanário se destacava acima de todas as demais estruturas em torno da praça da cidade. Do lado de fora caminhavam vários acólitos, usando os mesmos trajes da mulher que Nebulosa seguia, e todos estendiam as mãos para mineradores apressados que corriam para casa antes do toque de recolher.

A missionária parou na porta e voltou-se para Nebulosa.

— Descubra sua cabeça, por favor, e retire sua máscara — disse ela.

Nebulosa hesitou: os mineradores dali vinham de todo canto da galáxia, mas a pele azul dela era notória, e queria mantê-la coberta enquanto pudesse. No entanto, a missionária parecia indisposta a debater a questão, então ela removeu o capuz e abaixou o respirador, deixando-o preso em torno do pescoço antes de seguir a missionária santuário adentro.

A capela era uma construção pontiaguda, com fileiras de bancos de madeira sobre um assoalho simples levando ao altar.

A missionária mergulhou a mão em uma fonte de água benta na porta e a passou no rosto. O líquido transparente ficou vermelho ao tocar a pele dela. Nebulosa olhou para a fonte, incerta do que fazer. Sua garganta parecia estar rachada, em carne viva. As poucas inspirações de ar não filtrado foram o bastante para ressecá-la completamente. Certificou-se de que a missionária não estava olhando, então fez uma concha com a mão, pegou um pouco da água e bebeu.

Outra missionária estava sentada em um canto, tocando um órgão de tubos, debruçando-se ao chegar ao ritmo funéreo de sua versão de "Nossa Eterna Senhora Gloriosa", um hino que Nebulosa reconhecia da época que passou em Deneb G5, onde cânticos da Igreja eram tocados pelas ruas como hinos nacionais. Quando "Nossa Eterna Senhora Gloriosa" era tocada, todos os acólitos caíam de joelhos, seguravam os punhos fechados na testa e murmuravam preces à Matriarca, confessando lado a lado pecados que Nebulosa jamais teria contado a qualquer pessoa.

Ela e Gamora tinham estado em Deneb G5 a mando do pai, e a frequência com que se ajoelhavam para fazer suas liturgias dificultavam qualquer conversa. Acabaram ficando de saco cheio daquilo, e quando o hino começou a tocar em um bar na capital, onde estavam comendo, Nebulosa casualmente pegou o prato de comida de uma mulher que orava em uma mesa próxima e trocou com o dela. Gamora riu, um riso fácil e gostoso que Nebulosa nunca mais ouviu. Ela não conseguia se lembrar sequer da última vez que Gamora havia dado um sorriso na presença dela. Tocou a faca atada à coxa, metade de um conjunto roubado da Força Estelar.

Estou chegando, irmã.

A missionária que a levou até ali fez o sinal da Matriarca — levou o punho fechado aos lábios, depois à testa — antes de conduzir Nebulosa por uma porta além do altar, pela qual desceram por um lance de escadas bambas.

— Espere aqui — instruiu a mulher, deixando Nebulosa no patamar. Então destrancou as portas deslizantes com uma espécie de chave presa ao rosário.

A sala estava cheia de pessoas, e o barulho passou pelas portas com uma lufada de ar filtrado. Nebulosa aproximou-se mais um pouco, aproveitando para inspirar profundamente. Observou a sala. A maioria dos seres ali pareciam-se com mineradores, com os rostos manchados de fuligem e da tinta preta grossa que esfregavam nas testas e nos olhos para proteger-se do sol — a atmosfera da superfície era outra vítima do gralho. Do nariz para baixo, as faces que ficavam ocultas por respiradores o dia todo, estavam limpas e claras em contraste. Missionários usando trajes puídos em diferentes tons de vermelho — sinalizando os respectivos postos na Igreja — traziam comida e remédios, pacotes de vitaminas, novos filtros para os respiradores, cobertores, luvas e capacetes. A música do órgão do andar de cima tocava através de alto-falantes que chiavam, e vários dos missionários cantavam junto.

Em um dos cantos, uma mulher sobre uma plataforma elevada lia o Livro de Magus. Vários mineradores estavam sentados aos pés dela, ouvindo atentamente. Atrás dela estava pendurado um retrato bastante inquietante da Matriarca. Ainda que poucos seres tivessem visto a profetiza frente a frente, Nebulosa sentia que ela havia sido pintada de forma bastante generosa. Nem mesmo um Eterno pareceria tão bem depois de milhares de anos liderando um culto.

A missionária reapareceu na porta, e Nebulosa deu um salto.

— Aqui. — A mulher lhe entregou um recipiente onde estava escrito Óleo de Betônia, junto a um frasco cuja tampa estava solta, presa num cordão esfarrapado.

— O que é isso? — Nebulosa perguntou, cheirando o frasco.

— É para sua garganta — esclareceu a missionária e, sob a tinta facial, covinhas apareceram nas bochechas dela. — Assim não vai precisar beber da nossa água benta.

Vendo que Nebulosa não reagiu, a missionária continuou:

— Aqui trabalhamos com caridade, irmã. Tudo vem de doações voluntárias, e não pedimos nada em troca. Você será bem-vinda aqui, se precisar de abrigo.

— Eu preciso ouvir algum sermão? — perguntou Nebulosa.

A missionária riu.

— Apenas se seu coração estiver aberto a isso.

Transcrição — imagens de segurança

o salão de jogos cósmico do grão-mestre

22h00 - 90-190-294874

[o grão-mestre trocou de roupas e agora veste uma túnica verde, e ele gostaria que ficasse registrado que ela destaca seus olhos. o visitante agora está acompanhado de outra figura, esta última sentada.]

[verificação de identidade: em progresso. reconhecimento facial: em progresso.]

grão-mestre: Presumo que vocês se conheçam, mas fico feliz em apresentá-los.

visitante: Já nos vimos.

[o visitante desvia o olhar do grão-mestre, encara a figura sentada e inclina a cabeça.]

visitante: Matriarca. Você deu uma piorada.

a matriarca: Você parece o mesmo. É uma pena.

[verificação de identidade: completa. matriarca da igreja da verdade universal. informações disponíveis na base de dados de segurança.]

visitante: O que você quer fazer com aquilo?

a matriarca: O mesmo que você. Colocar ordem em todas as coisas.

[o visitante se volta novamente ao grão-mestre.]

VISITANTE: O QUE ELA LHE OFERECEU? O QUE QUER QUE SEJA, EU DAREI MAIS.

A MATRIARCA: GRÃO-MESTRE, ELE NÃO RESPEITARÁ OS PROPÓSITOS DO OBJETO DA MESMA FORMA QUE EU. EU O USAREI PARA PROMOVER MINHA GRANDE CAUSA.

VISITANTE: VAI PROMOVER SUA GRANDE ABOMINAÇÃO.

A MATRIARCA: NÃO CEDEREI ÀS SUAS TENTATIVAS DE ME IRRITAR. MAGUS ESTÁ COMIGO.

GRÃO-MESTRE: CRIANÇAS, CRIANÇAS, NÃO BRIGUEM, VOCÊS SÃO TÃO LINDAS. VAMOS VER, O QUE EU DEVERIA PEDIR QUE FAÇAM PARA PROVAR O QUANTO QUEREM...? LUTAR NA LAMA? PELADOS? NÃO, NÃO, MUITA BAGUNÇA. AH... TENHO OUTRA COISA EM MENTE.

A MATRIARCA: DIGA SEU PREÇO, GRÃO-MESTRE.

GRÃO-MESTRE: AH, NÃO É UM PREÇO. É UM JOGO.

26GG9E88I5E N222007IA7I12I3S

Capítulo 3

O presídio de Rango-15 era um edifício escuro que, para Gamora, parecia estar com falta de funcionários. Havia apenas duas guardas naquele turno, usando trajes utilitários manchados de mineração, com emblemas policiais bordados nas mangas. Estavam sentadas do lado de dentro da porta, aproveitando a brisa suave de um refrigerador de ar que parecia estar nos últimos suspiros. Entre elas havia um balde de cabeça para baixo, sobre o qual jogavam uma partida de zardoc. Elas olharam para cima quando o assoalho rangeu e denunciou a chegada de Gamora.

— O que podemos fazer por você? — a primeira delas perguntou, deixando o pé cair do batente da porta onde estava apoiado e inclinando-se para a frente, com os cotovelos nos joelhos.

Gamora exibiu sua identidade na tela holográfica.

— Estou aqui em uma missão oficial. Preciso falar com os infratores que vocês prenderam pela explosão da perfuratriz na Garganta da Camurça.

A guarda olhou para a identificação de Gamora antes de voltar-se ao jogo. Então começou a girar uma das cartas entre os dedos.

— Não reconhecemos missões oficiais aqui. Então pode pegar suas credenciais chiques da capital e levar pra algum outro canto.

Gamora suspirou, então mexeu na mochila e tirou um maço de unidades, que jogou no tabuleiro de zardoc, fazendo com que a pilha de descarte se espalhasse pelo chão. Ambas as guardas olharam interessadas.

— Dá pra comprar missões não oficiais com isso? — perguntou ela.

A guarda lambeu o dedo e testou o material das unidades para certificar-se de que não eram falsas.

— Eu diria que dá pra comprar uns dez minutos — respondeu ela.

— Vinte — retrucou Gamora.

A guarda folheou os cantos das notas com as pontas dos dedos, então jogou o maço para sua parceira.

— Quinze.

— Vinte — disse Gamora, considerando arremessar a faca em sua bota direto nas cartas na mão da mulher para que a levassem mais a sério.

A guarda bufou.

— Você quer que eu chame a xerife? Ela está por perto. E odiaria ver suas oficiais da lei sendo atormentadas por uma forasteira querendo arrumar problema.

— Não estou aqui para arrumar problema algum — respondeu Gamora.

A mulher a analisou de cima a baixo, registrando as botas da Força Estelar, sua pele verde, o blaster xandariano e o respirador caro pendurado no pescoço dela.

— Então você *é* um problema.

Gamora suspirou.

— Quinze. Certo.

— Última cela à direita. Vou abrir a porta para você daqui. — A guarda coletou as cartas caídas no chão, então levantou-se de supetão. A parceira ainda estava concentrada em contar as unidades.

— Doxey Ashford. É a única deles que ainda está lúcida.

Gamora avançou pela penumbra do corredor de celas enfileiradas, cujas barras estalavam devido a correntes elétricas.

Rostos lúgubres a observavam da escuridão enquanto ela passava. Alguém sibilou para ela, alguma coisa em uma língua que não reconheceu, e outra pessoa começou a bater os pés em um ritmo lento. Os outros prisioneiros acompanharam a batida, até que a prisão tremeu com aquilo, o ritmo acelerando até um ruído selvagem. Quando Gamora chegou à última cela, ouviu o estalo de uma tranca se abrindo, seguido pelo som da corrente sendo desligada. Ela deu um puxão na porta e entrou.

No centro da cela havia uma mulher pendurada, com os pulsos presos em algemas eletrificadas que faiscavam, e os pés mal encostavam no chão. Ela ergueu a cabeça ao ouvir Gamora entrar, exibindo um olho inchado vermelho de sangue e dois dentes quebrados. O cabelo dela ia até a altura do queixo em mechas escuras e oleosas, e a testa estava cheia de bolhas devido à radiação. Gamora percebeu a carne cinzenta nas palmas das mãos dela, apodrecida pelo manuseio do gralho. Mais alguns anos nas minas e aquilo se espalharia para além das palmas, alcançando os ossos, até que os dedos dela se desmanchassem, tornando-se areia e juntando-se ao deserto.

Gamora enganchou a ponta do pé na porta da cela e a puxou com tudo, fechando-a atrás de si. Ouviu o zumbido da corrente sendo ativada novamente, trancando-as ali.

— Quem é você? — exigiu saber Doxey Ashford, com a voz rouca.

— Não importa. — Gamora sacou uma de suas espadas retráteis, abriu-a com um movimento rápido do pulso e cortou o cabo onde Doxey estava pendurada. Ela caiu como uma pedra na água, com as pernas moles abaixo de si, depois ficou agachada no chão, lutando para retomar o fôlego, mas Gamora não deu a ela essa regalia: chutou Doxey nas costelas, derrubando-a de costas. Doxey engatinhou até o canto da cela, gemendo.

— Veio aqui só pra me atormentar? — arquejou. As palavras saíam assoviadas pelos dentes quebrados.

Gamora inclinou-se contra a parede da cela.

— Só quero bater um papo.
— Você não está com eles.
Gamora não se deu ao trabalho de perguntar quem "eles" eram.
— Podemos fazer do jeito fácil — disse ela, girando a espada na palma da mão — ou do jeito difícil. Jeito fácil: você me diz o que sabe e eu deixo você sair daqui com unidades o bastante para subir numa nave, explodir tudo e acabar em um bom lugar. O jeito difícil é eu te matar agora.
— Vão me matar de qualquer jeito — disse Doxey.
— A diferença — Gamora indicou, com a cabeça, o corredor em direção às guardas — é que elas provavelmente são boas soldadas.
Doxey continuou com o queixo enfiado no peito, mas os olhos encaravam os de Gamora.
— O que quer dizer?
— Um bom soldado vai te matar rápido. Não vai deixar você contorcendo, sofrendo e cuspindo sangue até se afogar com ele. — Gamora retraiu a lâmina, então se agachou para ficar com os olhos no mesmo nível dos de Doxey. — Eu não. Eu vou fazer devagar. Vou começar pelas suas unhas e seguir daí. Elas saem fácil, como tampas de garrafa, se souber como usar uma faca. — Fez um estalo com os lábios. Doxey se encolheu. — Não estou aqui pela Companhia de Mineração, e não vou te vender. Só quero um pouco de informação a respeito do que é que você estava fazendo.
Doxey se contorceu, tentando amassar as mãos o bastante para que passassem pelas algemas.
— O que quer saber?
— Fale sobre as máquinas.
— As escavadeiras? — Doxey parou de mexer nas algemas. — Não sei nada sobre elas. Não tenho licença para pilotar.
— Mas conhece alguém que tem — disse Gamora. — Alguém colocou explosivos em um dos veículos na Garganta da

Camurça, que explodiu quando a perfuratriz foi ativada. Precisa de um conhecimento de mecânica específico sobre os funcionamentos dessas máquinas para fazer essa engenharia. Quem foi? Dentro dessa sua rebelião, quem é que pilota as escavadeiras?

Doxey fixou os olhos no chão e mordeu o lábio. Gamora só deu a ela um momento de contemplação antes de levantar-se e bater o calcanhar contra o chão. A faca saltou da ponta da bota tão rapidamente quanto o movimento de Gamora para pegá-la e atirá-la na parede, fincando-a ao lado da orelha de Doxey. A lâmina fatiou uma mecha do cabelo da prisioneira, deixando-o na altura das sobrancelha. Doxey soltou um gemido.

— Quer que eu pergunte de novo? — disse Gamora. — Na próxima eu não vou mirar para errar.

Doxey balançou a cabeça, e seu cabelo imundo colou-se às bochechas.

— Não posso te falar.

Gamora estendeu a mão para pegar a outra faca antes de lembrar-se de que ela não estava lá, e resmungou em protesto. Arremesso de facas era consideravelmente menos intimidador se você tivesse que ir até a parede buscar a lâmina e voltar ao outro lado da sala para arremessá-la de novo. Então ela mudou de estratégia, e tirou a arma de eletrochoque do cinto. Ligou e desligou a trava de segurança enquanto Doxey parecia ponderar enquanto assistia a cena. Ainda estava com as mãos algemadas, e um disparo nelas com a arma de eletrochoque faria com que uma descarga enorme atravessasse o corpo dela, intensa o bastante para chamuscar suas sobrancelhas.

— Quer sair daqui? — perguntou Gamora.

Doxey assentiu.

— Você acredita que eu posso te tirar aqui?

Uma pausa. Então Doxey negou com a cabeça.

— Não vou trair seus rebeldes. Não quero machucá-los.

— Você me machucou.

Gamora sentiu alguma coisa calcificando dentro de si, um escudo em torno do coração. Sabia que se começasse a se odiar naquele momento, não iria parar mais. Virou-se, tirando o blaster do coldre na cintura e mirou na tranca da porta da cela. Bastou um tiro para abrir um buraco entre as barras e mandar a trava retinindo pelo corredor, com a corrente elétrica crepitando. Nas demais celas, outros prisioneiros começaram a fazer barulho. As batidas recomeçaram, dessa vez mais baixo, como se fosse uma debandada distante.

Gamora voltou-se para Doxey.

— Você tem aproximadamente um minuto antes que as guardas venham ver o que foi aquele barulho. Pode usar esse minuto para me contar quem, entre seus rebeldes, tem acesso às escavadeiras, e eu te tiro daqui. Ou a gente pode esperar por elas te encontrarem com a minha arma e ver o que acontece. — Ela colocou o blaster no chão, então o empurrou com o pé, fazendo-o deslizar até o outro lado da sala. A arma bateu no joelho de Doxey. — Eu sou uma agente da lei. Você é uma criminosa. Não acho que serão gentis.

Doxey olhou desesperada para o blaster, então para Gamora, depois para a porta. Respirava com dificuldade, e a testa dela estava empapada de suor. Olhou para a arma novamente.

— Eu diria que metade do seu tempo já foi — disse Gamora.

Doxey choramingou, estresse e dor uniram-se num gemido como se fosse um animal. Gamora queria acabar com aquele sofrimento de uma vez. Seria mais generoso. Mas continuou:

— Diga quem pilota as escavadeiras.

Doxey engoliu com tanta força que Gamora viu os músculos do pescoço dela se contraírem. A mulher manteve o queixo no peito por um momento, então disse em desespero:

— Número de identificação 84121. Versa Luxe. Ela pilota a *Calamidade* na Espinha do Diabo.

— Qual seu código? — Gamora perguntou. — Para ela saber que foi você quem me enviou.

Doxey meneou a cabeça, com os olhos marejados.

— Por favor, não me faça te dizer isso.

O som dos demais prisioneiros começou a mudar para zombarias e xingamentos, cada vez mais vozes, cada vez mais próximo delas. Alguém estava vindo. Do corredor, uma voz se sobressaiu:

— O que está acontecendo aí?

Doxey fechou os olhos com força.

— *Não deixe seu fardo tocar o chão*. Esse é o código.

— Obrigada. — Gamora inclinou-se adiante para pegar a faca da parede. — Não foi difícil, foi?

— Eu perguntei: o que está acontecendo aí?

Houve um rangido quando a porta quebrada da cela abriu com tudo atrás dela. Gamora enfiou o pé por baixo do blaster no chão e, em um movimento fluido, chutou-o para cima, pegou e virou-se para a porta. Uma das guardas estava parada ali, prestes a pegar o vibrobastão pendurado no cinto, mas Gamora foi mais rápida. Gamora sempre era mais rápida.

Ela deu um tiro no peito da guarda.

A mulher caiu de joelhos antes de desabar aos pés de Gamora, que guardou a arma no coldre, então alcançou as correntes de Doxey. A mulher, cujos olhos foram da guarda para Gamora, se encolheu. Gamora hesitou, como se aquele sinal de repulsa a tivesse atingido fisicamente. Mas enfiou a faca na trava das algemas, quebrando-a. Doxey ficou em pé, esfregando os pulsos machucados. Faixas de carne cinzenta caíram dos braços dela em tiras.

— Vamos — disse Gamora.

Na ponta oposta do corredor da cela de Doxey, a silhueta da segunda guarda apareceu. Gamora ergueu o blaster e atirou nela também. Enquanto passaram pelo corpo, recuperou o maço de unidades que havia dado a elas e o deu a Doxey:

— Aqui. Arrume um transporte e suma desse lugar.

Doxey encarou as unidades, boquiaberta. Provavelmente havia mais dinheiro do que tudo o que ela tinha ganhado a vida inteira. Ela olhou para Gamora.

— Você não vai entregar ela, vai? — perguntou. — Versa?

— Tem minha palavra — respondeu Gamora. — Preciso da ajuda dela. Vá embora daqui. Tenha uma vida boa em algum lugar onde o ar é limpo.

Gamora abriu as portas do presídio, e os olhos de Doxey se arregalaram quando a luz atingiu o rosto. Ela inclinou a cabeça para trás, encarando a atmosfera leitosa, e uma gota de sangue ralo correu da bochecha dela.

— É o que eu pretendo fazer — respondeu, então pegou Gamora pelo braço, puxando-a para perto. — Diga a Versa Luxe... quando a vir. Diga que é o que eu pretendo fazer.

Transcrição — imagens de segurança

O salão de jogos cósmico do Grão-Mestre

22h10 - 90-190-294874

[O Grão-Mestre conjurou sua cadeira favorita do chão entre as colunas e está reclinado nela.]

GRÃO-MESTRE: Quando você joga como eu jogo, acaba ganhando muita coisa. Eu já ganhei tantas coisas. Amo coisas. Coisas grandes, coisas pequenas, coisas afiadas, coisas reluzentes, coisas cintilantes, coisas pontudas, coisas não pontudas, coisas de comer, coisas de acariciar, coisas de acariciar e depois comer. Eu tenho um salão inteiro aqui dedicado àquelas coisinhas prateadas que terráqueos usam para abrir as latas das bebidas gasosas. Como se chamam, mesmo?

TOPAZ: Anel, senhor.

[O visitante fica alerta e saca a arma, em defesa.]

VISITANTE: Desde quando ela está aqui?

GRÃO-MESTRE: Não sei bem. Topaz, desde quando você está à espreita?

TOPAZ: Estou sempre à espreita, senhor.

GRÃO-MESTRE: [ao visitante] Aí está. [À Matriarca] Você já viu um anel, vossa deteriorante santidade?

A MATRIARCA: Você me mostrou sua coleção da última vez que estive aqui, Grão-Mestre.

GRÃO-MESTRE: Mostrei? Droga! Seria nossa próxima atração.

VISITANTE: Vá direto ao ponto.

GRÃO-MESTRE: Qual era meu ponto? Topaz?

topaz: Suas coisas, senhor.

grão-mestre: Ah, certo, minhas coisas! Vejamos, grandes, pequenas, afiadas, reluzentes, cintilantes, pontudas, não pontudas, de acariciar, de comer, de acariciar-e-comer, pronto, retomei tudo.

[o grão-mestre inspira tão profundamente que o som distorce a saída de áudio temporariamente.]

grão-mestre: O ponto é... Eu ganhei um monte de coisas de um monte de apostas. Coisas melhores que as que meu irmão tem. Ele pode ter mais, mas minha coleção é melhor, porque eu só faço apostas que envolvam coisas que valem a pena ganhar. Ele perdeu o tato pra coisa mais ou menos quando adquiriu seu quinto conjunto de armadura dos elfos negros. Quero dizer, sério, quem precisa de cinco dessas coisas? Não dá pra tirar o cheiro delas, pra começar — elas fazem com que tudo fique fedendo a enxof...

a matriarca: Não estou aqui para mediar um conflito familiar entre você e o Colecionador. O que quer por ele, Grão-mestre?

grão-mestre: Estou chegando lá.

[outra inspiração profunda, resultando em estática. nota: ajustar níveis para conter suspiros dramáticos.]

grão-mestre: Mas sabe que coisa eu quero de verdade? [para a matriarca] Veja, eu te disse, seja paciente da próxima vez. A coisa que eu nunca consegui obter de ninguém... eu nunca vi sendo oferecida numa aposta, o que é decepcionante. Tem uma coisa que eu sempre quis, por séculos, que ninguém nunca conseguiu trazer para mim. Nenhum dos heróis ou campeões ou escolhidos ou mártires que vieram a este salão e imploraram por minha ajuda. Mas talvez vocês dois... Talvez dessa vez possa ser diferente.

7HE E522R15AS711320 26RM

Capítulo 4

Nebulosa sentou-se encurvada em um dos bancos da capela da Igreja da Verdade Universal, esfregando óleo de betônia no braço e imaginando por quanto tempo o cheiro daquilo — pungente e fermentado feito frutas podres — iria durar. A organista continuava firme e forte, e, passando a saber que eles estavam lá, Nebulosa conseguia ouvir também o som fraco da multidão sob os pés dela, implorando por uma esmola entre os breves intervalos do sermão. Achou todos eles — missionários e pedintes — patéticos. Deixou escorrer mais um fio de óleo da lata sobre a articulação esférica no pulso, então o esfregou com o dedão, tomando cuidado para espalhá-lo por cada pino e parafuso. Um dos dedos estava frouxo, então ela pegou uma hidrochave do kit de ferramentas na mochila para colocar o membro de volta no lugar, ainda que soubesse que ele nunca ficaria do mesmo jeito. Para começar, ele nem se encaixava direito naquela articulação.

É o que acontece quando você constrói seu braço com sucata e restos de androide, pensou.

É o que acontece quando você é idiota o bastante para perder o braço, em primeiro lugar.

Ela estava com aquele braço fazia alguns meses, e às vezes ainda o sentia como uma alteração temporária. Ela daria a volta por cima daquela ferida, como fez antes com ossos quebrados e outras lesões. Continuaria doendo por algumas semanas, e então, em alguma manhã qualquer, Nebulosa acordaria e o braço perdido teria crescido novamente, e o cerco em Praxius IX teria sido apenas um pesadelo. Ela levantou a mão mecânica e observou enquanto flexionava os dedos, sentindo-se desconectada do movimento, ainda que ela tivesse recuperado o controle. Isto era ela. Isto era o resto de sua vida. O que quer que a vida patética dela fosse ser.

O aroma poeirento de incenso invadiu a sala de repente, e Nebulosa ergueu a cabeça. Dois acólitos aproximavam-se pelo corredor, balançando incensórios fumacentos e murmurando cânticos. Atrás deles vinha uma cardeal, cujo rosto branco de giz estava pintado com somente duas faixas vermelhas: uma cruzando os olhos e outra ao longo dos lábios. Ela estava com as mãos unidas diante de si como numa oração perpétua, e junto aos acólitos, ela parava em cada um dos bancos ocupados, conversando com os paroquianos em sussurros apressados, que sempre terminavam com a cardeal e os dois acólitos impondo as mãos na cabeça dos congregados para abençoá-los.

Quando alcançaram Nebulosa pararam, sem falar nada além de entoar os cânticos, por um tempo desconfortavelmente longo. Nebulosa imaginou quanto tempo poderia ignorá-los de maneira convincente, mas por acidente cruzou o olhar com a cardeal, o que fez com que não desse mais para fingir que não sabia que eles estavam ali.

— Precisam de alguma coisa? — disse Nebulosa, ríspida, com a voz ecoando no teto arqueado.

— Queremos lhe oferecer uma bênção — disse a cardeal.

— Não acredito em suas bênçãos — respondeu Nebulosa.

— Isso é irrelevante para bênção — explicou a cardeal. — Acreditar ou não nas estrelas não faz com que elas brilhem menos. Magus não precisa de sua crença para lhe conceder graças; se fosse assim, nós, pecadores, jamais sentiríamos o poder dele.

Nós, pecadores. Nebulosa bufou, desviando o olhar para seu braço besuntado de óleo. *Se você soubesse.*

— Qual seu nome, irmã? — insistiu a cardeal.

— Nebulosa.

— Quem são seus pais?

— Sou filha de Thanos.

Onde quer que o pai estivesse, ela esperava que ele tivesse sentido o tremor dela dizendo isso. Ele já a havia renegado mais de dez vezes, e ainda não voltara atrás da última.

A cabeça da cardeal inclinou-se de repente, e ela aproximou as mãos unidas do peito.

— Uma filha de Thanos, o Titã? Aqui em Dunaberta? — perguntou, com a voz ainda mais sussurrada do que quando ofereceu a bênção.

Nebulosa lambeu o dedo e esfregou uma mancha de óleo que escorreu das calças.

— Você conhece algum outro Thanos?

— Irmã, permita-me oferecer mais que uma bênção. — A cardeal avançou e tomou as mãos de Nebulosa entre as dela. Nebulosa sentiu os dedos da mulher cravarem a pele dela e era como se uma oração transpassasse da cardeal para ela através dos ossos. — Permita que a Igreja lhe ofereça abrigo enquanto estiver aqui. Estaríamos honrados de receber e acomodar uma visitante tão importante.

Nebulosa hesitou. O plano original era manter a discrição enquanto estivesse ali, mas o plano original também envolveria dormir nas ruas, exposta aos ventos rançosos e quentes que vinham da superfície, algemada à própria mochila para evitar ser roubada e com esperanças de que o filtro em seu respirador durasse o bastante para que não acordasse com a pele descascando.

O plano original não era mais relevante.

— Meu trabalho aqui precisa ser mantido em segredo — disse.

— Claro, claro, claro.

Nebulosa tentou puxar as mãos, mas a cardeal apertou-as ainda mais, colocando-as contra o próprio peito. Nebulosa quis se desvencilhar num puxão, pois sentiu-se envergonhada por alguém segurando a mão mecânica fingindo que era uma parte dela.

— Agimos com discrição em relação a tudo — disse a cardeal. — Ficaremos felizes em emprestar os recursos de nossa instituição a você e às suas atividades clandestinas, filha de Thanos.

Nebulosa cerrou os dentes ao ouvir o epíteto — talvez o odiasse mais do que seu próprio pai —, mas o título a havia levado longe. Se Thanos não servisse para mais nada, pelo menos o nome dele ainda impunha o devido respeito com a maioria das pessoas. E se não fosse respeito, medo. Medo era ainda melhor.

— Então fico grata pela hospitalidade — respondeu ela.

— Ó, filha de Thanos, não iremos decepcioná-la! — A cardeal fez com que Nebulosa se levantasse, apressando-a para fora do banco em direção ao corredor entre os assentos. Nebulosa lutou para não vomitar com o cheiro de incenso. — A Igreja da Verdade Universal vai lhe oferecer uma maravilhosa acomodação enquanto estiver em Dunaberta. Pode me chamar de Irmã Piedosa. Por favor, me acompanhe. Deixe-me mostrar nosso santuário interno.

— Você é muito generosa — disse Nebulosa, seguindo a cardeal pelas portas da capela, com os acólitos logo atrás, ainda entoando cânticos.

A Irmã Piedosa sorriu.

— Qualquer coisa por uma filha de Thanos.

A irmã levou Nebulosa a uma doca privada em Rango-15, onde uma nave as aguardava. Tripulada por oficiais de segurança em uniformes pretos e pilotada por um homem silencioso, usando um traje de boa qualidade, que não combinava com as manchas cinza decadentes nas unhas dele, que começavam a se curar. O transporte as levou a uma nave-templo estacionada além das estações orbitais, um arranha-céu que lembrava uma caixa preta suspensa no espaço. Janelas fumês e um exterior tão lustroso que era impossível discernir o que era realmente preto ou reflexo do espaço. A imagem espelhada de estrelas salpicava por toda a extensão. Era o tipo de sede chique e moderna da Igreja que Nebulosa esperava ver nos sistemas centrais. Em Dunaberta, aquilo parecia um anacronismo, algo vindo do futuro enquanto o resto do sistema estava preso ao passado.

Quando o transporte atracou e elas desembarcaram, a primeira inspiração que Nebulosa deu foi de um ar tão limpo e filtrado que a deixou zonza. Ela não havia percebido o quanto de poeira passava pelo filtro do respirador até deixar de respirá-la. O interior da nave-templo combinava com o exterior: brilhante, moderno e de arquitetura elegante. Tudo era composto de linhas retas e ângulos agudos. O símbolo da Igreja — a forma de uma lágrima com uma ponta arrastada, atravessada por uma curta linha perpendicular — estava em todo lugar: gravada no assoalho, nas janelas dos mirantes sobre a doca, até mesmo inscrita nos painéis de acesso ao lado de cada porta. Os acólitos vestiam-se com vívidas túnicas vermelhas, com ombros pontiagudos, e Nebulosa pensou por um momento se os mantos maltrapilhos que os missionários usavam em Rango-15 eram um disfarce, para que se parecessem mais com o povo.

— Nossas naves-templo são os pilares de nossa organização — explicou Irmã Piedosa, enquanto saíam da plataforma e avançavam em um corredor iluminado com luzes fluorescentes bem fortes. — Elas abrigam os escritórios dos oficiais da Igreja, mantêm nossos registros e servem de alojamento para nossos cardeais, além de serem locais de adoração para quaisquer membros de nossa congregação.

Nebulosa resistiu à vontade de analisar veementemente ao redor para confirmar a clara falta de mineradores de Dunaberta. Talvez fossem bem-vindos, mas não conseguiriam chegar ali nem se quisessem.

— Por que seus cardeais não ficam nas estações junto dos pobres que auxiliam?

— Nossos cardeais têm de estar na melhor condição física e mental possível para auxiliar nas necessidades dos seres em locais como as estações orbitais de Dunaberta. — Irmã Piedosa puxou as mangas das vestes para trás e fez o sinal da Matriarca quando passaram por um retrato dela na parede. — É necessário muita força para testemunhar tanto sofrimento.

Também é necessário muita força para sofrer tanto, pensou Nebulosa, e a ideia soou em sua cabeça com a voz de Gamora. Era algo que a irmã diria. Nebulosa expulsou Gamora da mente e seguiu Irmã Piedosa corredor adiante, com cada passo soando como se fossem dados arremessados.

— Temos muitas capelas aqui, claro — explicou Irmã Piedosa, gesticulando para uma janela à esquerda que dava para uma catedral imensa, onde dezenas de cardeais de trajes vermelhos estavam em fileiras como uma tropa de soldados, com os capuzes e ombros perfeitamente alinhados. — Também há instalações de recreação, bibliotecas, jardins e laboratórios.

— Qual é a necessidade de um laboratório para uma igreja? — perguntou Nebulosa.

— A Matriarca recebe a revelação da grande graça, o Próprio Magus, a respeito de como a vida de nossos seguidores pode ser melhorada, e, às vezes, o plano Dele envolve a experimentação científica. Por exemplo…

Ela parou diante de um mirante, e Nebulosa espiou pela janela espelhada. Abaixo, grandes geradores do tamanho da maioria dos edifícios de Rango-15 estavam montados em longas fileiras, com luzes verdes piscando nos painéis enquanto zumbiam baixinho. Nebulosa sentia a vibração sob os pés.

— A fonte de energia da nave — explicou Irmã Piedosa. — Um sistema complexo desenvolvido na sede de nossa Igreja para abastecer nossas naves com um recurso energético limpo e sustentável.

— Gralhimiquita? — perguntou Nebulosa.

Irmã Piedosa alisou a túnica e ignorou a questão.

— Concedemos aos seres de Dunaberta um grande presente — disse. — O maior presente de todos: o evangelho de Magus e o testemunho do poder revelador de nossa sagrada Matriarca.

Nebulosa tinha um palpite de que os mineradores de Dunaberta prefeririam uma refeição quente no ar respirável de uma dessas naves-templo a um testemunho do verdadeiro deus vivo, mas pareceu uma opinião inapropriada para externar à anfitriã.

Gamora diria.

Ela afastou o pensamento. *Gamora não está aqui.*

— Então, filha de Thanos — Irmã Piedosa disse enquanto avançavam no corredor. Um pouco da tinta vermelha dos lábios havia manchado os dentes dela, fazendo parecer que ela tinha arrancado carne de um animal morto. — O que a traz a esse canto distante da galáxia?

— Fui enviada para encontrar algo em Dunaberta para o meu pai — respondeu Nebulosa.

— Talvez possamos ajudá-la — disse Irmã Piedosa.

— Talvez — concordou Nebulosa, sem convicção. Tudo o que esperava conseguir daquela conversa era um banho e comida que não viesse na forma de um pacote de vitaminas em pó. — O que quer de mim, exatamente?

Irmã Piedosa parou e abriu as mãos diante dela.

— A Igreja da Verdade Universal e Vossa Sagrada e Eterna Matriarca são amigas de Thanos. Simplesmente queremos ver a filha dele bem cuidada enquanto faz o trabalho em um sistema no qual servimos. Por que presume que queremos algo de você?

Porque já estou nessa galáxia tempo o bastante para saber que nada vem de graça, pensou Nebulosa amargamente. Do canto dos olhos, jurou ter visto outra figura atrás do próprio reflexo na janela espelhada — o vulto esquelético e fino da Senhora Morte — mas quando se virou, não havia ninguém ali. O circuito na cabeça dela pulsou, e ela girou o ombro. O óleo de betônia o deixara grudento, e o movimento fez um ruído úmido.

Os olhos de Irmã Piedosa voltaram-se ao braço de metal de Nebulosa.

— Temos uma pessoa a bordo que poderia ver este braço para você — disse. — Talvez poderia dar algo mais adequado a uma guerreira da sua importância.

Nebulosa não tinha certeza se era digna de qualquer coisa além de um membro de sucata enferrujada improvisado. Dificilmente sentia-se uma guerreira, e com certeza não era a guerreira que imaginava que deveria ser. Mas concordou com a cabeça.

— Eu ficaria grata.

— Seria um prazer para nós. — Irmã Piedosa colocou a mão no braço mecânico de Nebulosa, que demorou um instante para se lembrar do porquê não conseguia sentir o toque. A cardeal sorriu, revelando os dentes brancos manchados de vermelho. — A ajuda está sempre por perto, filha de Thanos. Você só precisa pedir.

Transcrição — imagens de segurança

O salão de jogos cósmico do Grão-Mestre

22h23 - 90-190-294874

[O Grão-Mestre acabou de terminar uma série de flexões. Ele fez duzentas, provavelmente. O Grão-Mestre é trincado.]

Grão-Mestre: Há um planeta nos confins da galáxia, além do controle da Capital e fora da jurisdição da Tropa Nova. Um planeta moribundo, que foi dissecado e teve pedaços vendidos. É bem raro, sabe, um mundo ficar vulnerável assim. E quem sabe quanto tempo mais vai durar antes que se desmanche por completo e seja varrido do espaço? Acho que sabe de qual estou falando, não?

A Matriarca: Conhecemos Dunaberta, Grão-mestre.

Grão-Mestre: É claro, ó divindade consagrada. É que você ocupa tantas terrenos questionáveis, que não tinha certeza de que se lembraria de todos.

Visitante: O que você quer em Dunaberta?

Grão-Mestre: Ah, não, não, não. Não quero nada em Dunaberta. É Dunaberta. O planeta em si. Eu quero que vocês me tragam o coração do planeta.

12N T1922 22DG22 021 7HE D225I15S
25AC16B1213E

Capítulo 5

O elevador que levava os mineradores de Rango-15 até a superfície de Dunaberta fedia a corpos sujos e ar viciado. Havia um declínio permanente no assoalho, devido ao peso que carregava todos os dias, e as texturas gravadas no metal estavam tão gastas que não passavam de pontinhos brilhantes.

Durante a viagem toda até a superfície — instável, lenta e espantosamente escura — Gamora ficou esperando que uma das paredes arrebentasse, ou que a estrutura desmontasse e mandasse a cabine do elevador direto para a escuridão do espaço. Não havia janelas, mas antes de eles terem embarcado, ela viu elevadores de outras estações fazendo a viagem de descida, como se fossem pequenas faixas de azul na escuridão entre as estrelas.

Em torno dela, os outros mineradores pareciam não se importar com os estalos do sistema precário de pressurização, ou com o rangido do gerador de gravidade artificial. Vários deles haviam tirado garrafas térmicas dos próprios macacões, cheias de folhas de chá fedidas, que passavam de mão em mão, compartilhando indiscriminadamente os canudos de metal que saíam dos gargalos. O homem próximo a Gamora caiu no sono em pé, uma habilidade que ela ficou imaginando como se aprenderia e como poderia adicionar à própria rotina de treinamento em *Santuário II*. Seria útil diversas vezes. Dois mineradores que pareciam alguns anos mais novos que ela estavam jogando um jogo cujo objetivo era bater em outra pessoa com o rosto enquanto tentavam não ser atingidos. Pelo menos era o que parecia. Alguém os repreendeu por fazerem muito barulho, com as risadas estridentes abafando o ruído metálico de uma tela holográfica em um dos cantos superiores, dentro de uma gaiola para impedir que fosse roubada, onde passava notícias de Xandar em uma transmissão instável. Quando o elevador passou pela atmosfera escassa de Dunaberta, o sinal morreu, deixando todos no elevador iluminados pelo brilho lúgubre da estática.

Com a desaceleração do elevador, os mineradores começaram a pegar os respiradores e óculos de proteção. Alguns deles não tinham nenhum dos dois. Poucos tinham luvas, e ninguém usava qualquer tipo de capacete ou algo que resguardasse suas peles. O homem que dormia nem tinha sapatos. Ainda que Gamora nunca tivesse se considerado alguém preocupada com autopreservação, a ideia de trabalhar em uma mina sem alguma coisa para proteger os pés das pedras caindo parecia desnecessariamente perigosa. Alguém a cutucou nas costelas, e quando olhou havia uma mulher oferecendo-lhe uma latinha com uma grossa tinta preta. Ela já havia esfregado a pasta na testa, acima da linha dos óculos. Os outros passageiros trocavam latas parecidas entre si. Gamora pegou um pouco com um dedo e esfregou na testa e no nariz, incerta do quão eficaz aquilo realmente era. Então colocou o respirador, e sobre ele, o lenço grosso cor de areia. Tinha deixado as espadas na nave, já que não eram as armas mais sutis do mundo para uma missão secreta, mas o peso do blaster no coldre — que ela havia passado da cintura para dentro da camisa — era reconfortante.

Quando as portas do elevador se abriram, Gamora foi atingida primeiro pelo calor, depois pelo cheiro. O primeiro fez com que quisesse arrancar camadas de roupa; o segundo, com que quisesse encontrar um traje de risco biológico. Não era só o cheiro: ela *sentia* o ar tóxico contra cada centímetro de pele descoberta, com as partículas brutas de gralho assentando e escavando o corpo dela como se fossem insetos se aninhando. Seus olhos lacrimejaram, e quando os esfregou, as costas das mãos ficaram pretas. Ela tinha esquecido da tinta antirradiação.

O elevador os deixou em um hangar aberto, onde as operações do dia estavam começando. Além dele, um labirinto de andaimes e vigas de suporte levavam a uma grande vala, que cortava quilômetros adentro para minerar a gralhimiquita. Suportes e traves — que definitivamente não se encaixavam nas diretrizes da Iniciativa de Ambiente de Trabalho Seguro de Xandar — evitavam que as paredes do cânion desmoronassem e, através da névoa de poeira no ar, Gamora pôde ver silhuetas de mineradores correndo pelos andaimes, com nada entre eles e uma longa queda além das outras vigas que atingiriam caso caíssem.

O grupo que saiu do mesmo elevador que ela se espalhou pela plataforma, dirigindo-se a diferentes estações para passar seus cartões de identificação, coletar os equipamentos e as atribuições do dia. Alguns foram direto para os andaimes, enquanto pequenos grupos se reuniram para o chá comunal ou rezar para a Matriarca da Igreja da Verdade Universal, no santuário construído na encosta da montanha, com o símbolo da Igreja entalhado na rocha vermelha. Havia alguns missionários em torno do santuário, balançando rosários e liderando os fiéis em orações à Matriarca e a Magus. Quando cada minerador saía, passava a mão em um balde com água benta oferecido por um dos missionários e fazia o sinal da Matriarca com a mão úmida, deixando uma leve mancha vermelha nos lábios. Alguns deles colocavam unidades em um cesto de coleta que outra Irmã segurava, ainda que Gamora duvidasse que qualquer um deles tivesse dinheiro para gastar com dízimos.

Naquela manhã, em sua tela holográfica, ela havia conferido um mapa das áreas de risco da Espinha do Diabo, um documento que deveria ser atualizado diariamente pela Companhia para refletir as modificações do terreno e os riscos da mina, mas que estava datado há pelo menos um ano. Contudo, a configuração das operações na superfície parecia a mesma, então Gamora seguiu o trajeto através de duas passarelas compridas até a doca onde os veículos de perfuração estavam estacionados. Ela se aproximou de uma das funcionárias, que estava parada ao lado da entrada usando um uniforme de segurança da Companhia. Provavelmente estava verificando os crachás de identificação dos pilotos conforme eles chegavam, mas ela parecia estar mais preocupada com um jogo na tela holográfica dela, e mal levantou a cabeça quando Gamora se aproximou.

— Crachá.

— Está com minha amiga — disse Gamora.

— Você não deveria dividir seu crachá com ninguém.

— Eu fiquei meio bêbada noite passada, e ela pegou para que eu não perdesse. — Quando a funcionária não respondeu, Gamora prosseguiu: — Sabe me dizer onde ela está?

A segurança suspirou, minimizou seu jogo, que estava piscando com uma luz vermelha de derrota, e disse:

— Qual é o nome dela?

— Versa Luxe. Número de identificação 84121.

A mulher digitou o nome, então rolou a tela com os dedos.

— Ela ainda não deu entrada.

— Posso esperar por ela?

A guarda deu de ombros, abrindo o jogo novamente.

— A máquina dela é a antepenúltima. A *Calamidade*.

Gamora sabia que as máquinas de escavação eram enormes, mas ainda assim ficou chocada ao descobrir que só as esteiras lagartas das perfuratrizes eram duas vezes a altura dela. Ela poderia se deitar na fenda entre os trilhos da esteira e ainda sobraria espaço. Havia uma haste saindo da frente da escavadeira, conectada a um cilindro coberto de nós salientes dos dois lados.

Uma escada levava à cabine na parte de trás, que ficava suspensa em uma estrutura de pistões e amortecedores, de forma que poderia girar quando o maquinário mudasse o eixo de horizontal para vertical. Era um veículo grande e pesado, que parecia se mover de forma deselegante, mas com muita força. Um lutador peso-pesado no ringue. A pintura dele, preta, estava arranhada e manchada, e uma das correntes das esteiras estava danificada. Um buraco, onde faltava um dos dentes, estava tão cheio de pó que parecia ter sido engessado. Logo abaixo da cabine alguém havia rabiscado o nome na tinta: CALAMIDADE.

— O que diabos pensa que está fazendo?

Gamora se virou, com uma mão indo ao coldre por puro reflexo. Uma mulher estava atrás dela, com o respirador pendendo em torno do pescoço. Tinha cabelo cacheado escuro, e as mechas estavam presas para trás pelos óculos levantados até testa; o nariz e as bochechas dela eram salpicados de sardas. Olhava para Gamora de cima a baixo, com os braços bronzeados cruzados, e ainda que não tivesse nenhuma arma visível, havia algo nela que fazia com que Gamora ficasse em guarda, com os músculos contraídos, pronta para lutar.

— Você pilota essa máquina? — perguntou Gamora.

Os olhos da mulher se estreitaram. Tinha a testa manchada com a mesma tinta preta que os mineradores haviam compartilhado no elevador.

— Não, estou dando voltas em torno dela sem razão aparente. Ah, espera. — Fingiu surpresa. — Isso é o que *você* está fazendo.

Gamora se forçou a tirar a mão do blaster.

— Você é Versa Luxe.

Se a mulher ficou surpresa por Gamora conhecê-la, não demonstrou, ainda que os olhos dela tenham disparado para o punho da visitante, agora ao lado da cintura.

— Isso tem alguma importância para você?

— Tenho uma mensagem de uma amiga sua — disse Gamora. — Ela queria que eu te contasse antes de sumir.

Versa levantou uma sobrancelha.

— Sumir?

— Pegou uma nave pra fora daqui.

— Ninguém vai embora daqui.

Gamora deu de ombros, enquanto se perguntava como Versa não tossia os próprios pulmões para fora, com o respirador solto no pescoço em vez de cobrindo a boca. Ela mesma sentia a garganta raspando mesmo usando um. O calor lhe dava coceira, e Gamora já sentia o suor começando a colar a camisa na pele.

— Ela teve ajuda. — Pausou, esperando que a insinuação funcionasse. Quando Versa não deu sinal de ter entendido, Gamora acrescentou: — Minha ajuda.

Versa bufou.

— Quer uma medalha ou coisa assim? Não faço ideia de quem você está falando, então sai do caminho. Tenho inspeções pra fazer.

Ela tentou ir à cabine da escavadeira dando a volta em Gamora, mas esta deu um passo para o lado, fazendo-a parar.

— Eu a conheci na prisão de Rango-15 — disse. — Doxey Ashford.

O rosto de Versa continuou imperturbável. Nem uma centelha de reconhecimento passou pela expressão fora.

— E pediu para te dizer que, enquanto ela estiver fora — Gamora disse, com cuidado —, não deixe seu fardo tocar no chão.

Versa a encarou, com os mesmos olhos vazios de antes, então verificou os dois lados do caminho estreito entre as máquinas, como se estivesse se certificando de que ninguém estava perto o bastante para ouvi-las. Gamora estava atenta, mas também desviou o olhar. Versa aproveitou o momento e saltou sobre Gamora. O peso de Versa fez com que Gamora batesse com tudo contra a lagarta do veículo.

Gamora perdeu o equilíbrio, mas ainda conseguiu assumir uma postura de luta, preparando-se para empurrar Versa de volta, mas antes que pudesse se mover, teve o próprio respirador arrancado do rosto pela mineradora. Ar tóxico preencheu os pulmões, e ela sufocou, incapaz de inspirar qualquer coisa respirável da névoa pútrida. Ela dobrou o corpo, vasculhando o chão em busca do respirador, e sentiu as mãos de Versa nas costas dela, procurando seu blaster. Gamora se jogou virando o corpo, agarrou Versa pela cintura e a derrubou. O blaster voou do coldre quando atingiram o chão juntas, com Gamora por cima.

Gamora conseguiu cobrir a boca com o lenço — não se comparava com o respirador, mas melhor que nada — e desvencilhou-se de Versa, rolando e parando de joelhos onde o blaster havia caído para pegá-lo.

Antes que pudesse ficar em pé, alguma coisa bateu nos tornozelos dela, fazendo-a cair com violência. O queixo dela atingiu a areia com tanta força que seus dentes estalaram. Quando ela rolou para ficar com as costas no chão, Versa apareceu sobre ela, agora empunhando uma broca extensora que estava em um dos ganchos ao lado do veículo. Com a ferramenta, ela atacou Gamora, que rolou mais uma vez para desviar, fazendo com que a barra batesse na terra, levantando uma chuva de pedras vermelhas. Gamora esperava que o impacto pudesse desequilibrar Versa, mas esta golpeou de novo em seguida, mal dando tempo de Gamora se recuperar. Afastando-se como podia, Gamora sentiu a barra bater tão forte perto da orelha que o impacto levantou seu cabelo. Ela ergueu o blaster, mas Versa a desarmou com a broca, jogando a arma para fora de alcance.

Versa arqueou o corpo para trás para golpear novamente, mas Gamora conseguiu fincar o salto na areia, desalojando a faca na bota dela. A expulsão foi fraca, e a lâmina mais escorregou que disparou, mas ela conseguiu pegá-la. Quando Versa golpeou com a broca uma terceira vez, Gamora atirou a faca, desviando o golpe. Versa ficou desprevenida por apenas um momento, mas foi o bastante: Gamora enfiou as solas das botas na barriga de Versa, fazendo-a voar até o trilho do maquinário. Então pulou sobre ela, apertando a broca extensora, agora entre elas, contra o pescoço de Versa — que passou a se contorcer, com as pernas chutando o ar freneticamente. Os músculos dos braços dela tensionaram enquanto tentava escapar, mas Gamora apertou ainda mais. Versa começou a sufocar.

— Me escuta — Gamora rosnou, tirando peso da barra apenas o bastante para testar se Versa tentaria ou não a derrubar. Ela tentou, e Gamora inclinou-se sobre a barra mais uma vez, depois girou a faca contra a palma da mão de forma que a lâmina ficasse voltada para a garganta de Versa. — Eu não quero te machucar.

— Então... não machuque — Versa arquejou.

— Meu nome é Gamora. Meu pai é Thanos, o Titã, e sou uma serva entre os soldados dele. Estou aqui em uma missão.

Os olhos de Versa se estreitaram.

— Você é uma mentirosa — cuspiu.

Gamora a ignorou.

— Eu sei que você lidera um bando de rebeldes que estão tentando acabar com as operações de mineração na Espinha do Diabo. Eu quero ajudar vocês.

Ela sentiu a ponta da bota de Versa contra sua barriga e, dessa vez, deixou que ela a chutasse. Versa se levantou, desesperada por ar e esfregando a garganta. Gamora caiu contra a esteira do veículo enquanto colocava o respirador no lugar, desfrutando a primeira inspiração de ar filtrado. O peito dela doía, e ela podia sentir os músculos das pernas tremendo, por mais que a luta tivesse sido curta. Aquele mundo já a estava envenenando.

Versa jogou a broca extensora na areia, então, ainda ofegante, levantou a cabeça e olhou para Gamora.

— Por que você nos ajudaria?

— Porque — disse Gamora — eu preciso da sua escavadeira.

Versa orientou Gamora a entrar na cabine do veículo e esperá-la fora de vista, caso o encarregado da equipe passasse por ali. Passageiros em uma escavadeira eram uma infração que valia multa — uma multa de verdade, não uma inventada pelos golpistas nas docas públicas. Gamora se afundou no assoalho do banco da frente, espiando pela janela enquanto Versa andava em torno do grande trator, descendo a concha de escavação e subindo pelo braço para examinar os dentes de corte, em busca de defeitos. Ela cruzou o olhar com o de Gamora pelo para-brisa, e fez um sinal com o dedo para baixo. Gamora abaixou-se mais uma vez, dando uma olhada no painel de controle do veículo. Os controles pareciam antigos e estavam cobertos por uma camada grossa de poeira. Não conseguiu ver nenhum mecanismo de direção, mas havia um câmbio elaborado e, ao lado dele, um painel com botões sem nenhuma marcação. Ela contou quatro pedais, dois dos quais pareciam estar presos com arames e um cadarço. Os medidores no painel estavam na posição neutra, e Gamora tentou lembrar da última vez que vira medidores de ponteiro em vez de digitais em qualquer transporte. Acima, um conjunto precário de espelhos retrovisores amontoados, com o principal deles servindo de gancho para uma delicada corrente de ouro, com um pingente diferente em cada ponta: uma ampulheta e uma folha. Gamora ergueu um dedo e fez com que a corrente deslizasse por ele como se fosse água, contornando o objeto até a ponta da folha delicada.

— Não toque nisso.

Olhou para cima quando Versa adentrou a cabine e bateu a porta logo atrás.

— Vai me fazer ficar sentada nessa posição o tempo todo? — Gamora perguntou, colocando o queixo nos joelhos para dar ênfase.

— Claro que não, está maluca? Se vai vir junto, é melhor colocar o cinto. — Versa puxou um cinto de segurança pesado sobre a cabeça e o prendeu logo abaixo do peito, depois esticou o braço sob o assento e tateou por um momento até pegar o volante. Encaixou-o no painel, travando-o com uma série de giros e ajustes rápidos demais para Gamora acompanhar. Depois, soltou um dos pedais e digitou a sequência de ignição, com os dedos dançando com tanta familiaridade que ela mal olhava. A máquina roncou, e o motor despertou abaixo delas. A cabine inteira tremeu, nem os a mantinham estável. Gamora sentiu os dentes baterem.

Ela se levantou, sentou-se no banco e colocou os cintos de segurança como foi orientada. Mesmo com o lenço, a alça grossa parecia cortar o pescoço dela. Quando olhou em volta, viu que Versa usava fones de ouvido conectados ao painel. Versa jogou um par idêntico para Gamora, que os colocou. O canal estalou com som de estática, e ela pôde ver os lábios de Versa se movendo, ainda que não fosse capaz de ouvir o que estava dizendo. Deu alguns toques no fone, tentando dizer que não estava funcionando, mas Versa balançou a cabeça, desdenhando dela.

Gamora observou enquanto Versa parecia ouvir algo por um momento, depois disse alguma coisa no microfone conectado a um dos fones, e por fim alterou o canal no transistor. A estática desapareceu, e de repente os ouvidos de Gamora foram inundados pela voz de Versa.

— Nem tudo o que vou fazer hoje vai ter a ver com você, entendeu? — disparou. — Eu estava dando entrada. Mantenha o rádio neste canal e podemos conversar. Não mude nada, ou sua voz pode sair na central de comando e vamos nos ferrar. E você não precisa usar seu respirador aqui — acrescentou. — A cabine tem filtros.

Gamora tirou o respirador e o substituiu imediatamente com o lenço. Ela ainda podia sentir a aspereza do gralho no ar.

— Certo, segura firme. — Versa puxou o câmbio, travando-o no lugar, então tirou o peso dos pés de dois pedais ao mesmo tempo. A cabine foi envolvida por uma lufada de fumaça preta, então as lagartas começaram a girar e o trator avançou em direção à borda da plataforma. A dianteira do veículo passou logo acima da parede do cânion, com o braço fora de vista e, por um momento, de onde estava, na parte de trás da cabine, Gamora teve a primeira visão real da mina. De cima, ela parecia uma grande ferida na superfície do planeta. Dali, ela parecia estar viva, com as extensas redes de caminhos e andaimes morro abaixo apinhadas de seres e maquinários. O conjunto todo parecia precário e caótico — como se ninguém imaginasse o tamanho que a operação viria a ter quando começaram, e então tivessem que continuar expandindo-a de maneiras cada vez mais criativas — mas a escala era impressionante. Da altura em que estavam ela podia ver as crateras escuras de novos túneis sendo cavados no fundo do cânion, fazendo com que a fenda na terra fosse ainda mais profunda, tudo pela busca do gralho.

— Bem-vinda à Espinha do Diabo — disse Versa, quando o nariz do veículo passou pelo limite da plataforma e elas começaram a descer por uma estrada bastante íngreme em direção ao cânion.

Gamora espiou rápido pela janela, e voltou-se para a frente. As lagartas do veículo pareciam perigosamente próximas dos limites da estrada. Versa continuou:

— É a trincheira de mineração mais próxima do centro do planeta, que abriga o veio de gralho mais profundo que existe. Ninguém sabe o quão mais fundo poderemos ir antes que as escavadeiras não aguentem mais o calor, então espero que seu papai déspota genocida tenha te contratado um bom seguro. Ele é seu parente de sangue mesmo? Aliás, é biologicamente possível que ele se reproduza? Ou você prefere não falar da intimidade do seu pai?

— Você não acredita que ele seja meu pai — disse Gamora.

Versa virou uma série de interruptores no painel de controle e a velocidade do trator aumentou.

— Não, eu acredito. Fiquei sabendo que o Titã tem uma filha de pele verde que costuma aparecer onde não é chamada.

— Então por que me atacou se sabia quem eu era?

— Porque, pelo que eu sei — respondeu Versa —, você costuma aparecer pra matar.

— Talvez eu faça isso, depois daquele chute. — Gamora massageou a nuca.

Versa sorriu, olhando para ela de lado.

— Tem alguém querendo te ver morta? — perguntou Gamora.

— Talvez, se soubessem o que eu fiz junto com Doxey e Azuli. Mesmo que você não fosse filha do Titã, era óbvio que não era daqui. Você luta como se tivesse aprendido com alguém, mas está usando botas da Força Estelar com espigões ilegais nas pontas, que não são parte do uniforme padrão dela.

— Como você sabe da aparência de botas militares kree? — perguntou Gamora.

— Minha mãe era kree — respondeu Versa. — Ela tinha um par de botas como esse que me deixou de herança. O gralho corroeu as solas já faz anos.

— Sua mãe era uma soldada kree? — Gamora perguntou, incapaz de conter a surpresa na voz.

Versa deu um puxão no cordão do fone e o canal zumbiu.

— Ela era uma oficial da Força Estelar, mas desertou para se casar com a minha mãe e vieram se esconder aqui, quando Dunaberta ainda era verde. Elas acabaram se envolvendo quando a mineração começou e, quando perceberam que deveriam ter saído do planeta, já era tarde demais. Todo mundo foi forçado a se mudar para as estações de habitação e passou a pagar taxas tão absurdas que mais ninguém conseguia viver bem, mesmo naquelas barcas de lixo. Mas, quem diria, a Companhia de Mineração deixaria você pagar suas dívidas com seu trabalho nas minas de gralho dela. E quanto mais você trabalha, mais vive nas estações, mais taxas se acumulam e mais tempo é adicionado ao seu trabalho para poder pagá-los.

Ela se dobrou para a frente de repente e agarrou um microfone quadrado do painel de controle:

— Ei! — gritou, e Gamora sentiu os fones vibrarem. — Presta atenção no que está fazendo! A preferência é das escavadeiras, idiota!

Gamora olhou pelo para-brisa e percebeu que o microfone estava conectado a um conjunto de megafones presos de qualquer jeito aos lados da cabine. As palavras de Versa foram transmitidas e direcionadas a um esquife de emergência médica, que freou a poucos instantes de colidir com elas. O motorista fez um gesto obsceno quando elas passaram, e Versa respondeu à altura.

— Está com o cinto? — perguntou, e Gamora assentiu, ainda que tenha puxado as alças discretamente para confirmar.

Estavam se aproximando de uma das crateras que marcavam o fundo do cânion. Havia uma equipe reunida fora dela, esperando, mas quando viram a *Calamidade* se aproximando, guardaram as garrafas de chá, e colocaram respiradores e lanternas de cabeça.

— Doc! — Versa gritou de novo no microfone, e uma figura cochilando na cabine de um veículo menor estacionado à frente assustou-se e despertou. — Estamos indo!

Doc fez continência, depois ligou o próprio motor, que deu um estrondo, e uma labareda disparou do escapamento.

— Eu falei pra ela arrumar esse negócio — disse Versa, entredentes, então parou na beirada de uma das crateras que levava ao subterrâneo, e deu dois puxões num cordão pendendo do teto. A buzina soou alto, e Doc parou o veículo dela logo atrás. Os mineradores se reuniram por perto, esperando.

— Não vomite na minha cabine — disse Versa, então pegou o que Gamora pensou que era um pedal, mas que era algum tipo de alavanca, e encaixou no lugar. O trator dobrou-se para a frente, com o tambor apontando para a caverna. A cabine girou, ficando na posição vertical quando começaram a descer em direção à escuridão, em uma ladeira tão íngreme que mais parecia uma parede. Versa moveu a alavanca de novo, e o trator avançou com um tranco. Ela ligou os faróis dianteiros, e a luz banhou os muros dentados de rocha vermelha em torno delas. A mulher olhou para Gamora.

— Alguma pergunta?

Todas, pensou Gamora. Então disse em voz alta:

— Você está abrindo esse túnel?

Versa assentiu.

— Atingimos um veio de gralho aqui há alguns meses, e a Companhia tem feito a gente segui-lo terra adentro o quanto pudermos. Eu entro primeiro e faço o túnel. Doc vem atrás de mim com a máquina de tirantes, para conter a pressão e impedir que desmorone na gente.

— E se desmoronar em você... em nós? — Gamora perguntou.

— Eu tenho pistões hidráulicos para quando começarmos a escavar... o trator segura o túnel no lugar até que a Doc chegue.

— E os mineradores atrás de você?

— Eles vêm, perfuram e instalam canos de resfriamento, que são bombeados com água salgada, para que o gralho não superaqueça e exploda na nossa cara. Aí vem a segunda equipe, para coletar o minério, que é transportado como lama até as refinarias, onde é processado para virar combustível.

— Parece um trabalho divertido — respondeu Gamora.

Versa esfregou as mãos no volante. A parte de cima já estava gasta e lisa devido ao gesto repetido.

— Então... você libertou a Doxey.

Gamora concordou.

— Se ela fez o que eu disse, já deve estar fora do planeta a uma hora dessas.

Versa suspirou entredentes. Gamora não sabia dizer se ela estava exasperada ou aliviada, e quando ela respondeu, o tom foi tão incompreensível quanto:

— Doxey é uma tonta. — Ela pausou, então acrescentou: — Mas fico feliz que ela foi embora. Mesmo que signifique que tenha me vendido para conseguir.

— Ela não te vendeu — respondeu Gamora. — Ela confiou em mim.

Versa bufou, mas não comentou.

— O que é que uma filha de Thanos quer tanto no nosso planeta morto, para precisar de um trator e uma pilota? Seu pai quer acabar com a Companhia e tomar o monopólio?

— Não foi Thanos quem me enviou — respondeu Gamora. — Não sei para quem estou aqui.

— Não parece uma boa ideia.

— É meu trabalho — Gamora respondeu, dando de ombros. — Eu resolvo coisas.

— Excitante. — O sinal estalou, e Versa ajustou o botão. — E está aqui para resolver o que para esse empregador misterioso, então?

— Tenho que coletar uma coisa.

— Que tipo de coisa?

Gamora olhou adiante pelo para-brisa, que estava tingido de preto como uma mancha de óleo devido à escuridão.

— Uma coisa que eu só posso pegar com uma escavadeira.

— Aaah. — Versa se reclinou no assento, afrouxando o cinto. — Você só me quer pelo trator.

— Está surpresa que não seja pela sua personalidade encantadora? — Quando Versa inclinou a cabeça em resposta, Gamora acrescentou: — Você tentou me bater com uma chave de roda.

— Broca extensora. — Versa segurou o volante com um joelho, e usou as duas mãos livres para fazer um coque no cabelo. — Se eu te levar aonde quer que você precise ir com uma escavadeira, o que ganho com isso?

— Posso te ajudar a derrubar a Companhia de Mineração — respondeu Gamora.

Alguma coisa piscou no painel de controle, e Versa bateu com tudo nos freios. À frente delas, a ponta do tambor havia se chocado com o fim do túnel de rocha vermelho-escura. Versa encarou Gamora na escuridão, com os olhos iluminados pelo brilho pálido que saía dos faróis.

— Bem... — disse ela, então apertou um dos botões do painel. Houve um ruído, e o tambor começou a girar. — Bora lá.

Transcrição — imagens de segurança

o salão de jogos cósmico do grão-mestre

22h41 - 90-190-294874

grão-mestre: Agora, por razões óbvias, digo que um de vocês é um demagogo de aparência inconfundível — sem ofensa — e a outra, um símbolo literal e figurado de uma mega igreja intergaláctica — com ofensa — e porque eu gosto de jogar lenha na minha própria fogueira, não dá para nenhum de vocês trazer o coração do planeta para mim. Eu quero que vocês escolham um campeão. Um representante. Alguém que vai pegar o coração de Dunaberta a qualquer custo. Então eu não recomendaria alguém especialmente precioso, ou em quem você mais confia. Descartável seria a melhor definição.

visitante: Ninguém descartável é precioso para mim.

grão-mestre: Conclusão esquisita, mas tudo bem.

a matriarca: Eu gostaria de escolher meu campeão primeiro.

[o visitante ri. causa tanta distorção na transmissão de áudio quanto os suspiros dramáticos do grão-mestre.]

visitante: Diga, Matriarca, qual dos seus Cavaleiros Negros vai enviar? Como vai escolher entre as fileiras dos pobres soldados? Minha filha vai acabar com eles antes de aterrissarem.

a matriarca: Então será sua filha?

visitante: Contra os seus soldados? Seria um desperdício das habilidades dela.

A MATRIARCA: Escolha primeiro, então.

VISITANTE: Ah, não. Primeiro, os mais velhos; depois os mais bonitos.

A MATRIARCA: Quando você vai escolher, então, se não é um nem outro?

GRÃO-MESTRE: Em nome da imparcialidade, que vocês sabem que sempre me interessa quando me é conveniente, por que não tentamos na sorte?

[Ele levanta uma mão, e Topaz lhe traz dois dados azuis.]

GRÃO-MESTRE: Quem rolar mais perto de um Ás perfeito escolhe seu campeão primeiro. Matriarca...

[Ele oferece os dados a ela.]

GRÃO-MESTRE: Faria as honras?

20U P912B26BL2 231D13T R2224020NI1E 14E B2224A6SE 12F T1922 13EW A914

Capítulo 6

O setor médico inteiro a bordo da nave-templo era branco industrial, e os armários e instrumentos estavam tão organizados de acordo com a utilidade que Nebulosa teve vontade de derrubar alguma coisa de algum balcão. De preferência algo que quebraria e deixaria uma mancha. Uma acólita silenciosa a havia escoltado até a sala de exame e a instruiu a tirar as roupas e se deitar em uma mesa cirúrgica de metal. Após a acólita ter saído, em vez disso, Nebulosa ficou parada, ainda vestida e voltada para a porta, observando toda a sala.

Quando a porta deslizou, abrindo-se novamente, apareceu uma mulher baixinha e rechonchuda, com um cabelo vermelho-fogo cortado bem curto; ela carregava uma maleta de ferramentas que parecia pesar mais que ela própria e vestia um macacão manchado com óleo e graxa. Sorriu radiante para Nebulosa e acenou com tanta força que quase derrubou a maleta.

— Olá!

Nebulosa não respondeu nada.

— Ora, ora. — A mulher colocou a maleta no chão, e esta bateu com um *clang*. Uma poça de óleo escuro escorreu de um canto, deixando uma mancha no chão branco, o que acendeu uma pequena chama de prazer em Nebulosa. — Isso que é mudança de cenário. — A mulher estendeu uma mão, que Nebulosa pegou com a sua de carne e osso. — Lovelace Mace. Eu sei que rima.

— Nebulosa.

— Ah sim, a exaltadíssima filha de Thanos. Considero uma honra poder te ajudar — Lovelace disse com petulância, o que fez com que Nebulosa entendesse que ela não a via como uma salvadora, feito Irmã Piedosa e os demais. O sotaque dela ficava entre os tons polidos da Matriarca e o arrastado anasalado dos mineradores, ainda que Nebulosa não tivesse certeza de qual deles era o natural, e qual era o forçado por ela para disfarçar o outro.

— Você é uma acólita? — perguntou Nebulosa, enquanto Lovelace abria a caixa de ferramentas e começava a revirar o conteúdo dela.

— Só no papel — respondeu Lovelace, levantando uma hidrochave, que jogou na mesa cirúrgica e bateu com um estrondo. — Eu só queria trabalhar, e isso aqui é melhor que o serviço no planeta.

— Você era mineradora?

— Eu construía geradores — respondeu Lovelace. — A Igreja queria alguém que soubesse trabalhar com gralho refinado, e eu queria três refeições completas por dia. Então eu finjo que eles não recolhem um dízimo do meu pagamento sem minha permissão. Eles te deram algum anestésico?

Nebula levantou o queixo.

— Eu recusei.

— Bem, isso é desnecessariamente masoquista. — Lovelace olhou para ela com a cara fechada. — Se tem uma coisa que eu aprendi na vida, menina, é a sempre aceitar as drogas.

— Não quero — disse Nebulosa. — Não preciso delas. — Ela não estava sob o efeito de nenhuma quando perdeu o braço.

Lovelace deu de ombros.

— Então fique deitada. Se você desmaiar, eu não sou alta o bastante para te segurar.

— Eu não vou desmaiar — respondeu Nebulosa, mas deitou-se na mesa de cirurgia como foi instruída. A luminária logo acima estava desligada, com dezenas de pequenos bulbos agrupados e a encarando como se fossem os olhos de um inseto. Lovelace assoviou sem melodia alguma enquanto levou um conjunto de chaves até a mesa, colocou luvas e um par de óculos com lentes de aumento que tirou da mochila e, com um alicate bem grosso, começou a remover o braço de metal de Nebulosa do soquete.

Nebulosa cerrou os dentes. Doía — não era a mesma dor-de-perder-um-braço-de-verdade, mas definitivamente a dor-de-perder-um-braço-mecânico-porcamente-instalado. Ela sabia que a instalação tinha sido mais tosca do que a prótese em si, e que o ponto onde o metal se prendia em sua carne ainda estava sensível e cicatrizando. Sob circunstâncias diferentes, com tempo para experimentar, reconstruir e com mais recursos além de alguns tutoriais holográficos e partes de sucata, ela poderia fazer algo ótimo. Aquilo era uma amostra vergonhosa da habilidade dela como mecânica.

— Drogas ainda são uma opção — disse Lovelace, suavemente, e Nebulosa percebeu que a outra mão estava com as juntas brancas de tanto que apertava a beirada da mesa. — Ou rezar. Me disseram que eu deveria me oferecer para rezar com você primeiro. Acho que esqueci essa parte.

— Não — disse Nebula, ainda de dentes cerrados. — Nenhuma das duas. — Alguma coisa estalou no ombro dela, acompanhado por um inquietante som úmido. Lovelace jogou o alicate na bandeja, e o sangue de Nebulosa respingou lá. — Você... higienizou isso?

Lovelace olhou para a maleta, depois voltou-se para Nebulosa, confusa, então percebeu.

— Ah, essas não são as ferramentas que eu uso para os geradores. Estão limpas. — Então, esfregou de maneira discreta uma mancha escura da chave de fenda que estava em sua mão, antes de usá-la no braço de Nebulosa.

— Como a Igreja pega o gralho para os geradores? — perguntou Nebulosa, tentando evitar que a vista não embaçasse enquanto encarava o teto. Ela odiava conversar por conversar, mas no momento falar era uma distração bem-vinda.

Lovelace não levantou os olhos, mas os lábios se contorceram.

— Que gralho?

— Para abastecer essas naves. — Quando Lovelace não respondeu, Nebulosa perguntou: — Compram da Companhia com o dízimo dos fiéis?

— Não, não... vem de uma forma bem menos honesta. — Lovelace ajustou a luz dos óculos, ficando com os olhos quase fechados para focar em um dos parafusos. — A Companhia é um conglomerado — explicou. — As coisas do dia a dia são gerenciadas por uma empresa de fachada com um monte de investidores por trás dela, cada um deles querendo uma concessão. Suspeito que consiga deduzir o resto.

— O que torna o gralho tão valioso para a Igreja?

— Gralho é valioso pra todo mundo — respondeu Lovelace. — Quando o minério de gralhimiquita é refinado, pode ser queimado para produzir energia. Versátil, duradoura. Só uma gotinha — mostrou o indicador e o dedão a um centímetro um do outro para enfatizar — poderia abastecer uma dessas naves-templo para dar um passeio por uma galáxia. Não uma galáxia muito grande. Mas ainda assim...

Lovelace enfiou a cabeça chata da chave de fenda entre a pele de Nebulosa e uma das barras enterradas nela. O arranhar do metal contra o osso vibrou por todo o corpo de Nebulosa, até chegar aos pés, e o cheiro de osso que subiu foi tão forte que ela quase pôde sentir o gosto. Mordeu a língua. De repente, desmaiar parecia um plano mais agradável.

— Bela peça, essa aqui — disse Lovelace, gentilmente. — Onde conseguiu?

— Eu fiz.

— Você fez? — Lovelace assoviou e, por um momento, Nebulosa achou que ela estivesse impressionada, mas ela acrescentou:

— Seu pai não é um maníaco ricaço? Ele não pode pagar por nada mais moderninho? E que não seja soldado nos seus ossos?

— Eu não pedi — respondeu Nebulosa.

Lovelace passou a língua nos lábios.

— Não parece ser uma ferida antiga, mas cicatrizou bem — disse, e olhou para Nebulosa. — Como foi que perdeu?

— Perdi o quê? — respondeu Nebulosa, indiferente.

— Perdão, isso é muito pessoal?

— Sim.

Lovelace abaixou a cabeça, e ambas ficaram em silêncio. Nebulosa encarou os joelhos. A cicatrização só aconteceu pelo fato de que facas da Força Estelar vibram a uma frequência alta o bastante para cauterizar uma ferida enquanto cortam. Nebulosa nunca correu o risco de sangramento, ou de uma infecção. Um minúsculo consolo.

— Foi numa luta — disse, de repente, surpreendendo a si mesma.

— Uma baita luta — Lovelace bufou, embaçando as lentes dos óculos.

Nebulosa fechou os olhos. A parte mais decepcionante é que não tinha *sido* uma luta. Chamar assim era dobrar a verdade a ponto de ela quebrar. Ela, Gamora e o pai estavam nas Tumbas Nubladas de Praxius com apenas vinte por cento de um plano, mas o fervor de Thanos pelo artefato que estava procurando — um orbe que ele nunca se importou em explicar a importância a elas — despertou a motivação de Nebulosa. Gamora insistiu em cautela, mas ela a ignorou. Era tão raro Thanos se juntar a elas em batalhas que apenas a presença dele ali, saber que ele as estava testemunhando em ação, para além dos treinamentos ou dos relatórios de missões que elas faziam, fez Nebulosa pensar que se ele a visse, se ele pudesse apenas vê-la tomando a dianteira antes que Gamora pudesse — antes que Gamora ousasse —, ela seria...

Agora parecia tão idiota. Ela seria o quê? Uma candidata? Sua filha favorita número um-e-meio, em vez de uma distante terceira depois de Gamora e algum *outro*? Ela nunca estaria à frente de Gamora aos olhos do pai. Mas o porquê de ele ter escolhido a irmã e não ela como favorita, Nebulosa nunca soube. Gamora não era mais rápida ou mais forte que ela. Não era mais inteligente ou mais habilidosa. Não era melhor com as espadas ou mais ágil com os pés. Gamora não aguentava um soco melhor que ela. Gamora não se levantava tão rápido quanto ela.

Gamora sempre esperava um momento, um suspiro, antes de atacar... um suspiro que Nebulosa tinha certeza de que um dia seria o último. Mas em Praxius, enquanto Gamora suspirava, Nebulosa atacava. Ela tinha visto as torres de artilharia de mísseis de íons, e sabia que se passasse por elas haveria drones dentro da tumba. Drones que ela poderia dar conta. Ela tinha certeza que sim. Mas havia muitos deles, que se atiraram sobre ela feito enxames, sobrepujando-a e fazendo com que os movimentos dela fossem reduzidos a golpes frenéticos no ar. Um passo em falso — um passo idiota que ela jamais deveria ter dado — e a rede de energia à sua volta se ativou, deixando o ar quente e eletrificado. Ela desviou, mas não foi rápida o bastante. O lado esquerdo do corpo foi pego na rede, com os volts pulsando através de si, fazendo os membros dela se contorcerem e convulsionarem. Ela lutou para ficar parada, lutou para não gritar, e quase cortou a língua ao meio de tanto mordê-la. Quando Thanos e Gamora a encontraram havia sangue nos dentes dela, e as sobrancelhas estavam queimadas pela eletricidade que corria sob a pele.

Ao vê-los, Nebulosa foi tomada de alívio. Sem dúvidas ou ressalvas — apenas alívio, claro e brilhante como um céu sem nuvens. Eles estavam ali. Eles a salvariam. Ela tinha salvado ambos no passado. Eles fariam o mesmo.

Gamora avançou para ajudá-la, mas Thanos levantou uma mão, e ela parou. Ele encarou Nebulosa, encarou o maxilar trêmulo dela enquanto engolia os gritos de dor, o sangue e a saliva escorrendo dos lábios, as linhas de energia branco-azulada prendendo-a à rede.

— Pai — ela conseguiu tossir. Era capaz de sentir a voltagem no fundo dos olhos, passando pela garganta e eletrocutando-a cada vez que tentava engolir.

Mas Thanos apenas olhou para ela. Observou o sofrimento dela.

Ao lado dele, a Senhora Morte também a observou.

— Que vergonha — disse ele simplesmente, e Nebulosa não sabia se a vergonha era pelo fato de ter caído em uma armadilha tão óbvia, ou se ela mesma era uma vergonha.

Então eles começaram a se afastar.

— Pai — ela chamou, contorcendo-se na rede, apesar de a voltagem aumentar. A voz dela se ergueu em um urro desesperado quando gritou novamente: — PAI!

Thanos não se virou.

— Vamos, Gamora.

Gamora hesitou, olhando para Nebulosa. Nebulosa estava furiosa pelos olhos dela estarem marejados por causa da dor, e ficou ainda mais furiosa por uma lágrima ter escapado no instante em que Gamora a encarou.

Por favor, disse à irmã, movendo os lábios sem emitir som.

— Gamora! — chamou Thanos. — Agora.

Gamora voltou-se para Thanos, firmando os pés no chão.

— Você pretende deixá-la? — exigiu saber.

Thanos ficou parado. A Senhora Morte tocou seu braço.

— Se ela sobreviver, será por mérito próprio — disse ele. — Assim como foi mérito dela cair nessa armadilha idiota.

Gamora permaneceu ali, observando enquanto o pai se afastava, e Nebulosa ficou pensando se a irmã também era capaz de ver a Senhora Morte ao lado dele, com a pele iluminada de azul pelo reflexo da eletricidade. Nebulosa olhou para cima, com a visão embaçando. Através dos painéis do teto inclinado era capaz de ver o brilho pálido das estrelas contra a escuridão do espaço.

A galáxia tão próxima, e ela quis alcançá-la por instinto. Um chiado de energia dobrou seu corpo, e ela gritou.

Gamora se encolheu com o som, e deu um passo para se aproximar. Nebulosa sentiu o coração preencher-se de esperança. A irmã a ajudaria. Gamora desafiaria o pai delas, ignoraria essa chance de deixar Nebulosa para morrer e, assim, acabar com qualquer disputa para ser a primeira no coração de Thanos. Gamora escolheria ela antes do pai. Elas lutaram juntas, treinaram juntas, aprenderam e estudaram e cresceram juntas. Elas conheciam uma a outra de forma que ninguém mais era capaz. Isso devia valer de alguma coisa.

Discretamente, Gamora bateu a ponta de uma bota no calcanhar da outra, e a vibrolâmina disparou da biqueira das botas da Força Estelar, que usava desde que a roubou de um cadáver em uma prisão de Xandar. A faca escorregou pelo chão, parando aos pés de Nebulosa.

— Isso foi uma estupidez enorme — disse Gamora, com a voz alta o suficiente para cobrir o som da faca. Então acrescentou mais gentilmente, de forma que apenas Nebulosa pudesse ouvir: — Faça valer a pena.

Gamora olhou para ela, então para a faca, depois virou-se e seguiu Thanos, deixando Nebulosa na sepultura.

A única que ficou foi a Senhora Morte. Ela observou enquanto Nebulosa lutou para alcançar a faca deixada por Gamora, com a dor fustigando-a a cada vez que se esticava para pegar a arma. A Senhora Morte andou em círculo em torno da lâmina, então a cutucou com a ponta do pé, e, por um momento de pânico cego, Nebulosa achou que ela fosse chutar para longe.

— Não!

A Senhora Morte pisou na faca, empurrando-a contra o chão. Nebulosa se debateu contra a rede, certa de que estava puxando tão forte que os membros acabariam separados do corpo. Os dedos da mão direita encostaram na ponta do cabo, e ela se jogou para a frente, ignorando a dor enquanto a mão abraçava o punho da faca. Caiu para trás, no berço da rede de energia, lutando para ficar acordada e ignorar o cheiro da própria carne queimando. Ajustou a empunhadura, então forçou a vibrolâmina em um dos fios da rede de energia e começou a serrar.

Nada aconteceu.

Gritou de frustração, com lágrimas enchendo os olhos. Típico de Gamora — pensou que sua irmã a havia deixado com uma última gentileza, em segredo, mas em vez disso era apenas um último deboche: lutou para pegar uma faca que era incapaz de cortar a maldita rede. Estava furiosa que a última coisa que dissera à irmã tinha sido um pedido patético de ajuda, e ainda mais furiosa que ela a respondera com essa provocação.

A única vingança adequada seria a sobrevivência dela.

A rede de energia havia prendido o lado esquerdo dela, e ainda que os volts percorressem o corpo todo, somente o braço estava emaranhado. Encarou o ponto próximo ao ombro, onde faíscas brancas saltavam e estalavam, eletrocutando-a a cada espasmo. Olhou para cima, procurando as estrelas em meio às trevas, e respirou fundo. O tipo de suspiro que Gamora daria. A pausa. O momento para ouvir o universo.

Então encaixou a ponta da vibrolâmina na carne macia da axila, e a empurrou para cima até sentir o gume raspar o osso.

O choque de dor repentino arrancou-a daquela memória quando Lovelace soltou o braço protético na mesa ao lado dela.

— Pronto. — Lovelace limpou as mãos nas calças antes de dar a Nebulosa um pedaço grosso de gaze para o sangramento. — Tenho um braço novo para você.

Lovelace procurou algo na maleta dela enquanto Nebulosa comprimiu a gaze no espaço vazio onde antes estava o braço. O tecido ficou manchado de sangue, ainda que não estivesse encharcado como ela imaginou que estaria. Lovelace tinha sido cuidadosa.

— Cortesia dos pagadores de dízimo da Igreja da Verdade Universal — disse ela, colocando outra maleta em um suporte ao lado da mesa de cirurgia e abrindo a tampa, revelando um braço cromado brilhoso, com placas sobre o circuito interno e uma trava que encaixava no ombro. — Posso programá-lo para o seu chip. — Lovelace deu um tapinha atrás da própria orelha, espelhando onde estava o chip de Nebulosa. — Assim não vai precisar de um receptor novo.

O encaixe foi indolor. Assim que o sangramento parou, Lovelace prendeu uma bolsa térmica gelada no ombro de Nebulosa, para diminuir o inchaço, depois limpou a ferida com antisséptico antes de instalar o novo soquete de cromo. Não havia nada para empurrar sob a pele de Nebulosa e depois parafusar, como antes — este era preso com sucção e travava no lugar sem esforço algum. O braço conectava-se ao soquete de maneira igualmente fácil. Assim que Lovelace pareou o braço com o receptor, Nebulosa flexionou a mão para testar. Não houve nenhum momento de preocupação envolvendo alguma coisa desmontando ou lhe dando choques. Não houve falhas no sinal que partia do cérebro até os receptores no antebraço. Girou o pulso, depois o ombro.

Lovelace deu um sorriso largo.

— Uma belezinha, né?

Nebulosa fechou o punho e sentiu, pela primeira vez desde Praxius, a euforia que vinha de saber que cada centímetro do seu corpo estava armado. Ela não era um acidente de um universo insensível, não era um monte de pedaços amontoados e arrastados pela vida como tantos dos seres que encontrara. Ela tinha sido esculpida e moldada pelas próprias mãos; poder forjado e refinado e pronto para ser usado. E ela seria a guerreira a fazê-lo. O corpo dela não pertencia ao pai.

— É lindo — disse.

— Quer que eu jogue esse fora? — Lovelace indicou com a cabeça o braço antigo, que Nebulosa havia feito.

— Não — respondeu ela. — Vou guardá-lo.

Ela se imaginou jogando-o aos pés de Gamora, junto da vibrolâmina que ainda tinha consigo, e jurou sentir uma onda quente de satisfação que a percorreu até as pontas dos dedos artificiais.

Depois de uma verificação de sistemas e alguns ajustes, Lovelace levou Nebulosa de volta a Irmã Piedosa, esperando-a em uma sala de reuniões elegante, com cadeiras de espaldar alto que lembravam adagas. Com ela estavam três outras cardeais, que Irmã Piedosa apresentou como Irmã Caridade, Irmã Prudência e Irmã Obediência. Sentavam-se de frente para ela, usando túnicas vermelhas, com os ombros vincados em pontas perfeitas. Os olhos delas, assim como os de Irmã Piedosa, estavam tingidos por uma faixa de tinta grossa, ainda que esta última tivesse uma faixa a mais, sobre os lábios.

Irmã Piedosa pediu que Nebulosa se sentasse, antes de ela própria se colocar do lado oposto, com as outras cardeais. Parecia que estava diante de um júri.

— Bem. — Irmã Piedosa uniu as mãos e sorriu. No reflexo brilhoso do tampo da mesa, os dentes dela pareciam pontudos. — Irmã Nebulosa.

Nebulosa estava tão fascinada com a facilidade que a nova mão mecânica pegava o copo na mesa à sua frente que quase o esmagou.

— Apenas Nebulosa — disse ela, firme.

— Mas todas somos irmãs aqui — Irmã Caridade explicou, com um sorriso. Ela era a mais jovem do grupo, e era a que o sorriso menos lembrava uma inteligência artificial tentando imitar emoções.

— Não vou responder se me chamarem assim — respondeu Nebulosa. — E não sou irmã de ninguém.

A boca de Irmã Caridade fez um pequeno "O", e ela olhou de relance para as companheiras cardeais, como se esperasse uma instrução do que fazer. Nenhuma delas tirou os olhos de Nebulosa. A que estava na ponta — Irmã Prudência — não fazia esforço para fingir que estava feliz em ter uma intrusa à mesa. Ela olhou feio para Nebulosa, e a tinta sobre os olhos dela entortou-se pelas dobras das sobrancelhas grossas.

— Como quiser — disse Irmã Piedosa, com a voz mais alta que antes —, Nebulosa. — Irmã Piedosa cerrou os dentes ao dizer a palavra sem a designação, então pareceu relaxar, ao acrescentar: — Filha de Thanos.

Claro, pensou Nebulosa, amargamente.

— Trouxemos você aqui, ao nosso santuário interno, para pedir ajuda em um assunto de severa importância para a sobrevivência de nossa Igreja.

Ela sabia que haveria uma barganha. Nebulosa olhou para o novo braço. Sempre havia uma barganha. Sempre havia alguém querendo algo de uma filha de Thanos: esse algo poderia ser um tranco no motor de uma nave, ou então a própria cabeça dela enfiada em uma estaca, e variava dependendo do dia, do planeta e do tamanho da recompensa por sua cabeça.

— Lá embaixo, na superfície de Dunaberta — continuou Irmã Piedosa — ocorreram certas perturbações entre os mineradores. Demonstrações violentas que têm interrompido o fluxo de trabalho, e sentimos que não podemos ficar paradas sem fazer nada e permitir que continuem.

— Vocês têm uma força de combate de elite — disse Nebulosa. Os Cavaleiros Negros da Igreja eram lendários. Ela duvidava que uma operação missionária desse tamanho não teria ao menos um batalhão escondido nos cânions de rocha vermelha, protegendo os acólitos itinerantes.

— Não desejamos nos envolver em combate com esses rebeldes — disse Irmã Obediência. — Não é o modo de agir da Matriarca. Em vez disso, esperávamos dialogar.

— Por que o que acontece entre os mineradores é importante para vocês? — perguntou Nebulosa.

— Ensinamos a paz — explicou a Irmã Caridade, com a voz tão suave que Nebula teve que se inclinar para ouvir as palavras dela. — Em todas as coisas. Nós nos dedicamos a promover a paz nesse mundo moribundo...

— E, com tantos fiéis entre os mineradores — interrompeu Irmã Piedosa —, queremos nos certificar de que nossos seguidores estão protegidos e tratando uns aos outros com gentileza. É o que prega a Matriarca.

— Os rebeldes se recusam a participar de reuniões de conciliação — disse Irmã Caridade.

— Recusam-se a uma conciliação porque nós estamos envolvidas — corrigiu Irmã Obediência. — Eles nos veem como próximas demais da Companhia de Mineração, com quem estão lutando.

— Não acreditam em autoridade alguma — contrariou Irmã Piedosa, dando a Irmã Obediência um olhar severo, como se ela tivesse falado o que não devia. Irmã Obediência mordeu os lábios. — Como você não é uma afiliada conhecida de nossa igreja, esperávamos que pudesse agir em nosso nome, como uma embaixadora.

— E vou fingir ser embaixadora para quem, exatamente? — perguntou Nebulosa.

— O grupo mais violento que opera aqui. — Irmã Piedosa deu um toque no tampo da mesa, e um mapa da superfície do planeta apareceu no ar diante delas. A cardeal tocou um ponto e a imagem ficou mais definida, enquadrando uma fissura. — Abaixo de Rango-15, onde a conheci, fica a fenda de mineração mais profunda de Dunaberta. Eles a chamam de Espinha do Diabo.

— Identificamos um dos líderes do movimento de resistência, uma mulher chamada Versa Luxe — continuou Irmã Piedosa. — Ela pilota uma escavadeira ali. A *Calamidade*.

— Como a encontrou? — perguntou Nebulosa.

— Ela é filha de uma líder rebelde bastante conhecida dos primórdios da mineração no planeta — esclareceu Irmã Piedosa.

— Insistimos em manter os olhos nela, pela segurança de nossos congregados, com os quais ela trabalha.

— O que esses rebeldes querem? — quis saber Nebulosa.

Irmã Caridade olhou para as outras. Irmã Prudência soltou um suspiro, acompanhada por uma impressionante abertura das narinas, e disse:

— Eles exigem que as operações de mineração no planeta sejam encerradas, de forma que possam começar o processo de terraformar Dunaberta e restaurar o clima.

— O que é um absurdo — comentou Irmã Caridade, com uma risada discreta. — Nunca houve uma fonte de gralhimiquita pura como esta em qualquer outro lugar da galáxia. O poder que ela gera é essencial.

— Essencial para quem? — Nebulosa questionou.

— Para muitos — respondeu Irmã Piedosa, antes que Irmã Caridade tivesse uma chance. — Uma fonte de energia duradoura e poderosa assim pode transformar civilizações inteiras.

— É por isso que a Igreja está aqui? — perguntou Nebulosa. — Para garantir que o gralho seja usado para o bem? Vocês vão distribuí-lo pessoalmente às massas?

Irmã Piedosa recorreu ao sorriso firme. O rosto dela parecia distorcido através do mapa holográfico que ainda flutuava entre elas.

— Queremos torná-lo o mais disponível possível, e garantir que o trabalho digno daqueles que o mineram seja confortável e feliz. E é por isso que pedimos sua assistência, para agir como uma embaixadora externa e imparcial aos rebeldes na Espinha do Diabo. Enfim… — Ela tocou no tampo da mesa novamente, e o mapa desapareceu. As contas de ossos dela chocalharam na superfície polida da mesa. — Mais alguma pergunta?

Nebulosa passou a mão ao longo da placa do antebraço da prótese.

— Por que estão arrancando dízimos de seus fiéis, quando poderiam estar fazendo bilhões de unidades com a mineração de gralho?

Irmã Caridade ficou boquiaberta. Irmã Obediência fez o sinal da Matriarca, e Irmã Prudência resmungou alguma coisa que parecia uma maldição. Ou pelo menos uma oração bastante condenatória.

— A que se refere? — perguntou Irmã Piedosa. Ela era a única das quatro Irmãs que não teve uma reação visível à questão de Nebulosa, mas selecionou as palavras cuidadosamente.

— A Igreja da Verdade Universal tem ações da Companhia de Mineração — respondeu Nebulosa, com mais confiança do que realmente sentia. Lovelace havia dado informação o bastante para que pudesse fazer aquela suposição, mas as Irmãs confirmariam se o que ela dissera era real. — Isso que chamam de Espinha do Diabo por acaso é uma concessão de vocês? Por isso querem protegê-la?

— Isso — os olhos de Irmã Piedosa estreitaram-se — não lhe diz respeito.

— Eu gostaria de saber para quem estou trabalhando — explicou Nebulosa. — E não sei dizer se é uma igreja ou uma corporação.

— Digamos que um pouco de cada — disse Irmã Piedosa. — Mas nossa parte do gralho não está sendo vendida.

— Então vocês estão armazenando a energia essencial que poderia transformar civilizações inteiras, em vez de distribuí-la para as massas? — questionou Nebulosa. — Palavras suas.

Irmã Piedosa franziu os lábios, depois sorriu mais uma vez, ainda que se parecesse mais com um animal mostrando os dentes.

— A gralhimiquita tem um propósito no plano de Magus. Somos meros receptáculos de sua obra. Isso é tudo o que você precisa saber.

Nebulosa pensou em pressioná-las — nem que fosse para provar que *ela* determinaria o que era o *tudo* que precisava saber —, mas tinha a impressão de que a conversa não daria em nada.

— Certo — disse. — Serei a embaixadora de vocês, sob uma condição. — Irmã Piedosa abriu as mãos, gesticulando para Nebulosa continuar. — Quero a escavadeira de Versa Luxe quando ela for capturada — exigiu. — É isso que querem que eu faça, não? Que eu dê um jeito nela por vocês?

Irmã Piedosa cruzou os braços.

— Nós não dissemos isso.

— Claro que não disseram — respondeu Nebulosa. — Mas vocês precisam proteger sua concessão, e ela é a líder daqueles que a ameaçam.

— Por que precisa de uma escavadeira? — perguntou Irmã Prudência.

Nebulosa se recostou na cadeira, com os braços cruzados, espelhando a imagem de Irmã Piedosa.

— Isso é tudo o que vocês precisam saber.

Transcrição — imagens de segurança

o salão de jogos cósmico do grão-mestre

22h42 - 90-190-294874

visitante: Você trapaceou!

A matriarca: Eu rolei os dados.

grão-mestre: Ás! Não houve trapaça alguma. Não seja um bebê chorão. Certo, é aqui que começa a diversão. Vossa Graça, imperatriz divina, provedora das orações e governante de fanáticos levemente perturbadores, você escolhe primeiro. Quem será o campeão que enviará para coletar o coração do planeta Dunaberta para mim?

A matriarca: Tenho alguém em mente.

4ER22 G1218N20 70 T1922 20RE22N P1526C22

Capítulo 7

Quando o sino indicou o fim do expediente, Versa voltou até a plataforma para estacionar a máquina, enquanto Gamora se enfiou de novo no assoalho do veículo e esperou Versa finalizar as últimas verificações. Ela demorou bastante. Gamora estava acostumada com períodos de quietude e silêncio — meditação tinha sido parte do seu treinamento na *Santuário II*, e sua concentração tinha sido ainda mais aguçada por Nebulosa que, às vezes, se inclinava e dava um peteleco na orelha dela, quando o instrutor não estava olhando —, mas estava tão tensa que era difícil não contar os segundos. Ela não conseguia se desvencilhar do sentimento de que tinha sido abandonada, ou do tremor que ainda afetava os ossos dela, de tanto balançar na escavadeira o dia todo.

Ficou pensando se tudo aquilo não era só um engodo, e que a porta da cabine estaria prestes a ser aberta pela polícia. Não que não pudesse lutar contra eles, mas isso tornaria o restante de sua estadia em Dunaberta mais difícil. E as costelas ainda doíam do belo chute que Versa lhe dera.

Ou talvez Versa a deixaria ali, respirando ar envenenado até que começasse a apodrecer como o resto dos mineradores. Gamora sabia que os efeitos de respirar muito gralho não apareceriam antes de dois dias de exposição, mas ela verificou as palmas das mãos, o espaço atrás das orelhas e embaixo dos braços — os pontos fracos onde a degradação se instalaria primeiro.

Gamora desprendeu o coldre e estava com uma mão sob a blusa, sacudindo seu top para tirar poeira, quando a porta da cabine se abriu e Versa apareceu. E sorriu.

— Estou interrompendo alguma coisa?

— Por que demorou tanto? — reclamou Gamora. Os músculos de suas pernas protestaram de dor quando ela se levantou.

— Não dá pra apressar uma verificação de sistemas. Esses tratores não são fáceis de consertar se você não tratar deles direito. Eu tive que passar meu cartão no elevador orbital. Quando eu viro a noite aqui, passo o crachá, entrego pra um dos meus amigos, que faz a mesma coisa ao sair da Rango-15 de manhã. Assim, de acordo com qualquer registro oficial, eu estive onde deveria estar.

— E por que, exatamente, você quer ficar aqui mais tempo que o necessário?

— Venha, eu vou te mostrar.

Versa desceu pela escada do trator, e Gamora a seguiu, com os pés vacilando por um momento ao pisar no chão. O crepúsculo se assomava além dos cânions de rocha vermelha, que pareciam em chamas devido à luz. O céu era roxo leitoso, e a parte mais baixa da atmosfera desgastada estava tingida de dourado. As minas estavam vazias — apenas as refinarias funcionavam a noite toda. Os tratores estavam ao longo da plataforma, estacionados em fila como se fossem gigantes adormecidos. Observar máquinas tão poderosas paradas fazia com que o mundo todo parecesse estar num silêncio particular.

— Não há muitos seguranças à noite longe das refinarias — disse Versa. — Mas tente não fazer nenhuma cena. E deixe seus sapatos. — Gamora virou e a viu arrancando as botas pesadas, deixando-as atrás das esteiras do trator. — E sua mochila. Só vão nos atrasar. — Gamora olhou para os próprios pés, imaginando a podridão cinzenta do excesso de exposição ao gralho subindo por entre os dedos. Versa pareceu ler a mente dela, porque disse:

— Aonde vamos não há veios abertos. Mas continue usando seu respirador... a atmosfera não é lá *aquelas* coisas.

— Minhas botas têm boa tração — disse Gamora, ainda que as tivesse usando por tanto tempo que não tinha ideia de como estavam as solas.

— A questão não é tração — respondeu Versa. — É o peso. Boa tração não vale de nada na areia.

Gamora não gostou da ideia de estar sem o acesso fácil a uma faca, mas lhe pareceu um sinal óbvio de desconfiança tirar a lâmina da biqueira e guardá-la no cinto, ou então pegar os blasters. Relutante, tirou as botas e as jogou na cabine da escavadeira, junto da mochila, seus blasters, sua bandoleira e as granadas de luz que já estavam lá escondidas. A falta daquelas coisas fez com que se sentisse entrando numa batalha completamente nua.

Versa jogou os próprios sapatos lá, logo depois de Gamora, depois partiram juntas da borda da plataforma, longe dos elevadores. Gamora seguiu Versa, subindo pelos andaimes em vez de descer pelo caminho que a escavadeira havia aberto pela manhã no cânion. O vento estava quente e cortante, e elas ergueram os capuzes e prenderam os lenços sobre os respiradores. Versa tinha óculos de proteção, e Gamora resistiu ao desejo de arrancá-los dela e colocar nos próprios olhos, que sentia queimar, com os cílios coletando terra.

Em vez de subir pelos andaimes, Versa desviou-se de repente e começou a escalar a lateral da rocha vermelha escorregadia, usando os espigões de mineração enfiados na pedra e as fendas que haviam criado como pontos de apoio. Gamora moveu-se com agilidade logo atrás, até que atingiram o topo do cânion e Versa lhe deu uma mão, puxando-a para cima da borda da trincheira da Espinha do Diabo.

A superfície do planeta era uma silhueta irregular contra o crepúsculo, com as cristas dos cânions brilhando rosadas contra a luz. As chaminés das refinarias vomitavam fumaça oleosa entre os afloramentos rochosos e os morros criados pela mineração, de forma que o horizonte lembrasse uma boca com dentes separados. À distância, os guindastes dos elevadores subindo para as estações costuravam o céu.

— Costumava ser verde aqui — disse Versa. O vento havia removido o capuz dela, e o cabelo preto estava salpicado de areia vermelha. Naquela luz moribunda, se parecia com sangue. — Tudo isso, se você acreditar nos antigos. E tinha árvores tão grandes que era difícil de ver o céu.

— Você se lembra? — perguntou Gamora.

— Não — respondeu Versa. — Às vezes não me lembro de nada, só ouço histórias e as enxerto em minhas memórias.

— Histórias das suas mães? — continuou Gamora, e Versa concordou. — O que aconteceu com elas?

— Uma morreu nas minas. A outra em um ataque aéreo. — Versa empurrou os óculos até a testa e esfregou os olhos, espalhando o pigmento preto nas mãos. — Quando forçaram todos a irem para as estações, teve um grupo que ficou, para protestar. A Companhia lançou bombas sobre eles para mostrar a todos o que acontecia aos opositores. — Ela ficou olhando para a vastidão de rocha flamejante por um bom momento, então deu um tapinha no ombro de Gamora. — Vamos. — Abaixou os óculos e apertou as alças. — Temos um bom caminho pela frente.

Versa prosseguiu em ritmo acelerado enquanto andavam pelo deserto. Quando começou a ficar escuro de verdade, ela deu uma lanterna de cabeça a Gamora e continuaram, cada uma perseguindo o próprio feixe estreito de luz. A areia era tão fina que parecia pantanosa, e Gamora teve que admitir que botas pesadas teriam transformado aqueles passos, já difíceis, em uma marcha mortal. Andaram por quase uma hora, e quando Gamora já flertava com a possibilidade de aquilo ser uma armadilha, e que ela deveria ter prestado mais atenção por onde haviam passado para poder voltar ao trator caso precisasse, Versa parou.

— É aqui — disse, apontando para uma pequena fissura aberta sob os pés, tão estreita que Gamora não a teria visto se Versa não tivesse mostrado.

A abertura era apenas grande o bastante para Versa se enfiar entre duas paredes e começar a se esgueirar rocha adentro. Gamora seguiu, imitando a forma como a mineradora se movia. A fissura não parecia ter sido criada para mineração. As paredes não tinham nenhum dos padrões brilhantes e cristalinos deixados pelas escavadeiras como a *Calamidade*, nem qualquer buraco denunciando onde uma picareta havia escorregado. Não havia andaimes, nem marcas de perfuração, nem espigões de mineração esquecidos presos às rachaduras.

De repente, Versa saiu do campo de visão de Gamora, e o feixe de luz da lanterna presa à cabeça balançou com força, apontando para cima.

— Dá pra saltar daqui — disse a Gamora. — Não é tão alto.

Era mais alto do que ela imaginava. Os pés de Gamora bateram no chão com tanta força que os joelhos dobraram e ela se agachou, colocando uma mão no chão para se equilibrar. Mesmo antes de levantar a cabeça pôde sentir a mudança de ar. Ali era mais úmido e menos ácido. A pele dela não parecia estar sendo raspada e desgastada pela exposição à atmosfera. Percebeu, também, que sua mão estava tocando grama. Mas não era uma grama exuberante como o tipo que crescia na estufa hidropônica da *Santuário II*. Essa era esparsa e brotava da areia. Mas ainda era grama. Ainda era verde. Olhou para cima, e o feixe da lanterna iluminou um espaço alto o suficiente para ficar em pé, um oásis escondido sob o deserto. Árvores enfileiravam-se pelo caminho, com troncos brancos feito osso. Folhas agitavam-se nos galhos, ainda que não houvesse brisa ali. O lugar tinha até mesmo um pequeno lago, ao lado do qual Versa estava ajoelhada, lavando a tinta grossa do rosto, com o respirador pendurado no pescoço.

Para além da luz da lanterna, Gamora ouviu alguma coisa se mover, e uma voz feminina gritou:

— Ei! Quem é você? — Duas mulheres saíram correndo da escuridão, e Gamora tentou pegar o blaster, antes de se lembrar que não estava consigo. Fechou as mãos em punhos, mas Versa saltou entre elas, com água escorrendo do rosto e manchando a blusa com a tinta preta.

— Ei, ei, calma aí! — Levantou as mãos, e ambas as mulheres pararam. — Ela está comigo.

— Quem é essa? — uma delas exigiu saber. Era magra, de meia-idade, com cabelo raspado tão baixo que parecia mais ser pintado na cabeça. Segurava uma furadeira como se fosse uma arma, mas Gamora desconfiava que aquilo não atiraria nada.

Versa olhou para Gamora, dando um leve sinal com a cabeça, e Gamora repetiu as palavras que Doxey lhe dissera na prisão:

— Não deixe seu fardo tocar no chão.

As mulheres se entreolharam, e a de cabelo escuro prendeu a furadeira no cinto. Em seguida, estendeu o braço em um cumprimento. Gamora o apertou na altura do cotovelo.

— Luna Cassidy — disse a mulher. — Rango-3. E pode tirar seu respirador. As árvores tornam o ar daqui respirável.

Gamora abaixou o lenço e o respirador, mostrando o rosto. A segunda mulher também lhe deu a mão. Ela tinha apenas manchas amareladas no lugar das unhas. A pele dela era grossa devido ao sol, e o lado esquerdo da face estava acinzentado e derretido pela exposição ao gralho. O osso da bochecha projetava-se para fora do rosto.

— Dana Barranco — disse ela, e seus olhos se demoraram na pele verde de Gamora enquanto davam as mãos. — De onde você é?

— Não é daqui — disse Luna, bufando pelo nariz. — Tá na cara que é de fora do planeta.

— Essa aqui é a Gamora, a filha do titã Thanos — esclareceu Versa.

Os olhos de Barranco se arregalaram.

— Tá de brincadeira? O tirano? — Gamora assentiu com a cabeça. — Onde a encontrou, Ver?

— Ela me encontrou — respondeu Versa, voltando a se ajoelhar na margem do lago. — Quer comer alguma coisa? — perguntou a Gamora, enquanto pegava água com as mãos em concha.

— O gralho já pegou na sua garganta? — perguntou Luna. — A gente tem um tônico que ajuda.

— Conseguiu um pouco? — quis saber Versa, tirando água do rosto.

Luna colocou a mão em uma pochete pendurada no cinto e pegou um par de garrafas opacas prateadas. Versa levantou os braços no ar, em um gesto de vitória, e disse:

— Luna trabalha nas cadeias de suprimento que abastecem as estações da Companhia — explicou a Gamora. — Então ela rouba tudo do bom e do melhor.

— Ela que é tudo de bom e do melhor. — Barranco colocou a mão sob o queixo de Luna e lhe deu um toque carinhoso. Luna riu e abriu uma das garrafas antes de passá-la a Barranco.

Bem no fundo da caverna, fora de vista, havia mais mulheres. Versa apresentou Gamora — eram seis no total, além de Versa. Alguém havia montado uma luminária térmica, em torno da qual elas se agruparam enquanto Luna distribuía pacotes de ração; ficaram ali aquecendo as mãos e os pés devido ao frio que chegara com o anoitecer.

— Há mais de nós trabalhando contra a Companhia — Versa explicou para Gamora —, mas não falamos sobre esse lugar com todo mundo.

— E nem todo mundo quer saber — completou Luna. — Quanto mais você sabe, mais podem espremer de você quando for pega.

— Como encontraram aqui? — perguntou Gamora, olhando em torno da pequena mas viçosa caverna.

— A gente não encontrou — respondeu Versa. — A gente fez.

Luna sorriu.

— Terraformação em miniatura. Prova de que este planeta ainda não tá morto. Coisas verdes ainda podem crescer mesmo no solo mais contaminado. Algumas das antigas chamavam isso de Cibele. Não era, Barranco?

Barranco olhou para Gamora por cima do gargalo da própria garrafa. O osso exposto no rosto dela fazia parecer que, abaixo da pele, ela era cheia de andaimes e vigas como o restante do planeta.

— Já leu o livro de Magus, filha de Thanos? — perguntou ela.

— Não se eu puder evitar — disse Gamora.

Barranco suspirou.

— Algumas de nós eram chegadas aos missionários para conseguir rações melhores, e aprenderam a ladainha do bom livro à força. Cibele é o jardim onde Adam Warlock nasceu.

— A origem da vida — afirmou Gamora.

Luna cutucou Barranco com o cotovelo, carinhosamente.

— Acharam que tavam sendo espertas.

Barranco bebeu da garrafa. O rosto pareceu desigual quando a pele dela flexionou.

— Nós achamos.

Enquanto comiam, trocaram histórias sobre o dia de cada uma. Todas trabalhavam em estações diferentes que davam suporte ao trabalho na Espinha do Diabo; a única coisa que parecia conectá-las é que estavam em funções que as matavam aos poucos, sem chance de escapar. Enquanto conversavam, Gamora olhou para cima, para a estreita abertura logo acima, esperando ver estrelas, mas em vez disso viu apenas os restos cinzentos de detritos das minas, como se o planeta estivesse expirando todo o resíduo do dia de trabalho.

A única que não falou nada foi Barranco. Ela ainda estava bebericando o tônico que havia recebido de Luna, e analisando Gamora de cima a baixo. Quando finalmente falou, a voz dela reverberou pelas paredes da caverna, e o grupo todo ficou em silêncio.

— O que está fazendo aqui exatamente, filha de Thanos?

Gamora soltou o cabelo do laço frouxo que havia feito e o balançou, deixando as pontas brancas caírem sobre os ombros.

— Quero ajudar vocês.

— Por quê? — questionou Barranco. — O que a gente representa pra um dos carrascos da galáxia?

— Ele tem um interesse pessoal em derrubar a Companhia de Mineração — mentiu Gamora. Versa tinha avisado a ela que não deveria mencionar a razão verdadeira de estar ali. As companheiras seriam bem menos receptivas a uma estrangeira que só estaria com elas porque queria uma escavadeira. E era uma história mais fácil de explicar do que a missão misteriosa de um patrono misterioso e o porquê de ela ser o tipo de guerreira que seguia esse tipo de mistério onde quer que fosse ordenada a ir. — Vocês parecem ser as únicas a se mobilizar contra eles. Ele quer ajudar.

— E quem disse que precisamos de ajuda? — contrapôs Barranco, e Gamora percebeu que Versa deu a ela um olhar de aviso.

Gamora levantou as mãos.

— Por mim tudo bem vocês irem sozinhas. Todas — gesticulou uma contagem rápida — as sete de vocês contra uma das maiores corporações da galáxia. Quantos tratores vocês acham que precisam explodir antes que eles concordem em abandonar um empreendimento de bilhões de unidades só para devolver seu planeta?

— Contando com você — disse Barranco, devagar, com a garrafa tocando os lábios — dá oito. De que isso adianta?

— Comigo, vocês têm um dos arsenais mais poderosos da galáxia à disposição, e o apoio de um patrocinador com recursos e dinheiro infinitos.

Barranco olhou para Versa.

— E você acredita nela?

Versa encarou a luminária térmica.

— Não tenho razão para não acreditar.

— Que tal a seguinte: homens como o pai dela não investem em gente como nós por caridade. — Barranco cuspiu entre os próprios pés. — Ninguém dá um tostão por este planeta.

— Todo mundo *quer* um tostão do seu planeta — respondeu Gamora. — Vocês são uma das maiores fontes de gralhimiquita da galáxia. Talvez sejam um dos planetas com os tostões mais desejados no momento.

— Ninguém liga pra *gente*, então — disse Barranco, com desprezo. — Seu pai não quer nos ajudar, ele só quer a Companhia fora da jogada.

— E tem diferença? — perguntou Gamora. — Ainda seria bom para vocês.

Barranco olhou para o chão.

— Só não tem diferença pra alguém que nunca foi esquecida.

— A gente devia escutá-la — opinou Luna. — Ela quer ajudar a gente, Barra.

Barranco levantou a mão e esfregou o toco de osso exposto na bochecha. O osso parecia estar polido devido àquele gesto repetido.

— Merit não faria nada tão estúpido quanto acreditar numa coisa dessas.

Os olhos de Versa se estreitaram, e Gamora sentiu o eco de uma discussão repetida. Velhas tensões se acumulando por serem instigadas de novo e de novo.

— Tire o nome da minha mãe da sua boca.

— Ei, parou — repreendeu Luna num sussurro. Ela tinha uma cicatriz comprida de um dos lados da cabeça, que parecia branca à luz da luminária, como se um veio de minério corresse através da pele. Voltou-se a Gamora.

— Acha que pode nos ajudar?

— Prometo que vou ajudar — assegurou Gamora. — Não prometo sucesso.

— Grande coisa — resmungou Barranco.

— Não temos exatamente filas de seres se formando pra ajudar a gente — Versa disparou contra ela. — E não vamos derrubar a Companhia do dia para a noite. Só precisamos causar o bastante pra que a mudança aconteça. — Olhou para Gamora, que tinha colocado o lenço em torno da cabeça, e no brilho branco da luminária sua pele parecia orvalhada. Versa tinha deixado de limpar um pouco de tinta sob um dos olhos, e uma mancha escura escorria pelo maxilar dela. — E você pode nos ajudar com isso, certo?

Gamora não estava certa de quanto do otimismo de Versa era fingimento para disfarçar a verdadeira intenção delas, mas sabia que seria necessário mais que uma revolta de trabalhadores para deter uma organização do tamanho da Companhia. Homens como o pai dela jogariam uma bomba num planeta antes de se dobrar às vontades da população. *Nunca deixe que vejam sua fraqueza*, ele havia dito a ela, *ou vão perceber que o poder não é nada além de ar*. Percepção era a melhor arma para aqueles que dominavam.

Gamora tomou um gole do tônico que Luna lhe dera.

Era doce, com um aroma de especiarias, e quando ela olhou para cima, para o céu sem estrelas, pensou nos seres nas estações da Companhia de Mineração acima delas, bebendo aquilo em belas mesas de jantar, com talheres imaculados e flores enviadas a eles diariamente, direto dos Planetas Vivos: flores púrpuras e frágeis, com sua fragrância disfarçando as lufadas de gralho e sangue do planeta que eles estavam matando logo abaixo. Gamora sentiu uma pontada estranha de saudade do planeta natal, um lugar do qual não tinha memórias reais, mas de onde, às vezes, sentia falta, como se fosse uma dor fantasma de um membro perdido.

— Posso ajudar vocês a lutar contra a Companhia — disse ela.

Barranco resmungou alguma coisa baixinho, e Versa se endireitou onde estava sentada, encarando-a.

— Ela pode. Ela conseguiu tirar a Doxey daqui.

Luna se sentou, limpando a boca com a mão enquanto olhava de Versa para Gamora.

— Doxey conseguiu sair? — perguntou, esbaforida.

— Só ela — disse Gamora. — Os outros já estavam mortos.

— Mas conseguiu tirá-la daqui?

Gamora assentiu.

Luna recostou-se na parede da caverna, dando um longo suspiro, com o peso de alguma história que Gamora não conhecia. A mulher ao lado colocou uma mão sobre a dela.

— Que bom pra Dox — disse Luna, quase num sussurro.

— Então você ajudou a Doxey — disse Barranco, passando o dedão no gargalo da garrafa. — E o que isso deveria provar pra gente?

— Prova que ela está do nosso lado. Deixa essa garrafa pra lá e me escuta, sóbria, pelo menos uma vez. — Versa tirou o capuz e encarou Barranco. Ela tinha várias cicatrizes em um dos lados do pescoço, que Gamora não tinha percebido até vê-las refletidas na luz da luminária. — Vamos fazer o que Merit nunca conseguiu — continuou Versa. — Vamos afundar a Espinha do Diabo.

Barranco trocou olhares com elas.

— Isso é uma piada?

Versa cuspiu na grama.

— Não tem ninguém rindo.

Barranco inclinou-se para a frente, com os cotovelos apoiados nos joelhos.

— A gente não tem mais a língua afiada da sua mãe pra fazer com que as pessoas vejam a gente com bons olhos, menina. Mal conseguimos poder de fogo o bastante para explodir um andaime. É por um andaime que Dox e Pan foram pegas, lembra? Não pelo trator. Foi pelas bombas que estavam montando embaixo das camas.

— Elas foram pegas porque foram tontas — retorquiu Versa, num resmungo.

— Não me provoque — alertou Barranco.

— Não duvide de mim — devolveu Versa.

Barranco apertou o dorso do nariz com dois dedos. No brilho neon da luminária térmica, o rosto dela era a própria paisagem definhada de trincheiras e cânions.

— Tentamos dar um jeito na Espinha antes, e perdemos mais gente dos nossos do que dava pra contar. O que temos agora que não tínhamos quando sua velha estava comandando esse circo?

— Vocês têm a mim — respondeu Gamora, e todas se viraram para ela. — Vocês têm o poder de Thanos do seu lado.

Versa voluntariou-se para fazer o primeiro turno de vigia, e enquanto as outras mulheres se aconchegavam sob cobertores puídos, ela e Gamora subiram pela fissura até a superfície, esgueirando-se ao apoiar as costas em uma parede e os pés descalços em outra.

O ar estava mais frio que no bolsão da pequena caverna, mas a areia ainda estava quente. O gralho era mais quente que o solo, e Gamora não tinha certeza se estava sentindo o calor irradiando do planeta em si, ou se era apenas a memória persistente daquele dia.

Versa tirou a trava de segurança de um rifle de precisão de cano longo, e o deixou no colo enquanto ela e Gamora sentaram-se lado a lado. Juntas, observaram a extensão do deserto, as vistas distantes das formas escuras das trincheiras de mineração contra o céu azul-marinho.

— Barranco te odeia — disse Versa, voltada para a vastidão.

— Tudo bem — respondeu Gamora. Ela estava mais acostumada com aquilo que com o contrário.

Versa olhou de lado com um sorriso. Na penumbra, a pele de Gamora parecia azul.

— Significa que você está fazendo alguma coisa certa.

— Onde a encontrou?

— Ela estava com as minhas mães quando a Companhia chegou — disse Versa. — Não tem muitas da idade dela que sobraram.

— Ela é sobrevivente do ataque aéreo? — perguntou Gamora.

Versa riu.

— Não. Ela fugiu para as estações e entrou em uma equipe assim que ouviu que a Companhia jogaria bombas. — Versa empurrou o calcanhar contra a terra macia, esmagando um torrão na areia. — Merit costumava dizer que aquela escolha nunca a deixou em paz.

— É difícil ser a única que sobrevive — respondeu Gamora. — É algo que te come viva.

— Você sabe alguma coisa disso?

Gamora enterrou os dedos do pé na areia.

— Alguma coisa.

Versa alongou os braços acima da cabeça, com as costas arqueadas numa curva elegante.

— Então você ajuda minhas meninas a explodir a Espinha do Diabo — disse, olhando para o céu —, e enquanto ela vira pó, nós duas aproveitamos essa cobertura para levar minha escavadeira para o centro do planeta.

— Acha que vamos conseguir? — perguntou Gamora.

As mãos de Versa voltaram ao rifle de precisão.

— Não sei. O túnel que tenho escavado é o mais profundo do planeta, mas ainda está bem longe do coração. Não sei se a hidráulica do meu trator vai ser suficiente para impedir que o túnel desabe. Ninguém cavou tão fundo. Mas é sua melhor chance.

— Como vamos sair? — disse Gamora. — Se derrubarmos o túnel atrás de nós, vamos ficar sem saída.

— Não é a única saída. — Com a ponta do dedo, Versa desenhou um "U" largo na areia, então fez uma marca com o punho na curva da letra. — Se isso aqui for a trincheira, o túnel fica aqui. — Ela arrastou o dedo a partir da base do "U", parando pouco antes da marca deixada pela mão. — Mas tem outra mina na mesma posição da Espinha, só que do outro lado do planeta. — Ela traçou uma segunda linha no lado oposto da marca da mão, espelhando o traçado que tinha feito a partir da Espinha. — Eles ainda não chegaram tão fundo quanto a gente, mas se escavarmos em torno do centro e mapearmos corretamente, vamos nos conectar com a outra trincheira e segui-la de volta até a superfície.

— É melhor que você seja uma boa pilota — comentou Gamora.

— Eu consigo. — Um vento surgiu e Versa encolheu os ombros para se proteger. Gamora sentiu a dispersão de areia cortante no rosto. — Não fale para nenhuma delas — disse Versa, de repente, indicando a fissura com o queixo. — Sobre o coração. Continue com a história do seu pai querendo tirar um naco da Companhia.

É melhor manter isso só entre a gente. Elas não acreditam em quase ninguém, e saber que você tem outras razões para estar aqui pode abalar isso. O pessoal se assusta fácil por aqui.

— E se não funcionar?

— Então vamos dar nossos últimos suspiros presas no centro de um planeta moribundo. — Versa colocou de volta o capuz, batendo areia dos ombros. — Você tem sorte de que estou pronta para morrer por isso. Você está?

Gamora olhou para baixo, para a areia. Ela era uma soldada. Uma mercenária. Ela servia a quem quer que pagasse. Ela morreria pela missão, se fosse preciso. Ela havia trabalhado antes para seres cujas faces nunca viu, que a haviam convocado por meio de mentiras e segredos, pagado a ela menos do que valia e feito ela trabalhar mais do que o que era humanamente possível. Ela servia a Thanos, e ele disse para ela aceitar esse trabalho. Aonde quer que ele a mandasse ir, ela iria. Mesmo quando ele a entregasse para a Senhora Morte, ela iria.

— Farei o que for preciso — garantiu.

Transcrição — imagens de segurança

O salão de jogos cósmico do Grão-Mestre

22h46 - 90-190-294874

[Transmissão de áudio cortada.]

[O visitante virou a mesa de dados enfurecido. Topaz dá um passo adiante para proteger o Grão-Mestre quando o visitante dá um soco em uma coluna.]

[Uma nova figura (verificação de identidade: erro. Reconhecimento facial: erro) aparece no canto da tela — possível mancha na lente da câmera? — próximo ao ombro do visitante. Ela toca o braço dele. Transmissão de vídeo corrompida?!]

[O visitante rasga uma tela de vídeo da parede e a arremessa do outro lado do salão. Ele pega outra e a arremessa na câmera.]

[Transmissão de vídeo cortada.]

[Filmagens adicionais perdidas.]

7HE N1820H7 19AS A 7H06S2613D E222S

Capítulo 8

Nebulosa pousou o cruzador da Igreja em uma plataforma na base do elevador que conectava Rango-15 à Dunaberta. O revestimento exterior da nave era elegante, prateado e, na escuridão azulada, era como pilotar um raio de luz lunar até a superfície. Nebulosa colocou o respirador antes de abrir a escotilha e saltou, aterrissando na plataforma vazia sem fazer som algum. Irmã Piedosa a havia assegurado de que a insígnia da Igreja da Verdade Universal, pintada em vermelho iridescente na lateral do cruzador, faria com que equipes de segurança não a importunassem, mas ela ainda atravessou a plataforma em passos silenciosos e começou a descer.

Foi fácil encontrar a área onde as escavadeiras ficavam guardadas, acomodadas sob a luz fraca das lâmpadas de emergência espalhadas pela estrutura de andaimes. Os feixes jogavam um brilho pálido nas trincheiras. Ela encontrou o trator de Versa Luxe estacionado próximo da beirada e, como confirmação, passou os dedos pelas bordas irregulares das letras riscadas na lateral, formando a palavra CALAMIDADE. Ela subiu pela escada, até estar no mesmo nível da cabine, e passou o braço mecânico em torno do último degrau, extasiada ao perceber que não tinha mais que se preocupar com nenhuma falha que daria pane nos circuitos e a faria cair no chão. Que maravilha era poder confiar no próprio corpo.

Nebulosa colocou a mão no bolso da jaqueta e tirou um tubo luminoso do comprimento da própria mão. As Irmãs a haviam dado e aconselhado a usar com moderação. Ela quebrou o vidro que havia dentro dele, e um momento depois o tubo passou a emitir um brilho pálido e fantasmagórico. Ela o ergueu até a janela da cabine e olhou lá dentro, sem saber exatamente o que estava procurando, mas certa de que saberia quando visse.

Não havia qualquer pertence pessoal que Nebulosa esperava encontrar na cabine. Versa Luxe parecia ter deixado pouca coisa para trás quando registrou seu retorno à Rango-15 naquela noite. A questão era: quando encurralada, o que levaria consigo? Nebulosa pôde ver que não havia volante no painel da escavadeira, mas era provável que estivesse escondido em algum lugar na cabine. Será que ela levaria o objeto, deixando seu trator impossível de ser dirigido — um último dedo do meio para a Companhia, ao fugir dali? Porque, eventualmente, ela fugiria. A luz de Nebulosa refletiu em alguma coisa brilhante, pendurada nos espelhos retrovisores, e ela apertou os olhos. Uma pequena corrente de ouro, com pingentes nas duas pontas, reluziu na escuridão. Pequena demais.

Nebulosa tentou abrir a porta da cabine, mas ela estava, como esperado, trancada. Desenganchou o martelo do cinto e o bateu com força no vidro. A janela era velha e quebrou com facilidade, com veios desdobrando-se pela superfície com uma única pancada. Ela bateu nos estilhaços, então se jogou para dentro da janela quebrada. Seu novo braço levantou o peso do corpo dela facilmente. Poderia ter se jogado com uma mão para aparar a queda.

Tinha que se mover rápido. A janela quebrada chamaria atenção. Ainda que a marca da Igreja da Verdade Universal tivesse ajudado a atravessar a atmosfera e os monitores no nível da estação, ela poderia levar um tiro de algum segurança zeloso demais que estivesse patrulhando aquelas plataformas.

Abaixou-se sob o painel, com o tubo de luz preso entre os dentes enquanto tateava em baixo do assento, procurando o volante.

Foi aí que as viu: um par de botas da Força Estelar, com os cadarços rígidos de suor e sangue, com um corte na parte de trás — de quando um gancho de rapel ficou preso, em Jansi —, mal remendado e começando a abrir novamente. O meio das solas estava praticamente liso.

Ela se lembrou do dia em que Gamora as roubou do cadáver de um oficial da Força Estelar, quase tendo que cortar os pés dele fora para consegui-las antes que as irmãs voltassem correndo para a nave. De volta à *Santuário II*, quando Gamora as estava experimentando, Nebulosa a provocara por se preocupar com estilo no meio de um tiroteio, ainda que soubesse que a irmã estava interessada era no armamento delas. Gamora não disse nada, e Nebulosa insistiu ainda mais, pensando, impotente, *Me provoque de volta. Seja minha irmã.* A pele verde de Gamora estava suja devido à luta, como se fosse uma moeda velha recuperada de uma vala enlameada. Estava com o rosto queimado, e tinha perdido um tufo de cabelo da lateral da cabeça, que Nebulosa não havia percebido até que estivessem novamente sob a luz familiar do lar.

Gamora havia corrido indo e voltando pelo corredor entre os quartos das duas, enquanto Nebulosa a observava da porta. Ela testava o peso dela usando os sapatos novos. Depois deu um chute giratório, derrubando Nebulosa inesperadamente, fazendo-a bater com a cabeça de lado no chão. Nebulosa desabou, pega desprevenida pela surpresa do golpe e por Gamora não ter dado sinal de que faria aquilo. Achou que já conhecia todos os tiques da irmã, que poderia sentir o momento antes de ela dar um soco ou cotovelada, mas aquele golpe tinha vindo do nada. Ou isso, ou Nebulosa havia baixado a guarda. Ela não estava prestando atenção o bastante.

Nebulosa lembrou-se de sentir o gosto de sangue na boca, e de pensar em como tinha saído da luta na prisão sem nenhum arranhão, mas aqui, na nave do pai, ela estava com um corte no lábio, profundo o bastante para escorrer sangue no chão polido. Era sempre Gamora que sabia como causar o máximo de dano possível.

Nebulosa esticou a mão pela cabine da *Calamidade*, pegou o pé esquerdo da bota e bateu o calcanhar dele no chão. Ouviu o mecanismo de mola dentro dele clicando, vazio.

Usando o braço mecânico, tateou a própria bota e pegou a vibrolâmina que Gamora havia lhe dera em Praxius, cujo gume ainda tinha uma mancha sutil do próprio sangue. A faca de Gamora, a que ela lhe dera para cortar o próprio braço fora. Ela a colocou na fenda da biqueira da bota da irmã, e o encaixe foi perfeito.

De todas as coisas que Versa Luxe levaria consigo para aquele deserto, Gamora com certeza seria uma delas.

Nebulosa pegou o localizador que Irmã Prudência lhe dera e o quebrou ao meio, para acabar com a luz vermelha cintilante e cortar o sinal. Então o substituiu com o próprio dispositivo de rastreamento, que escorregou para dentro da biqueira da bota abandonada da irmã, junto da faca.

Se alguém fosse encontrar Gamora, seria ela.

230N7 B22 8US11I2418O6S

Capítulo 9

Na manhã seguinte, Gamora e Versa caminharam com as outras rebeldes de volta à Espinha do Diabo logo cedo, antes que a luz fraca começasse a penetrar pela névoa. Elas se separaram em diversos pontos, em marcos que ninguém mais conhecia e que sinalizavam o retorno às suas respectivas posições. Todas elas sabiam quando colocar os respiradores de volta, e Gamora seguiu os exemplos.

Quando Versa e Gamora alcançaram a área onde a *Calamidade* esperava, os primeiros trabalhadores de Rango-15 já começavam a se arrastar para fora dos elevadores, com cara de sono, bebendo suco ou chás energéticos de xícaras comunais enquanto se deslocavam aos seus postos. Acima do som da estação despertando, Gamora pôde ouvir o ruído do falatório baixo e sem graça da transmissão do noticiário na tela holográfica acima da plataforma: previsão do tempo. Pontuação de corridas. Um novo horário de toque de recolher.

Versa parou abruptamente ao lado do capô do trator dela, e os olhos estreitaram-se acima do respirador.

— O que foi? — perguntou Gamora.

— Alguém mexeu na minha máquina.

— Como você... — Gamora parou de falar quando também percebeu. A janela do lado do passageiro tinha sido quebrada, com nada além de alguns cacos de vidro dentados sobrando ao redor. Gamora levou a mão ao coldre antes de se lembrar que tinha ido desarmada ao esconderijo das rebeldes, como sinal de confiança. Confiança era estupidez. Os dedos dela se flexionaram sobre o espaço vazio. Melhor estar armada e parecer uma babaca.

Versa deu um passo adiante, mas Gamora levantou uma mão para impedi-la:

— Deixa que eu vou — disse. Versa podia ser capaz de se esgueirar no chão entre os tratores, mas Gamora tinha treinamento de combate em espaços limitados. Se alguma coisa — ou alguém — estava esperando na cabine do trator, ela daria um jeito. Moveu-se furtivamente à frente, deixando Versa à espera na dianteira do trator.

Gamora estava com os ombros erguidos, e acima do respirador, os olhos dela perscrutaram a plataforma, procurando qualquer sinal de perigo. Subiu pela escada, colocando a cabeça lentamente acima da borda da janela quebrada, caso alguém estivesse esperando para emboscá-la. Mas a cabine estava vazia. Subiu mais um pouco para passar pela janela, com uma mão no teto, mas parou quando percebeu que havia uma marca no metal ali. Quatro ranhuras estreitas, como se tivessem sido deixadas por uma pegada muito forte. Os pelos da nuca de Gamora se arrepiaram.

— O que é? — perguntou Versa.

— Um minuto. — Gamora se lançou pela janela, tomando cuidado para não se cortar com o vidro, então se agachou sobre o acento, analisando o que via. O volante de Versa ainda estava no esconderijo. As botas dela ainda estavam ali. Até a corrente de ouro no retrovisor estava no mesmo lugar, balançando devagar. Procurou pelo painel, tentando encontrar quaisquer alterações na poeira fossilizada que cobria botões e alavancas, mas tudo estava como elas haviam deixado.

Atrás dela, ouviu a porta da cabine sendo aberta com um puxão, mas era apenas Versa. Gamora começou a falar, mas de repente Versa pulou sobre ela, esmagando-a contra o banco e colocando uma mão sobre a boca dela. Gamora se debateu, mas Versa a pressionou na garganta. O já escasso suprimento de oxigênio de Gamora foi reduzido a quase nada.

— O que você fez? — chiou Versa, com o rosto lívido de fúria.

— Do que você está falando? — disse Gamora num arfar. Ela empurrou Versa, mas esta a pegou pelo cabelo e a arrastou para o assoalho diante dos bancos, fora de vista, então fechou a porta com uma batida, trancando ambas dentro da cabine.

Versa puxou o respirador com força para o pescoço, salpicando o rosto de Gamora com saliva enquanto falava:

— Você me entregou.

Gamora enganchou o pé atrás do joelho de Versa e puxou com força, fazendo-a se afastar caindo para trás.

— Eu não te entreguei — reagiu Gamora.

— Pra quem você falou? — Versa exigiu saber.

— Falei o quê?

— Quem sou eu. No que estou trabalhando. Que eu conhecia Doxey.

— A quem eu teria dito? — perguntou Gamora. — *Por que* eu teria dito a alguém? Eu preciso da sua ajuda.

— Então por que é que minha cara está em todas as tela holográficas?

Versa balançou o queixo em direção à plataforma. Gamora sentou-se, então levantou a cabeça cuidadosamente acima do encosto do banco do trator. Através da janela traseira, ela conseguiu ver a imensa tela holográfica que ficava sobre a plataforma. As notícias e as estatísticas que estavam sendo exibidas desapareceram, mudando para imagens de procurados, fotos de fichamento criminal e recompensas passando uma após a outra, e repetindo. Havia um ladrão. Um sonegador de impostos. Uma atiradora.

E havia o rosto de Versa, junto de informação em mais de dez línguas:

PROCURADA — VERSA LUXE — ID

84121 — MOTORISTA DE TRATOR — EM CONLUIO COM A EXPLOSÃO NA GARGANTA DA CAMURÇA E POR CONSPIRAR ATOS FUTUROS DE TERRORISMO.

A recompensa, listada abaixo do nome dela, era mais do que Gamora havia dado a Doxey para que ela fugisse do planeta.

Gamora se abaixou de novo no assoalho ao lado de Versa.

— Eu não te entreguei — sussurrou. — Pense. Se qualquer coisa acontecer com você, ou com seu trator, lá se vão minhas chances de chegar no centro do planeta. Eu teria que começar do zero. Você está surtando e está me culpando só porque estou aqui e acabamos de nos conhecer, mas não faz sentido. Não há razão para eu te entregar.

Os olhos de Versa se agitaram de um lado para o outro enquanto ela considerava a questão.

— Quem foi? — perguntou, abaixando a voz.

— Talvez ninguém — disse Gamora. — Talvez uma câmera de segurança nova te pegou. Talvez seus amigos no presídio tiveram um momento de lucidez e deram a eles seu nome. No momento, não importa. Você precisa sair daqui.

Versa levantou as mãos, trêmulas, e tirou cabelo dos olhos.

— O que eu faço?

— Precisa se esconder — instruiu Gamora. — Fique num lugar seguro, que eu vou descobrir o que está acontecendo. Volte a Cibele. Seu refúgio.

— Não posso. E se eu for seguida?

— Vá a outro lugar, então. Só se afaste daqui logo.

Versa segurou o pulso de Gamora, apertando-o com a mão, as unhas penetrando na pele.

— Não me abandone, por favor — disse, com a voz falhando.

Gamora cerrou os dentes. Pânico era uma emoção que ela tinha aprendido a controlar tão cedo na vida que tinha pouca paciência para quem não sabia fazer o mesmo. Pânico te deixa idiota. Deixá-lo tomar conta de você é como brincar com uma cobra peçonhenta.

Em torno delas, os outros tratores estavam começando a se ativar. Alguém verificaria a presença de Versa em breve, estivesse ela ou não nos cartazes de procurado. É provável que a segurança já estivesse observando a escavadeira dela. Todo mundo sabia qual era a dela. E quando ela não seguisse as outras para a Espinha do Diabo, a procura por ela seria ainda mais intensa.

— Você tem alguma arma aqui? — perguntou Gamora.

Versa negou com a cabeça.

Gamora xingou, então pegou a mochila no fundo da cabine e tateou dentro dela até achar os blasters. Jogou um para Versa. Era mais sofisticado que o rifle de recarga manual que ela tinha em Cibele, e Gamora observou enquanto, por meio segundo, Versa pareceu tentar entender onde se colocavam as balas. No entanto, ela destravou a arma e a enfiou na parte de trás das calças.

Versa ficou sem sapatos, mas Gamora não iria a lugar algum sem as botas da Força Estelar. Ela as calçou, apertando os cadarços com força antes de verificar se a vibrolâmina ainda estava a postos em sua biqueira direita. Deixou a mochila para trás, mas jogou sua bandoleira por sobre o ombro, parando por um momento para ver se todas as bombas-bolha e granadas de luz ainda estavam ali.

Do outro lado da cabine, Versa parecia apavorada. Gamora tinha a impressão de que, por mais que Versa tivesse previsto consequências para suas ações ilegais, ela nunca tinha pensado que teria que realmente pagar por elas com a vida. Ninguém nunca pensa. Não há um jeito de se preparar para encarar a morte de perto, a menos que você viva a vida toda com o sopro dela na nuca. Gamora sabia. E sabia como lutar apesar disso. Ela sabia como silenciar o medo quando ninguém mais podia, e como ser um farol para as outras pessoas. Versa estava olhando para ela.

— Me escute — disse, e viu a garganta de Versa pulsando quando engoliu seco. Viu que ela estava com os dedões enfiados na cinta das calças, dedos retorcendo como se ela estivesse resistindo à tentação de tocar o cabo do blaster. — Vamos sair daqui devagar, e com calma. Não corra. Não atire a menos que atirem em você. Não atire a menos que precise. Entendeu?

— Espera. — Versa levantou a mão e tirou a corrente manchada do retrovisor, e a guardou na camisa. — Tudo certo. Vamos.

Gamora abriu a porta do passageiro com um chute, e Versa fez a mesma coisa com a do motorista. Ambas desceram pelas escadas e encontraram-se na dianteira do trator. Gamora conseguia ver que Versa queria pegar a arma, então ela a pegou pelo braço, levando-a em direção à multidão de mineradores que ainda se afunilava pela plataforma, indo para as estações de trabalho.

Elas poderiam se misturar. Poderiam caminhar no ritmo da multidão e se perder ali mesmo. Ninguém as perceberia. Até que Gamora ouviu alguém gritando:

— Ei! Você aí! Pare!

Gamora apertou o braço de Versa com mais força.

— Não olhe para trás — disse entredentes. Versa choramingou.

— Pare! — o grito veio mais uma vez, e então: — Versa Luxe, pare onde está!

Droga.

— Esqueça o que eu disse. — Gamora sacou o blaster, e empurrou Versa para a frente em meio à multidão enquanto se virava, mirando. — Corra!

7HE M1813E 7HE M1815L 7HE M2624H18NE9Y

Capítulo 10

Gamora atirou duas vezes contra os seguranças, que estavam sacando os vibrobastões, antes de sair correndo no mesmo momento que eles aceleraram em direção a ela. Gamora não sabia se eles tinham blasters. O dela estava configurado para atordoar, e ficou pensando se eles também seriam tão piedosos. Ela seguiu o caminho que Versa abria à força pelo engarrafamento de pessoas no topo dos andaimes. Não era uma fuga sutil — elas deixaram um rastro de queixas e gritos de surpresa, e diversos seres tentaram agarrá-las —, mas a multidão também era um obstáculo para a equipe de segurança. Se tinham blasters, ainda não estavam usando.

Na beirada da plataforma, Versa saltou por cima do ponto de verificação e subiu nos andaimes, com Gamora no encalço dela, ignorando os alarmes que começaram a disparar devido ao portão que evadiram. Correram até o final, onde um grupo de mineradores aguardava o elevador que os levaria aos túneis abaixo. Gamora olhou pela borda. Havia uma caçamba de transporte de minério vários andares abaixo. Longe demais para pular. Atrás delas, pôde ouvir outra sirene disparando, um sinal aos mineradores de que havia uma quebra de segurança acontecendo. Abaixo delas, o elevador tremeu e parou, e todos a bordo ficaram pasmos de surpresa.

— Suba nas minhas costas — gritou Gamora, pondo a arma no coldre e puxando Versa para si. Versa agarrou Gamora sem hesitar, travando os braços em torno do pescoço dela e os pés em volta da cintura. Com o peso de Versa adicionado, Gamora não teria uma corrida inicial efetiva, mas conseguiu dar impulso o suficiente para saltar da beira do andaime e pegar o cabo que subia e descia a caçamba. Versa estava apertando com tanta força que o pescoço de Gamora estalou. Os músculos de Gamora se retesaram, mas ela conseguiu fixar o gancho do cinto no cabo, prendendo-as no lugar, então disse, sobre o ombro: — Segure-se.

Ela soltou, e ambas deslizaram pelo cabo com a descida sendo controlada pelas bordas ásperas da parte interna do gancho. A parede de rocha atrás delas foi crivada por tiros de blasters, deixando marcas escuras de queimadura. Os mineradores no elevador abaixo gritaram em desespero e se ajoelharam no chão, colocando as mãos sobre as cabeças.

Versa levantou a cabeça para olhar os andaimes.

— Eles atiraram na gente? — Houve outra salva de tiros. — Eles estão atirando na gente!

— Tente não levar pro lado pessoal. — O maxilar de Gamora estava cerrado e as mãos queimavam; mesmo que a queda fosse controlada, ela estava usando o gancho para manter a velocidade constante, e o cabo grosso estava começando a rasgar a pele das mãos dela.

— Tem seres aqui embaixo! — Versa gritou para os seguranças, como se isso fosse detê-los. — Vocês vão acertar alguém, você... Pare! — Versa deu um puxão no cabelo de Gamora, que travou os saltos no cabo. Faíscas voaram dos dentes do gancho. Elas estavam no mesmo nível de outra plataforma dos andaimes, tão abaixo que ainda tinha poucas pessoas naquela hora do expediente. Versa soltou dos ombros de Gamora e saltou para a plataforma. Gamora desprendeu o gancho e a seguiu, aterrissando de forma mais abrupta do que esperava, quase desequilibrando. Alguma coisa parecia errada com as botas dela — o peso estava diferente do que estava acostumada.

Versa já estava correndo ao longo do andaime construído rente à parede do cânion. Gamora a seguiu, ignorando o peso das botas. Uma lufada de vento carregou uma nuvem de sedimento fino através delas, e Gamora colocou uma mão diante do rosto, tentando manter a poeira longe dos olhos. O pó deixou as vigas do andaime escorregadias, e ela procurou, rápido, por um dos cordões de segurança. À frente dela, Versa saltou por cima de uma barreira vermelha onde se lia PERIGO: NÃO ENTRE, seguindo pela rampa abaixo em direção ao próximo nível dos andaimes. Elas estavam tão fundo que a Espinha começava a perder luz natural; o caminho era iluminado apenas por bulbos tremeluzentes, pendurados no alto em intervalos aleatórios.

Versa deslizou e parou de repente, e Gamora quase esbarrou nela. Adiante, na passarela, outro grupo de seguranças vinha na direção delas. Versa saltou até outro lado de uma das vigas de metal que formavam a estrutura de andaimes. Ela se encaixou na viga como um "L", com os pés pressionando um lado e as costas o outro. Então começou a descer, da mesma forma que havia feito entre as paredes da fissura do Cibele. Gamora parou por um momento para sacar o blaster e atirar contra os seguranças, fazendo com que se abaixassem atrás de vigas, então deu um último tiro que atingiu a luz acima deles. A lâmpada estourou, espalhando vidro e faíscas, e Gamora se jogou atrás de Versa, começando a se esgueirar para baixo da mesma forma, encaixada entre as duas estruturas.

— Não deveríamos estar subindo? — gritou para Versa, mais abaixo. — Precisamos sair dessa trincheira.

— Confie em mim. — Foi tudo o que Versa respondeu. Ainda estavam a quilômetros do fundo.

Gamora sentiu um leve deslize de poeira e olhou para cima.

— Versa!

Versa olhou para cima também — a equipe de segurança as estava seguindo pelas vigas, usando botas reforçadas e luvas revestidas de metal para descer pelas estruturas, em vez de se espremer feito Gamora e Versa. Eles se moviam mais rápido. Gamora ergueu o blaster acima da cabeça e atirou. Os tiros ricochetearam pelas vigas de metal.

— Continue descendo! — Versa gritou para ela.

Gamora sempre lutaria antes de fugir, mas devolveu o blaster ao coldre com relutância e aliviou a pressão nos pés, permitindo-se cair livremente por um momento antes de empurrar os calcanhares mais uma vez e parar a queda. Versa saltou da viga até um gerador abaixo delas. Aterrissou com um estrondo, e girou numa cambalhota para amortecer. Gamora foi na sequência, pousando no topo do gerador agachada. Então correu para acompanhar Versa.

Alcançaram a beirada do maquinário, e Versa desceu de repente, saindo de vista. Gamora diminuiu o passo, esperando por uma queda, antes de perceber que o teto se inclinava para baixo e Versa havia deslizado por ele antes de se acelerar por uma longa passarela de vigas cruzadas.

— Venha! — gritou Versa, mas Gamora hesitou.

O caminho levava a lugar nenhum. Era um beco sem saída. Elas estariam encurraladas.

— Rápido! — repetiu Versa, e Gamora deu mais uma olhada nos seguranças se aproximando atrás delas, depois a seguiu, saltando de uma barra para a outra. À frente dela, Versa parou e estava mexendo no cinto, preparando o gancho dela.

— Use o gancho! — gritou.

— O quê? — disse Gamora, parando.

— Gancho! — Versa deitou-se de bruços, prendendo o gancho em um dos cabos que corria ao longo da ponte suspensa.

— O que está fazendo? — gritou Gamora. Versa ainda estava deitada de bruços, presa à treliça pelo gancho de metal no cinto dela, e os guardas escorregavam pelo teto do gerador em direção a elas.

Gamora deitou-se do mesmo jeito que Versa, procurando o gancho. Em algum lugar nas proximidades soou um alarme, com um som tão alto que Gamora o sentiu vibrando nas vigas abaixo delas. Antes que pudesse prender o gancho no lugar, a estrutura inclinou-se abruptamente, com uma ponta subindo, e Gamora percebeu que aquilo não era uma passarela. Era o braço de um guindaste que começou a se elevar. Atrás delas, os seguranças que as seguiam, pegos desprevenidos pelo movimento súbito, foram arremessados na Espinha do Diabo. Gamora sentiu que estava escorregando, e abraçou uma das barras da treliça, pendurada na beira da estrutura. Acima dela, Versa olhou para trás, depois desceu com o gancho preso no cabo e estendeu uma mão a Gamora.

As costelas de Gamora ainda estavam doloridas do chute de Versa no dia anterior, e quando ela se jogou para a frente e pegou a companheira pelo pulso, pensou em como confiança era uma coisa profundamente mutável e estranha.

Versa balançou Gamora de um lado para o outro até ter impulso o bastante para levá-la até o cabo, e ela se prendeu, plantando os pés firmemente em uma das vigas principais. O braço do guindaste agora estava quase na vertical, girando de um lado do vasto fosso da mina até o outro e, enquanto se movia, Versa começou a subir devagar pelas barras. Gamora a seguiu, sentindo nos ossos o ressoar do imenso motor do guindaste.

Quando chegaram ao topo da trincheira, desprenderam os ganchos e saltaram para a areia. Aquele lado da Espinha estava apinhado de refinarias, e mesmo com os respiradores o ar era tão espesso que parecia melaço. Gamora permitiu-se um momento e ficou deitada de costas, deixando o calor da areia entrar pela jaqueta dela enquanto lutava para retomar qualquer coisa que parecesse fôlego. Estaria esbaforida de qualquer forma depois de uma corrida daquelas, mas tendo o que quer que o respirador conseguisse filtrar rapidamente como a única fonte de ar, os pulmões dela estavam famintos e furiosos. Versa também estava ofegante, mas ficou em pé e começou a correr de novo, desviando-se de caçambas de minério esperando para serem jogadas em fornalhas e dos mineradores que carregavam baldes de combustível para ser queimado.

— Ei... espere, pare!

Gamora levantou num salto — os pulmões protestaram depois daquele movimento — e correu atrás dela. Pegou Versa pela manga da jaqueta e a puxou para dentro de um dos enormes canos empilhados ali, cujo diâmetro era grande o bastante para que elas pudessem ficar em pé. Gamora despencou, deslizando contra a curva do cano e respirando com força. Versa caiu sobre ela. Os filtros dos respiradores de ambas zuniram, fazendo com que a respiração delas soasse eletrônica e arrastada.

Versa cambaleou de repente, e caiu de joelhos. Arrancou o respirador e enterrou o rosto nas mãos, inspirando de forma profunda e irregular. Gamora sabia o que estava acontecendo. Ao parar de correr, a adrenalina desaparece e você fica sozinha, trêmula, com o peso do pânico e do medo desabando sobre sua cabeça.

— Coloque o respirador de volta — disse ela, cada palavra espaçada por uma respiração profunda.

Versa balançou a cabeça, com as mãos enfiadas no cabelo.

— Não consigo. Não consigo respirar. Não consigo fazer isso.

— Ei. — Gamora a segurou pelos ombros. — Não surta. Não tenho tempo para te ver desmoronando.

Gamora encaixou o ventilador de Versa por ela; a claustrofobia de ter metade do rosto coberta teria que ficar de lado em nome do ar respirável. Versa se encolheu, e Gamora parou, esperando um momento antes de se mover novamente, dessa vez com mais cuidado, para o toque ser mais leve. Teve uma memória repentina da primeira vez que matou um homem, da forma como tremeu e ficou com ânsia de vômito, incapaz de se mover por horas depois daquilo, até mesmo para lavar o próprio corpo para tirar o sangue dele.

Todos no batalhão a haviam ignorado, exceto Nebulosa, que tinha se aproximado e a tocado com delicadeza, tomado as mãos da irmã com cuidado e as limpado cuidadosamente com as mangas da própria roupa. Sujando as mãos dela com o sangue do homem. Gamora tinha certeza de que qualquer toque a faria explodir como uma supernova, mas Nebulosa foi tão gentil, de um jeito que Gamora sequer sabia que ela poderia ser. Tentou usar aquele mesmo toque com Versa, ainda que delicadeza não fosse sua língua materna.

— Precisamos de um plano — disse ela, após um momento. — Saímos da Espinha. Agora vamos aonde?

Versa não respondeu. O peito dela ainda subia e descia e as mãos tremiam.

— Versa. — Gamora segurou-a pelo ombro mais uma vez e o balançou com gentileza. — Não podemos ficar aqui. Eu posso te proteger, mas temos que sair daqui logo, e eu não sei aonde podemos ir.

Versa fechou os olhos, com uma mão apertando o peito. Depois disse:

— Ao Mandelbaum.

— O que é isso? — perguntou Gamora.

— É uma cantina que fica entre essa trincheira e a próxima — explicou Versa. — Eles montam as refeições dos mineradores da Espinha e da Bacia Vermelha. Marm escondeu Barranco e A Frouxa depois delas detonarem a *Goanna*. Ela não é dedo-duro.

— Ótimo. Como chegamos lá?

Versa apoiou as mãos nos joelhos e balançou a cabeça algumas vezes, como se estivesse tentando clarear os pensamentos.

— Um caminhão passa por aqui às onze horas com pacotes de comida para qualquer um que tenha cartões de ração — disse ela, com a voz se acalmando ao falar do plano. — Podemos subir no caminhão e voltar ao Mandelbaum.

— Então é isso que vamos fazer. — Gamora afundou-se para trás, com o coração começando a desacelerar. Os nós grossos do encanamento machucavam as costas dela, e ela sentou-se no chão, massageando as partes doloridas das canelas.

Sentiu dor na palma da mão, e levantou-a para ver uma pequena mancha de sangue entre os arranhões que ganhou ao deslizar pelos cabos da caçamba. Alguma coisa a havia cortado. Puxou o pé para si para examiná-lo.

Alguém havia recolocado a vibrolâmina perdida na biqueira de sua bota.

Ela a tirou do sulco e girou na mão, procurando quaisquer marcas ou explosivos em miniatura ou palavrões rabiscados no cabo. Havia um brilho sutil de sangue nos dentes, deixados sujos de forma tão deliberada que Gamora sabia que era a mesma lâmina que ela havia dado a Nebulosa em Praxius, na esperança de que poderia ajudar a irmã quando o pai não quis. Nebulosa tinha sido idiota de correr pelas Tumbas Nubladas daquele jeito, mas o que Thanos fizera foi cruel. E ainda que Gamora estivesse acostumada com a crueldade vinda do pai, vê-la exposta daquela forma, resoluta e descabida, em face do sofrimento de Nebulosa, a enfureceu. Então ela deixou a lâmina — o máximo e o mínimo que poderia ter feito. Não tinha certeza do que aconteceu depois daquilo, mas Nebulosa voltou cambaleando à *Santuário II* com apenas um braço, e não falou uma palavra a ela ou a Thanos. Nem sobre o caso, nem mais nada. Nebulosa não falou mais com Gamora, e Gamora parou de tentar.

Lembrou da janela quebrada da *Calamidade*. As botas deixadas tombadas no assoalho. Amaldiçoou a si mesma por não as ter verificado antes.

— O que foi? — perguntou Versa. Ainda respirava rápido, mas as bochechas dela já haviam retomado um pouco da cor. — Alguma coisa errada?

— Nada — disse Gamora, e inseriu a vibrolâmina de volta na biqueira da bota.

Quando o caminhão de rações parou na refinaria, Gamora e Versa se enfiaram na traseira e se esconderam entre prateleiras de refeições mornas embrulhadas em folhas prateadas. O cheiro mal lembrava comida. O caminhão tinha isolamento térmico, e o ar era quente, abafado e sufocante. Quando o veículo seguiu caminho, Gamora e Versa tiraram as jaquetas, ficando apenas com as camisetas manchadas de vermelho devido ao pó de gralho e ao suor; Gamora prendeu o cabelo acima do pescoço em um nó frouxo, que amarrou com um cordão que tirou da jaqueta.

Enquanto estavam ali, Gamora continuava abaixando a mão e tocando a bota sem pensar, sentindo a forma da vibrolâmina instalada ali, deixando a ponta cutucar o indicador e imaginando onde sua irmã estaria, e como a tinha encontrado. E, mais do que isso, o que ela estaria querendo. Não era do feitio de Nebulosa deixar um cartão de visitas. A lâmina na bota dela era claramente um aviso; Gamora só não tinha certeza de quê.

Horas depois, quando o caminhão terminou a ronda, Gamora e Versa escapuliram, com o ar do lado de fora servindo de algum alívio em comparação ao mormaço do interior. O veículo era apenas mais um da frota estacionada atrás de um edifício solitário — a cantina de Mandelbaum. Era um barracão comprido, com paredes trincadas e um teto de metal ondulado. Havia areia acumulada em morros nas laterais, e as poucas janelas estavam cobertas de papel de cera grosso no lugar do vidro. O terreno em torno delas era deserto, com nada além de areia vermelha e a ocasional protuberância de rocha surgindo. O horizonte estava nublado com o resíduo das refinarias distantes e suas chaminés formando uma fila de dentes podres contra o céu.

Lá dentro, a cantina consistia em mesas compridas onde trabalhadores, usando aventais e redes no cabelo, sentavam-se alinhados em uma linha de produção, preparando comida para os mineradores. Todos, Gamora percebeu enquanto elas caminhavam pelo corredor, eram crianças. Nenhuma delas ergueu a cabeça para olhar. O ar estava preenchido pelo som de pratos de metal, pontuado pelo ruído úmido de uma variedade de substâncias não identificáveis sendo dispostas em seções em cada bandeja antes de ela prosseguir adiante na fila.

Na parte da frente do salão, havia uma tela holográfica instalada em um canto no alto, sintonizada em uma transmissão oscilante de uma novela skrull, cujas legendas diziam que a personagem que aparecia em cena acabara de descobrir que estava grávida de octagêmeos de algum pirata abilisk. Diante da tela, uma mulher estava sentada em uma cadeira alta, assistindo atentamente com o queixo apoiado no punho. Tinha cabelos brancos e pele cinzenta. Ainda que não houvesse sinais da podridão do gralho, era tão enrugada que pareciam dobras de massa sobrepostas umas às outras. Ela aparentava ser mais velha que o próprio planeta, e parecia que a maior parte da longa vida dela tinha se passado naquela cadeira, assistindo a suas novelas. Quando ela riu de alguma piada do programa, Gamora percebeu que ela tinha apenas alguns dentes sobrando na boca.

Versa parou na base da cadeira e ficou em pé, esperando. Gamora olhou para cima, então começou a falar, mas Versa a silenciou.

— Espere pelos comerciais — ela disse, indicando a tela holográfica —, ou ela vai quebrar seu nariz.

Gamora olhou para o punho enorme da mulher e calou a boca.

Quando a atriz skrull gritou histericamente na tela pelos tentáculos brotando da barriga assim que um dos óctuplos começou a abrir caminho a dentadas para fora dela, a imagem se apagou em uma transição para uma propaganda. Uma voz feminina agradável dizia: "*Seu homem perfeito é uma árvore? Adquira o seu Cuida-que-Cresce: Colosso Botânico!*"

— Oi, Marm — gritou Versa.

A mulher se ajeitou na cadeira, semicerrando os olhos embaçados em direção a elas.

— Versa Luxe — disse ela, com uma voz rouca. — Eu não te chutei daqui anos atrás?

— Chutou — disse Versa. — Duas vezes.

— Achei que já estaria morta a essa altura.

— Desculpa por te decepcionar.

Marm indicou Gamora, cuja blusa estava empapada de suor, e a gola furada e esgarçada.

— Quem é sua namorada?

— Essa é Gamora. Ela não é daqui. — Gamora esperou por mais perguntas, mas Marm apenas assentiu, com um resmungo. — Escuta, Marm. — Versa arrastou um pé no chão liso de concreto. — A Companhia está me procurando.

— Isso não é surpresa — disse Marm, com os olhos voltando-se à tela holográfica. — Fez o que dessa vez, criança?

— Nada! — protestou Versa. Marm soltou uma bufada de descrença, e Versa cedeu. — Terrorismo leve. Esquece. A gente pode se esconder aqui por um tempo? Só até a poeira baixar.

— Eu não escondo ninguém aqui — respondeu Marm.

— É isso o que disse a Barranco e à Frouxa? — perguntou Versa.

Os olhos de Marm se estreitaram.

— Você tá metida com essas maníacas?

O olhar de Versa cruzou rapidamente com o de Gamora, depois foi ao chão.

— Algo assim.

— Eu não escondo fugitivos — disse Marm, mas então acrescentou: — Só que não posso te impedir de ficar por aqui.

— Obrigada, Marm — disse Versa, com um sorriso.

Quando Versa e Gamora giraram sobre os calcanhares, Marm as chamou de novo:

— Se vocês vão se pegar, o mínimo que podem fazer é ir aonde não tem câmeras. Não quero nada disso ocupando as minhas filmagens de segurança.

— Ela não é minha namorada — gritou Versa em resposta.

Marm bufou mais uma vez, virando-se para a tela holográfica quando a novela skrull reapareceu.

— Já ouvi essa antes.

Gamora seguiu Versa até um depósito, passando pela área de embalagens, onde havia tanques de prata empilhados, com substâncias oleosas escorrendo pelas bordas. O assoalho era grudento e manchado, e Gamora não pôde deixar de pensar que, se ela gerenciasse aquele lugar, pelo menos cobriria o chão com uma lona. Versa puxou e trancou a porta pesada atrás delas, então sentou-se em cima de um dos barris e tirou o respirador.

— Como você conheceu Marm? — perguntou Gamora, soltando a mochila no chão e balançando os ombros rígidos.

— Depois que minhas mães morreram — respondeu Versa — fui mandada para cá. A estação acima é comandada pela Igreja da Verdade Universal, e eles pagam Marm para manter este lugar como uma casa para órfãos. Quando você faz dezoito, eles te chutam daqui, te dão um número, um trabalho e uma dívida. Limpe o filtro do respirador enquanto estiver aqui — acrescentou, puxando a camisa sobre o rosto para limpar o suor. — Não sei quando teremos outra chance.

Gamora desenganchou o respirador, e mexeu na lateral até encontrar o fecho do filtro. Quando abriu, a superfície dele estava entupida de terra vermelha compactada. Descascou os torrões de poluente e os jogou no duto da lixeira que Versa indicou.

— Esvazie suas botas também — disse Versa. — O gralho vai se encalacrar dentro delas. — Ela tossiu, cuspindo uma bolota de muco de cor de ferrugem na mão.

— Você não usa o respirador tanto quanto deveria — disse Gamora.

Versa deu de ombros.

— O gralho vai me matar de qualquer jeito. Se for pra morrer, que seja com o sol no meu rosto. — Passou o braço na testa, fazendo uma mancha que misturou a poeira vermelha ao suor. — Você acha que somos loucas?

Gamora tirou uma das botas com um pé, depois a outra, então virou-as e um fio de areia caiu, como se fossem segundos correndo em uma ampulheta.

— Depende o que quer dizer com isso.

— Por tentar lutar contra a Companhia — esclareceu Versa.

— Já vi mais loucos — respondeu Gamora.

Versa abriu uma geladeira manchada de amarelo, pegou duas garrafas e jogou uma para Gamora.

— Talvez não valha a pena salvar este planeta. — Tirou a tampa da garrafa na quina de um dos tonéis e tomou um gole. — E seria bom encontrarmos uma causa melhor pra morrer.

— Não vai querer fazer isso — disse Gamora.

— Como você sabe?

— Minha raça inteira foi exterminada — explicou, a frase batendo como um aríete. Era a única forma que sabia falar daquilo. — Não é bom ser a última de sua espécie.

Versa se encolheu.

— Como sobreviveu?

— Thanos — explicou Gamora. — Ele me encontrou em meio às cinzas do meu mundo natal, me levou com ele e me criou.

— E como foi isso, crescer com o Titã Louco sendo seu velho? — Os lábios de Versa se encurvaram em um sorriso na boca da garrafa.

Gamora tomou um gole da bebida. Era amarga e fermentada, mas teria bebido a água que disseram para não beber se aquilo fosse amenizar a queimação que sentia na garganta. Tinha ouvido as pessoas chamarem o pai daquele jeito antes. O Titã Louco. Ela tinha ouvido chamarem-no de mil coisas: O Senhor das Trevas. O Todo-poderoso. O Maníaco. O Monstro Roxo. Para ela, ele tinha sido simplesmente seu pai. É difícil ser o braço direito de qualquer pessoa e enxergá-la por completo.

— Ele é bem alto.

Versa riu.

Gamora tomou outro gole.

— Ele me salvou.

— Isso é o que a Companhia disse às minhas mães — disse Versa. — Quando encontraram gralho aqui a primeira vez, tinha seres vindo de todo canto da galáxia em busca de uma concessão.

A Companhia de Mineração cresceu daí: comprou as concessões em troca de ações e limitou o abastecimento, fez todo tipo de tramoia até que o planeta todo fosse dela. Teve todo tipo de história no começo, falando de como nossas cidades ficariam maiores e nossos bolsos mais cheios. Mas ela apenas deixou os ricos mais ricos e matou o resto de nós. O que nos sustenta nos destrói. — Tomou um gole. — Ou talvez nunca tenha nos sustentado. Gente sedenta beberia veneno se alguém dissesse que era água, e nunca saberia o que aconteceu.

Gamora ficou olhando para a garrafa que segurava, piscando até que a figura no canto da sua visão desaparecesse.

— Fazemos o necessário para sobreviver — disse ela. — É o melhor que qualquer um de nós consegue.

Versa levantou sua garrafa.

— À sobrevivência, até que ela nos mate. É a isso que vou beber.

Ficaram sentadas em silêncio por um momento. Versa bateu o calcanhar no barril em que estava sentada. Ela enrolava nos dedos a corrente de ouro que estava pendurada nos retrovisores.

— O que é isso? — perguntou Gamora.

Versa olhou para baixo, como se tivesse esquecido o que estava segurando.

— Pingentes funerários. Não há lugar para enterrar todos os mineradores que morrem, então os corpos são colocados em fornalhas compactas e cremados. O que sobra é qualquer coisa do corpo que não seja inflamável, e transformamos isso em pingentes para servirem de lembrança. Essas eram as alianças de casamento delas. — Levantou a corrente, balançando o berloque de folha com um dedo. — Para minha mãe, que morreu protegendo a floresta. E minha outra mãe — deixou a corrente escorregar entre os dedos, até deixar a ampulheta pendendo —, que não teve tempo.

— Tempo para quê?

Versa bebeu um longo gole antes de responder.

— Explodir a Espinha do Diabo. Ela e Barranco eram parte do grupo original que tentou confrontar a Companhia. Tentaram explodir a Espinha como forma de protestar contra a expansão da mineração. — Versa pressionou a ampulheta entre o dedão e o indicador. — A exposição ao gralho a matou antes que conseguisse. Elas tentaram sem ela, mas a Companhia as pegou e o movimento nunca mais se recuperou. Barranco é durona, mas não é uma líder como Merit era.

— Você parece ter mantido a união entre elas, pelo menos.

Versa balançou a cabeça e deu um riso nervoso.

— É uma tragédia anunciada. Não tem tantas de nós como antigamente; não chega nem perto. Metade do pessoal debanda quando a Companhia nos nota. E Merit tinha um jeito de manter todo mundo unido. Quando você estava prestes a se entregar à morte, ela aparecia com frutas, com bolo, com uma tela holográfica cheia de programas ruins que não tinham mais que vinte anos. Só o bastante para te fazer continuar por mais um dia. Ela entendia que cada dia somava. — Versa colocou os pingentes de volta para dentro da camisa, então apertou o ponto no peito onde eles ficavam fora de vista. — Ela era uma dessas pessoas de que todo mundo gosta. Nunca fez um inimigo, mesmo quando estava brigando com eles. Minha mãe (a outra, que morreu no ataque aéreo) costumava me contar uma história sobre como Merit se encontrou com a própria Morte e conseguiu mais tempo ao falar com ela.

Os pelos na nuca de Gamora se arrepiaram.

— Ela se encontrou com a Morte?

— Com certeza — riu Versa, e Gamora percebeu que tudo não passava de uma história para fazê-la dormir. Ninguém que tivesse conhecido a Senhora teria rido daquela forma. — Você a conhece?

— Somos conhecidas. — Gamora bebeu mais um pouco. Sentiu a efervescência no fundo da garganta, um borbulhar intenso, como se bastasse ela abrir a boca para sair uma rajada de fogo. — Eu acho que sempre vale a pena lutar para salvar algo que ama.

— Podemos perder — disse Versa.

Gamora deu de ombros.

— Não significa que esteja do lado errado da luta. — Vendo que Versa não respondeu, Gamora acrescentou: — Dunaberta é importante para você. Aquelas mulheres são.

— Acho que sim. — Versa bebeu o que restava da garrafa, então a jogou em um caixote que estava transbordando de lixo, do outro lado da sala. A garrafa retiniu quando o acertou, derrubando outras garrafas da pilha e as espalhando pelo chão. — Mamãe me deixou esse bando de tratantes, e eu sinto que tenho que ficar por aqui e fazer o que puder por elas.

— Ela teria orgulho de você — disse Gamora. Não tinha ideia se aquilo era verdade, mas parecia o tipo de coisa que alguém gostaria de ouvir nessa situação. — As duas teriam.

Versa franziu o nariz.

— Eu só quero viver — disse. — É a única coisa que não conseguiram fazer. Sobreviver.

— Mas você quer qual das duas coisas? — perguntou Gamora. Quando Versa olhou para ela, continuou: — Viver ou sobreviver?

— Versa! — a voz de Marm soou através da porta. Gamora levantou a cabeça. O salão por onde passaram tinha ficado estranhamente silencioso, e Gamora não havia percebido até elas pararem de falar. Versa endireitou-se no barril, e ficou parada pela primeira vez. — Versa! — chamou Marm mais uma vez. — Tira essa bunda daí e vem me explicar por que é que tem uma máquina de guerra vindo pra minha cantina.

Capítulo 11

Versa e Gamora saíram do depósito e deram de cara com a maioria das crianças amontoada em torno das janelas, tirando o papel encerado e se revezando entre levantar umas às outras e observar pela janela o que acontecia lá fora. Marm havia descido da cadeira dela e colocado a tela holográfica no mudo. Então, enxotou um bando dos pequenos para que Versa e Gamora pudessem ver também. Depois de ficar no depósito escuro, demorou um momento para a visão de Gamora se ajustar à luz do sol, e ela piscou com força várias vezes antes de conseguir focalizar na superfície.

À distância, no lado oposto às refinarias de onde tinham vindo, o horizonte enevoado estava vibrando enquanto uma nave, pequena e voando baixo, acelerava em direção a elas, deixando uma onda de poeira vermelha de cada lado, como asas.

— Uma máquina de guerra? Tá de sacanagem? — resmungou Versa. — Aquilo não é nem uma nave da Companhia.

— Não? — bufou Marm. — Minha vista não é mais aquelas coisas.

Versa olhou feio para ela.

— Você quase me matou de susto!

— Pena que foi quase — respondeu Marm.

Gamora desenganchou os binóculos do cinto, e os levou aos olhos. Conseguiu divisar a insígnia da Igreja da Verdade Universal na lateral da nave.

— É uma nave missionária — explicou. Quem pilotava estava usando uma túnica vermelha, do mesmo estilo que tinha visto os missionários usarem em Rango-15. Não dava para ver o rosto devido a um véu esticado junto ao capuz, que filtrava o pó de gralho.

O maxilar de Versa se tensionou, e ela voltou-se para Marm.

— O que eles querem aqui? — quis saber.

Marm encolheu os ombros. Parte da atenção estava direcionada ao programa skrull mudo na tela holográfica.

— Este lugar é deles. As crianças também. O negócio todo.

— Mas costumam aparecer assim? — retrucou Versa.

— De que importa, se for só a Igreja? — perguntou Marm. — Não estão atrás de você, estão?

— Marm — disse Versa com firmeza, e Marm tirou os olhos da tela holográfica apenas para revirá-los. — Eles vêm aqui com frequência?

— Não muita — disse Marm. — Na maior parte do tempo cuidam dos negócios na Estação de Órfãos.

Versa voltou-se novamente à janela, pressionando os nós dos dedos contra a boca. A nave parou longe da cantina, mas perto o bastante para que a insígnia da Igreja pudesse ser vista sem binóculos. A escotilha levantou-se devagar e a figura trajada de vermelho saiu. Ela não se aproximou da cantina; só ficou em pé diante da nave, olhando na direção delas.

— Você não chamou eles, chamou? — disse Versa, cautelosa. — Marm?

— Não chamei ninguém pra te pegar, não. Deixa eu ver. — Marm afastou a cabeça de Versa do buraco no papel com um empurrão, franzindo o cenho ao ver a figura solitária lá fora. — Risco de Fuga! — chamou por sobre o ombro, e uma das crianças surgiu ao lado dela. — Corre lá e vê o que esse povo quer com a gente.

A garotinha disparou pela porta da frente. As adultas ficaram olhando enquanto ela corria descalça pela areia, parando diante da figura de vermelho. A acólita não se moveu. Gamora olhou pelos binóculos, tentando ver o rosto dela, mas o capuz estava abaixado demais para dar qualquer vislumbre.

Sentiu a respiração de Versa no pescoço quando ela se inclinou em sua direção.

— Está portando armas?

Marm bufou.

— É uma missionária, não uma mercenária.

— E se for um truque? — disse Versa.

Risco de Fuga de repente virou-se e começou a correr de volta para a cantina, criando uma nuvem de areia pelo caminho.

— O santuário — disse ela, ao abrir a porta com tudo. — Ela disse que a Companhia de Mineração está vindo para cá com um batalhão, e que a Igreja quer oferecer o santuário a Versa Luxe.

— Isso aí é uma armadilha — disse Versa, imediatamente. Ela estava saltando nas pontas dos pés, e uma veia do pescoço saltou quando, com força, negou com a cabeça. Areia e gralho choveram dos cabelos dela em uma nuvem difusa. — Eu não vou com eles, não.

— Menina, a Igreja é o lugar mais seguro se a Companhia estiver te caçando — grunhiu Marm. — Eles não mexem com a Igreja.

Mas Versa continuou balançando a cabeça.

— Não posso. Não posso ir com eles.

Marm contraiu os lábios.

— Versa Luxe, se você trouxer a fúria dos Cavaleiros Negros pra minha cozinha, eu juro que, se eles não arrancarem seu couro, eu mesma faço isso.

— Eu não... a Igreja não. — A voz de Versa foi ficando mais aguda com o pânico, e as palavras lutavam para passar pela garganta apertada. — Não podem me pegar.

— Se eles não pegarem, vai ser a Companhia — ponderou Marm.

Versa voltou-se para Gamora.

— Como eles sabem onde estamos?

— Não sei — disse Gamora, com sinceridade. Havia uma chance de elas terem sido pegas por alguma câmera de segurança que deixaram passar, ou o motorista as denunciou, ou uma das crianças, ainda que nada daquilo parecesse plausível. — Mas acho que você deveria falar com ela.

— O quê? — gemeu Versa. — Não posso, Gamora, eu não...

— Fale com ela — disse Gamora. — Com a missionária.

— Não posso — disse Versa. — A Igreja não.

— Por que a Igreja não? — exigiu Marm. — Eles não são do tipo que mata. Mas os drones da Companhia te caçando são. Se souber o que é bom pra você, vai aceitar a oferta de santuário da missionária.

Versa se virou para Gamora, implorando com os olhos. Gamora não sabia o que havia despertado aquele medo, mas algo a estava perseguindo. Alguns fantasmas de um altar no deserto.

— Vá falar com ela — disse Gamora. — Eu te cubro daqui. Eu juro. Ela ficará na minha mira. Se levantar uma mão para você, eu atiro. Não vou deixar nada acontecer.

Versa puxou a corrente para fora da camiseta e a pressionou com o punho contra o peito. A pequena folha dourada, com as bordas manchadas e macias de tanto ser esfregada, deslizou entre dois de seus dedos, cintilando contra a luz. Versa tomou fôlego, tremendo.

— Certo.

18VE M2623E 26 H620E 141S7A1622

Capítulo 12

Sob o capuz, Nebulosa observou a entrada da cantina, esperando que ela se abrisse.

— Os oficiais da Companhia estão a caminho. Ela terá que aceitar a oferta. — O zumbido agudo do ponto na orelha dela a fez se encolher. As cardeais estavam na nave-templo, dando a ela instruções e ouvindo pelo dispositivo que haviam posto na orelha dela. O sinal estava bom, mas ela suspeitava que o chip que controlava seu braço mecânico estava interferindo na frequência, tornando difícil distinguir as vozes das cardeais dos próprios pensamentos. Ela era capaz de sentir as palavras delas na ponta do nariz, nas unhas do pé, nas articulações do pulso, como se fossem partes do próprio corpo. Estalou o pescoço, tentando ignorar a sensação inquietante de que o corpo era um conjunto de circuitos.

As portas deslizaram, abrindo de repente, e um grupo de crianças saiu correndo, chutando areia para cima enquanto corriam em torno da frota de caminhões de comida estacionados à sombra da cantina. Por um momento, o edifício desapareceu atrás da nuvem de poeira. O gralho no ar cintilou, juntando-se a uma brisa quente que subia para o céu. Quando a poeira baixou, as crianças haviam desaparecido, e, ao olhar adiante, Nebulosa viu Versa Luxe em pé na entrada. Ela tinha um blaster em uma mão, segurando-o com o cuidado estabanado de alguém que nunca tinha dado um tiro com uma arma daquelas.

— Ela está aqui — disse Nebulosa, baixinho, resistindo ao desejo de colocar a mão no microfone fixado à bochecha. — E está armada.

— Mantenha posição — disse Irmã Obediência.

— Não me movi — informou Nebulosa.

— Caso esteja considerando isso, não se mova — disse Irmã Caridade.

— Não se mova — enfatizou Irmã Obediência.

— Se ela atirar em mim — disse Nebulosa, quando Versa saiu da porta —, eu atiro de volta.

— Não queremos feri-la! — a voz de Irmã Piedosa surgiu cortante. Nebulosa quase revirou os olhos. A trupe toda estava lá, assistindo ao show. — O que quer que aconteça, Versa Luxe não deve se machucar. — O som chiou quando ela se aproximou demais do comunicador. — Estamos aqui para protegê-la. Nebulosa, diga que me entendeu.

Nebulosa a ignorou. Duvidava que proteção era o objetivo. Mas o que quer que a Igreja esperava ganhar ao abrigar Versa Luxe não lhe dizia respeito. Ela só precisava delas para conseguir a *Calamidade*.

Versa deu alguns passos hesitantes pelo deserto. Os cabelos dela estavam puxados para trás pelos óculos de proteção, e desabrochavam em torno do rosto dela como os halos sagrados que cercavam o rosto da Matriarca nos retratos da nave-templo.

Alguma coisa vibrou no cinto de Nebulosa, e ela olhou para baixo. Através da túnica, pôde ver o piscar sutil do dispositivo de rastreamento que havia ocultado nas botas de Gamora, alertando-a da proximidade.

Perfeito.

— Ela já está próxima o bastante para te ouvir? — sussurrou uma das Irmãs.

— Ainda não — respondeu Nebulosa. Alguma coisa no braço mecânico deu um sinal sonoro, e ela resistiu à necessidade de olhar. Quaisquer movimentos que ela fizesse que se parecessem com sacar uma arma poderiam assustar Versa enquanto se aproximava pela areia em direção a ela. E Nebulosa estava armada, mas não deixaria a mineradora saber disso até que fosse necessário. As armas não eram para Versa Luxe, a menos que precisassem ser.

Versa deu mais um passo, então levantou o blaster e o deixou na altura do peito de Nebulosa. O cano da arma oscilou. Os dedos de Nebulosa se encolheram com o desejo de pegar o próprio blaster e mostrar a Versa Luxe como manter alguém na mira de uma arma, mas ela resistiu.

— O que quer comigo? — gritou Versa. Ainda estava mais perto da cantina que de Nebulosa, e as palavras dela chegavam em um eco.

— Você precisa se aproximar — sussurrou Irmã Obediência no ouvido de Nebulosa.

— Se eu me mover, ela vai atirar em mim — murmurou Nebulosa. O localizador no cinto apitou novamente. O braço também. Ela cerrou os dentes.

Versa deu outro passo lento. Nebulosa levantou as mãos até a altura da cabeça. Considerou fazer o sinal da Matriarca para entregar o personagem, mas parecia que Versa atiraria antes de reconhecer a simbologia religiosa, ao menor sinal de movimento.

— A equipe de segurança da Companhia de Mineração está a caminho daqui — gritou Nebulosa. O ar entre elas chiava de calor. — Mas a Igreja te protegerá.

— Eles não querem me proteger — gritou Versa. — Querem me matar.

— O santuário — disse Nebulosa.

— Mentiras! — berrou Versa, em resposta. — É isso o que te disseram? O quanto você sabe a respeito do que a Igreja quer comigo?

Nebulosa deu um passo à frente. O sol alcançou o braço mecânico, deixando-o reluzente. Ela quase puxou a manga para baixo para escondê-lo, mas temeu que o movimento chamasse ainda mais atenção.

— Querem te proteger — disse, e deu mais um passo.

— Mais perto — sibilou Irmã Piedosa novamente no ouvido dela.

O localizador vibrou outra vez no cinto. Outro passo.

— Agora — ouviu uma das Irmãs sussurrar, com a voz quase inaudível, como se tivesse se afastado do comunicador.

— Agora o quê? — disse Nebulosa, baixinho.

Não tinha ouvido nada atrás dela, mas de repente sentiu um blaster pressionado contra a nuca e um clique quando foi destravado.

— Não se mova.

Ela congelou. Com as mãos ainda no ar, virou-se devagar. De algum jeito, Gamora tinha conseguido ir até atrás dela, e estava sob a sombra da nave, com um blaster apontando para a testa de Nebulosa. Gamora cobria a metade inferior do rosto com um lenço, e a testa estava coberta com o piche que os mineradores usavam para proteger a pele. O cabelo estava colado ao rosto com suor . Havia mudado as pontas desde a última vez que a viu. Por baixo da poeira estavam de um tom de branco turvo.

— Olá — disse Nebulosa, num sussurro —, irmã.

Gamora ergueu a mão e arrancou o véu de Nebulosa, depois puxou o capuz para trás. Os olhos dela se arregalaram e se estreitaram num instante. Nebulosa já tinha feito tantas aparições repentinas na vida da irmã que o choque de uma chegada fora de contexto nunca durava muito tempo.

— O que está fazendo aqui? — disparou Gamora, com o blaster ainda levantado. Os olhos dela passaram por Nebulosa e encontraram os de Versa e levantou uma mão para que ela ficasse onde estava.

As cardeais estavam num falatório no ouvido de Nebulosa.

— É cedo demais! Não podemos! Ainda não!

— Agora, aperte o botão!

— Agora!

— Ela vai correr!

— Estamos longe demais...

— Nebulosa. — Gamora pegou a irmã pela parte da frente da túnica e a puxou com força para mais perto, pressionando o cano da arma sob o queixo dela. — Eu te fiz uma pergunta. O que está fazendo aqui?

Nebulosa sorriu, o choque da adrenalina de um cano de arma contra a pele dela fazendo-a reviver. Especialmente por aquela arma estar sendo empunhada por Gamora. Atiçava a batalha dentro de si.

— Devolvendo sua faca.

— Gamora — chamou Versa, aproximando-se com a arma abaixada —, quem é essa?

Nebulosa virou o pescoço para mirar Versa, depois voltou a encarar Gamora:

— Se não se importar, estou ocupada no momento.

A voz de Irmã Piedosa estalou no ouvido dela, tão alta que a sobressaltou. Sentiu as palavras correrem ao longo da espinha.

— Quem é essa? Nebulosa, quem está aí com você?

— Gamora — disse Nebulosa, em parte para as Irmãs, em parte para a irmã.

Houve um guincho no fone.

— Abortar! — ouviu a voz de Irmã Piedosa, ainda que não soasse como uma ordem para ela. — Abortar, abortar! Não podemos ferir a campeã dela!

Houve um estalido na transmissão.

— O quê?

— A campeã! Ela está aqui! Ela não pode ser ferida!

— É tarde dem…

Nebulosa arrancou o dispositivo da orelha e o jogou na areia; uma unha prendeu-se ao microfone e caiu com ele. Ouviu um último grito zumbindo do fone.

Gamora ficou olhando para o ponto eletrônico.

— Você está com uma escuta?

— Estava.

— Me seguiu até aqui?

Nebulosa fez uma cara de desapontada, canalizando Thanos da melhor forma que podia:

— Sabe, nem tudo é sobre você.

— Mas por que tenho a impressão de que isso é? — Gamora franziu o cenho de repente. — Que barulho é esse?

Nebulosa também percebeu o bipe vindo do braço mecânico. Entre a gritaria das cardeais e a arma de Gamora no pescoço, acabou se esquecendo daquilo. Mas agora percebeu que estava ficando mais rápido. Do dispositivo no chão conseguiu ouvir a voz metálica de uma das irmãs, gritando:

— Nebulosa, afaste-se dela!

Se Gamora também ouviu, não deu nenhum sinal. Manteve a arma apontada para a garganta de Nebulosa, com os nós dos dedos pulsando na parte da frente da túnica.

— Diga o que está fazendo aqui.

— Me solta. — Nebulosa pôde sentir alguma coisa estalando no braço, como se fossem fios se realinhando. Pareciam ossos deslocando-se sob a pele. Cerrou os dentes e viu um clarão, o chip no cérebro dela se recalibrando sem sua permissão. — Falei pra me soltar. — Nebulosa se puxou com tudo da mão de Gamora e tateou apressadamente a roupa para tirar a enorme manga da túnica. Havia alguma coisa vermelha piscando sob as placas do braço.

— Não atire! — gritou Gamora sobre o ombro de Nebulosa, para Versa. Depois, falou à irmã: — O que está fazendo?

Nebulosa a ignorou. Arrancou a túnica, revelando sua armadura de couro abaixo dela. O tecido caiu aos seus pés como se fosse sangue na areia. Enfiou os dedos sob a placa e conseguiu levantá-la o suficiente para ver o que havia abaixo dela — enterrado nos fios na altura do cotovelo havia um detonador, ativado e com uma contagem regressiva.

— Me diz o que está acontecendo! — gritou Versa atrás delas, a voz aguda de pânico.

Nebulosa levantou a cabeça e olhou para Gamora. Ambas tinham visto.

— Tira isso de mim — disse.

Gamora não hesitou. Em um movimento fluido, colocou o blaster no coldre e ejetou uma das vibrolâminas da bota, e começou a abrir a placa à força, mas Nebulosa esbravejou:

— Não há tempo, só corte fora!

— Versa, sai daqui! — gritou Gamora. — De volta para a cantina, agora!

O sinal sonoro estava ficando mais rápido. Gamora enterrou a lâmina nos circuitos acima do cotovelo de Nebulosa, partindo os fios ao meio. Nebulosa sentiu uma pontada quando percebeu que a vibrolâmina atravessou sua carne com muito mais facilidade. Gamora teve que colocar todo o peso do corpo na tarefa, pressionando a lâmina com as duas mãos, grunhindo, até a dobradiça ceder e o braço de Nebulosa se partir na altura do cotovelo.

Nebulosa o pegou antes de cair no chão, arremessando-o o mais longe que conseguia na direção oposta à da cantina, depois agarrou Gamora — ou Gamora a agarrou. O mundo pareceu vibrar à volta delas, com o ar sendo distorcido enquanto os explosivos eram detonados. Ela mais sentiu do que ouviu a explosão, e a onda de choque as arremessou para além da nave.

Uma onda de calor e areia passou por cima delas. Nebulosa se pressionou contra o chão, tentando resistir o máximo possível enquanto sentia a pele exposta borbulhando e queimando. Próxima a ela, Gamora colocou os braços sobre o rosto. A tela holográfica no pulso dela estalou e soltou faíscas.

Quando a explosão se tornou apenas um zumbido nos ouvidos de Nebulosa, ela levantou a cabeça. A boca estava cheia de areia acre, e ela cuspiu um bocado grosso dela antes de puxar a gola solta de sua blusa sobre o rosto, usando de filtro. O ar também estava cheio daquilo, espesso e cheio do resíduo levantado pelo estrondo. Todos os papéis das janelas da cantina haviam sido arrancados. As crianças choravam lá dentro. Pareciam próximas, soluçando nos ombros dela, devido à quietude estranha que segue uma explosão. Quando olhou em volta do nariz da nave, viu a cratera que a bomba havia deixado, escura e fumegante.

Nebulosa encarou a devastação, então olhou para os fios rompidos saindo de seu cotovelo.

Não deveria estar surpresa pelas Irmãs terem tentado matá-la. Ou, mais precisamente, por a considerarem apenas a bucha do canhão que atiraram para matar o alvo delas, mas a visão de Nebulosa ainda estava turva de raiva. Ela foi uma isca. Foi uma presa. Ela não valeu de nada além de uma forma de tirar Versa do esconderijo, e a vida dela não passava de uma fatalidade necessária que não custaria nada a elas em comparação aos danos que os manifestantes estavam causando nas minas. Elas haviam planejado isso desde o começo. Ouvi-la confirmando que era uma filha de Thanos não as havia animado porque teriam uma aliada, mas porque teriam um alvo. Uma tola. Forasteiros acreditariam em qualquer coisa.

Nebulosa esforçou-se para ficar em pé, tonta pela raiva e por não saber aonde iria ou o que deveria fazer, mas Gamora se jogou para a frente, pegando a irmã pela bota e a arrastando de volta para a areia. Nebulosa tentou se desvencilhar com chutes, mas Gamora a agarrou com força, aproveitando o impulso para se levantar e dando um chute giratório na lateral da cabeça da irmã. Nebulosa cambaleou, com um zunido nas orelhas, e em seguida o cotovelo de Gamora se chocou contra seu nariz.

Gamora levantou um braço, disparando um soco, mas Nebulosa desviou o golpe com o que restou do braço mecânico, então a chutou na altura do estômago, fazendo-a voar para trás.

Gamora se levantou quase antes de atingir o chão, e ambas as irmãs dispararam uma em direção à outra. Chocaram-se em pleno ar, mas Gamora havia recuperado a vibrolâmina, e a acertou no ombro de metal de Nebulosa, que ainda estava soltando faíscas em meio aos fios pendentes. Um tranco de eletricidade atravessou Nebulosa, e ela se contorceu. Gamora saltou sobre ela, prendendo-a ao chão e introduzindo a lâmina com mais força. Nebulosa se retorceu de dor.

— Renda-se — grunhiu Gamora.

Nebulosa tentou cuspir na cara da irmã, errou, e acabou com saliva escorrendo no próprio queixo.

— Nunca.

— Você tentou me matar! — gritou Gamora, com o joelho apertando o peito de Nebulosa com força.

— Eu não sabia.

— Até parece que não sabia! Você tentou me explodir!

— A Igreja... — Nebulosa estava sofrendo para conseguir respirar — está te protegendo.

Gamora afundou o joelho ainda mais, e ainda que Nebulosa tivesse pensado que ela não tinha mais nenhum fôlego sobrando, um grunhido escapou da garganta dela.

— Por quê?

— Por causa... do jogo. — E sorriu, só porque sabia que aquilo enlouqueceria Gamora.

Gamora cuspiu no rosto dela. Nebulosa lambeu os lábios, e cuspiu de volta.

— Que jogo? — exigiu Gamora. — Do que está falando?

— Nosso pai... — Nebulosa conseguiu falar, engasgando-se, mas foi interrompida quando a areia ao lado delas explodiu, espalhando fragmentos quentes de terra rançosa sobre ambas. Aquilo preencheu os olhos de Nebulosa. O joelho de Gamora escorregou do peito dela enquanto uma nave surgiu, girando, de debaixo da terra, como se fosse um verme. Na lateral estava a mesma insígnia da nave de Nebulosa — a Igreja. Uma figura de armadura negra, com o rosto coberto por um elmo pesado, saiu da cabine com um estrondo, portando duas espadas que se expandiram nas mãos dela quando saltou na direção das irmãs.

Depois de tanta ladainha para que ela fosse sozinha, a Igreja tinha enviado seus Cavaleiros Negros.

Nebulosa tombou para trás, com dificuldade para firmar as mãos na areia, enquanto mais naves vermes dos Cavaleiros surgiam da terra. Um deles emergiu tão próximo de onde ela estava que ficou cega por um momento, pela areia disparada contra o rosto dela. Quando terminou de limpar os olhos, o Cavaleiro já tinha saltado da nave e estava sobre ela, levantando a arma, mas ao brandi-la foi impedido por Gamora, que de repente estava entre os dois, bloqueando a espada com uma vibrolâmina. Era minúscula em comparação, e mesmo sendo erguida com a força de Gamora, não parecia ser o bastante para impedir o ataque. Mas o Cavaleiro tirou o peso do golpe no momento em que Gamora apareceu entre eles, de forma que a espada apenas resvalou na arma dela.

Eles não machucariam Gamora. Então por que tinham vindo? Se a Igreja esperava que Nebulosa estivesse morta a essa altura, por que estavam ali? Versa Luxe? Um bando inteiro de Cavaleiros Negros parecia um gesto grande demais para a líder de uma insurreição. Elas deviam estar causando mais danos do que Nebulosa imaginava.

Não havia tempo para pensar. Tivesse Gamora percebido ou não, ela era um escudo. E Nebulosa planejava tirar vantagem daquilo.

Jogou-se para a frente, puxando a faca da outra bota de Gamora e fazendo-a atravessar o pé do Cavaleiro Negro que tinha tentado a acertar. O Cavaleiro desabou, gritando de dor, e Gamora o acertou com uma cotovelada no rosto, fazendo-o cair. Ela ofereceu uma mão para Nebulosa, que a aceitou e foi levantada pela irmã. Ambas ficaram uma de costas para a outra, juntas, lutando do mesmo lado pela primeira vez em muito tempo.

Elas raramente lutavam juntas. Mas já haviam lutado.

Nebulosa ergueu a lâmina.

25AT7L22 D922S8

Capítulo 13

Estavam em desvantagem numérica — pelo menos vinte soldados da Igreja da Verdade Universal saltavam de suas naves ainda semienterradas na areia, com os rostos ocultos por máscaras opacas e portando longas lâminas duplas. Gamora tinha ouvido histórias sobre os Cavaleiros Negros, o tipo de história contada aos sussurros, que se acumulava como poeira em torno de qualquer organização tão grande e cheia de segredos quanto a Igreja. Ela também ouvira que a Matriarca estava morta havia dois séculos, e que os acólitos eram forçados a comer os cérebros de membros que tinham falhado em suas cerimônias de iniciação, enquanto os que sobreviviam se reconheciam por cumprimentos secretos que apenas eles conheciam.

Ela nunca havia confiado muito naqueles boatos. Mas os Cavaleiros Negros, no entanto, pareciam ser bem reais, então Gamora estava começando a reconsiderar a possibilidade de que o negócio de comer cérebros pudesse ter um fundo de verdade.

Não esperou que os Cavaleiros avançassem — saltou à frente, com a vibrolâmina chocando-se contra a arma do inimigo mais próximo dela. Ela travou as lâminas dele, e girou a perna para acertá-lo na cabeça com um chute alto. Atrás dela, Nebulosa sacou o blaster do cinto e deu vários tiros no entorno das duas, forçando os Cavaleiros a se afastarem.

Outro Cavaleiro brandiu a arma contra Gamora, e ela prendeu o braço dele com uma perna, fazendo-o cair de costas. Nebulosa atirou antes que Gamora pudesse fazer qualquer outra coisa, deixando uma marca chamuscada na armadura do Cavaleiro. Gamora pegou a arma caída do Cavaleiro e se atirou contra o próximo. Levou um momento para se ajustar ao peso das lâminas, ao giro, às pontas gêmeas, e ela tropeçou, perdendo o equilíbrio por tempo o bastante para que um dos Cavaleiros lhe desse um chute pesado no peito. A vibrolâmina que havia enfiado no cinto saiu voando, e ela caiu de braços abertos na areia. Levantou o bastão quando o Cavaleiro saltou sobre ela, mas este hesitou quando um dos outros gritou:

— Esta não!

Antes de ter uma chance de responder, o Cavaleiro caiu abruptamente. Gamora olhou por sobre o ombro. Nebulosa havia pegado sua lâmina e atirado no rosto do Cavaleiro. Gamora foi até o Cavaleiro e arrancou a faca dali. Depois a jogou de volta para a irmã, que a pegou logo antes de se esquivar de um par de Cavaleiros se atirando sobre ela.

— Abaixe-se! — gritou Gamora, e Nebulosa agachou-se na areia. Gamora ficou em pé em um salto, girando a espada, e cortou a barriga dos dois Cavaleiros. Então rodopiou, acertando o próximo Cavaleiro na garganta com o cabo cego da arma.

Se essa era a força de guerreiros de elite da Igreja, eles precisavam de professores melhores.

Nebulosa estava tendo mais dificuldades que Gamora, em parte por não estar acostumada a lutar com uma mão só, em parte porque os Cavaleiros pareciam estar se atirando mais sobre ela. Nebulosa apertou o pescoço de um deles com o joelho, fazendo-o cair na areia, mas outro a acertou com a lateral de uma das lâminas, fazendo-a cair de lado. Um fio fino de sangue manchou a areia, o único tom de vermelho mais escuro que a terra em si.

Gamora deu um grito e correu adiante, se jogando contra os Cavaleiros que investiam contra a irmã. Ela saltou, derrubando cada um deles com um chute, então aterrissou girando e enfiando a espada no chão para se equilibrar.

Atrás dela, Nebulosa pegou o blaster e deu dois tiros rápidos no Cavaleiro que Gamora não tinha percebido.

Gamora, ainda agachada, olhou para Nebulosa.

— Estava sob meu controle.

Nebulosa devolveu o blaster ao cinto.

— Claro que estava.

Um motor roncou de repente atrás delas, e ambas se viraram. Um dos caminhões de refeições da cantina estava acelerando em direção a elas, com faróis no máximo e buzinas estrondando. Gamora se atirou de bruços no chão e o caminhão passou por cima dela; sentiu a corrente de ar passando pela nuca. O veículo atravessou o restante do grupo dos Cavaleiros, esmagando-os na areia, então deu ré e os atropelou mais uma vez. O caminhão guinchou quando parou, empinando-se em duas rodas antes de assentar. A escotilha no topo da cabine abriu num estalo e Versa apareceu.

— Vamos! — gritou ela.

Gamora se adiantou para o caminhão, mas Nebulosa gritou atrás dela:

— Espere! Tem um fugindo!

Ela se virou. Um dos Cavaleiros tinha conseguido voltar ao rastejador de areia. Nebulosa sacou o blaster e atirou, mas o tiro apenas acertou o para-brisa e o quebrou. Gamora sacou o próprio blaster, mas o Cavaleiro tinha conseguido deslizar para dentro da cabine, e a nave afundou na terra, com a areia se afunilando atrás dela como se estivesse a engolindo por completo.

— Ele vai avisar as cardeais — explicou Nebulosa. — E dizer que nenhuma de nós morreu.

— Que decepcionante — disse Gamora.

— Podemos ir? — gritou Versa, da escotilha do caminhão, com um urgente tom agudo. — Agora? Por favor? Gamora.

— Só mais uma coisinha rápida. — Gamora mudou o blaster para o modo atordoante, então virou-se e deu um tiro no peito de Nebulosa. A irmã ficou tão surpresa que nem teve tempo de reagir antes do tiro azul atingi-la, jogando-a para trás, desprovida de sentidos. Gamora a pegou pelo braço que ainda estava lá e o colocou sobre o ombro, deixando-a em pé.

— Mas o quê? — gritou Versa do caminhão e, por um momento, Gamora presumiu que ela estava protestando por ter atirado naquela estranha à queima-roupa, mas Versa logo emendou: — Ela não vai com a gente.

— Ela é minha irmã. — Gamora ergueu o corpo flácido da irmã até o teto do caminhão, depois o atravessou pela escotilha, ao lado de Versa. Sabia que era melhor se certificar de que Nebulosa não fosse cair de cabeça, quebrar o pescoço ou cair em algum kit de talheres particularmente afiados no caminhão. Mas não estava a fim de desperdiçar energia. Deixou Nebulosa cair na parte de trás, derrubando uma pilha de kits de ração e escorregando por elas antes de saltar em seguida. Podia estar salvando a irmã, mas não significava que tinha que ser gentil no processo.

— Não ligo nem se ela for a mãe dos seus filhos — respondeu Versa. Ela ainda estava em pé, com a cabeça acima da escotilha, olhando para Gamora logo abaixo. — Ela tentou nos explodir.

— Não acho que foi culpa dela — respondeu Gamora, segurando na alça de segurança presa na porta. Versa tinha pegado a mochila dela e a deixado no assoalho em frente aos assentos. — Mas temos que encontrar quem planejou isso.

O olhar de Versa partiu de Gamora, passou para Nebulosa estirada no meio das rações, e voltou para Gamora. Então ela jogou a cabeça para trás e se permitiu um grito frustrado para o universo antes de se deixar cair no banco do motorista, fechando a escotilha atrás de si. Ligou o motor, depois pegou a corrente manchada que estava na *Calamidade* e a colocou em torno do retrovisor.

— Aonde vamos? — indagou Gamora.

— Ao Cibele — respondeu Versa. — Se tudo der certo, Barranco e Luna e o restante delas vai pra lá hoje à noite e podemos nos certificar de dar um jeito nisso. — Ela indicou Nebulosa com a cabeça.

Versa engatou a marcha, mas Gamora a segurou pelo braço.

— Espere, tem um de pé.

Versa olhou de relance para o espelho retrovisor bem quando um dos Cavaleiros Negros que ela havia moído cambaleou em pé, levantou a arma e correu destrambelhado em direção ao caminhão. Versa disse um palavrão baixinho, depois mudou para marcha ré e passou por cima dele. O caminhão guinou, com a suspensão estalando. Gamora quase bateu a cabeça no teto. Nos fundos, outra pilha de refeições embaladas caiu sobre Nebulosa.

— Certo. — Versa mudou a marcha novamente e, com um tranco, o caminhão partiu em direção ao deserto. — *Agora* estamos indo.

18TS N127 22AS2 B2218N20 2ORE22N

Capítulo 14

Quando Nebulosa acordou, ela estava em um lugar verdejante.

Fechou os olhos, e os abriu novamente. Era para ela estar em Dunaberta, o gigante morto no canto da galáxia, onde o solo era tão venenoso que nada conseguia crescer, mas, em vez disso, estava deitada em uma relva delicada. Acima dela, erguiam-se as paredes de uma caverna, da mesma rocha avermelhada das minas, mas tufos de folhagem esforçavam-se para se pendurar nelas em pontos aleatórios. Abaixo, o solo era encorpado e exuberante como o de uma floresta e, próximo dali, corria um pequeno riacho. *Um terrário*, pensou ela. Um crescente de vida verde em meio a um mundo infértil.

— Está acordada? — perguntou alguém.

Falando em coisas verdes…

Nebulosa tentou se virar em direção à voz de Gamora, mas isso a fez perceber que os movimentos dela estavam impedidos pelas cordas que zumbiam em torno dos tornozelos. Outra corda, em torno do pulso, estava amarrada a um rochedo. Era como se ela fosse uma pipa, algo que sairia voando se o vento fosse muito forte. Os músculos dela se tensionaram com a necessidade de tentar arrancar as cordas. Inspirou profundamente pelo nariz — e assustou-se ao perceber que não estava usando um respirador. Mas o ar era, de alguma forma, respirável. Ela relaxou o maxilar, expirou e voltou-se à irmã.

Gamora estava sentada de pernas cruzadas no gramado em frente a ela, passando os dedos pelas lâminas finas, que emitiam um som como o de sussurros, fazendo a caverna soar como se estivesse apinhada de seres. A pele dela estava suja e manchada e o entorno dos olhos tingido de preto pela tinta, e tinha uma linha apagada cruzando o nariz, onde o respirador estivera. Ela havia tirado a jaqueta, e estava apenas com a camiseta de baixo, da mesma cor vermelha do planeta e calcificada com suor. Tinha soltado o cabelo, deixando à mostra as pontas que tingia com certa frequência. Pela primeira vez na memória de Nebulosa, elas estavam quase sem cor, cinzentas feito uma nuvem de tempestade. Nebulosa sempre pensou na irmã como um relâmpago, não como chuva. E se Gamora era o relâmpago, Nebulosa era o trovão. Tão poderosa quanto, mas vindo alguns segundos atrás. Sempre atrás.

— Preciso estar acordada? — perguntou Nebulosa. A garganta estava seca (na verdade, estava seca desde que chegara em Dunaberta), e as palavras saíram como se estivesse engasgada com um caco de vidro.

Gamora pegou uma folha da grama e a girou entre os dedos. Nebulosa a encarou.

— Você atirou em mim.

— Era necessário — disse Gamora. Então, antes que pudesse evitar, acrescentou: — Eu só te atordoei, não seja uma criança.

— Onde está Luxe? — perguntou Nebulosa.

— No turno de vigia. — Gamora pegou outra folha de grama. Ela ainda não tinha olhado na direção de Nebulosa.

— Está brava comigo? — Nebulosa quis saber.

— É claro que estou brava — disparou Gamora, e Nebulosa sentiu uma pontada de satisfação ao perceber a voz da irmã se levantando. — O que está fazendo aqui?

— O mesmo que você — disse Nebulosa.

— *Eu* estou aqui a trabalho — explicou Gamora. — *Você* tem um complexo de inferioridade.

— Está falando do trabalho de roubar o coração do planeta?

Gamora parou, uma mão ainda afagando a grama.

— Como sabe disso?

Nebulosa sentou-se, esticando as pernas doloridas e o pescoço travado por um mal jeito que ela imaginava não ter relação com a luta contra os Cavaleiros Negros.

— Você sabe para quem está trabalhando? — perguntou.

— É só um trabalho. — Gamora deu um peteleco em uma folha de grama que estava nas calças. — Sempre é só um trabalho. Não importa para quem. Eu vou aonde me mandam ir, e faço o que me mandam fazer.

Nebulosa sorriu com desdém.

— O que acontece quando não tem ninguém por perto para te dar ordens? Dá uma pane no seu cérebro?

— Você também está aqui — retrucou Gamora. — Então obviamente não sou a única subordinada a outra pessoa. Papai que te mandou?

— Por que acha isso?

— Parece o tipo de coisa que ele faria. Mandar você me seguir só para colocar uma pedra no meu sapato. — Gamora fez cara feia para a grama, como se quisesse arrancar todo o gramado pelas raízes. — Aliás, você seria uma péssima missionária.

— Não acha que eu fico bem de vermelho? — provocou Nebulosa. — Fica melhor em mim. Não combina com você.

Gamora revirou os olhos.

— Como você é irritante.

— Você atirou em mim!

— Você tentou me explodir! — protestou Gamora. — Então acho que dá pra dizer que estamos quites.

Nebulosa puxou os joelhos até o peito. Uma dor fantasma percorreu, de repente, o braço que não tinha mais, e ela não teve certeza se era a memória da carne que um dia esteve lá, ou do que a

Igreja tinha colocado dentro dela. Mais uma vez que o corpo dela havia sido transformado em arma sem seu consentimento.

— Eu não sabia da bomba.

Gamora riu; uma risada curta e sem graça.

— E você espera que eu acredite nisso?

— Não esperava — disse Nebulosa, com a voz se alterando com a necessidade repentina de fazer com que Gamora acreditasse. Ela tinha que acreditar. — Por que eu iria me explodir junto?

— O que seria outra prótese pra você? — resmungou Gamora.

Talvez fosse a imaginação dela, mas Nebulosa viu um relance de arrependimento passando pelo rosto de Gamora assim que ela disse aquilo. Pareceu mais que a pequena chama estúpida de afeto pela irmã, que sempre carregaria no coração, simplesmente se atiçou novamente, e o reflexo se pareceu com arrependimento.

— O que quer que você ache que sabe sobre esse trabalho — disse Nebulosa —, está errada. — Apesar de estar amarrada, conseguiu dar um jeito de mover o braço, de forma que pôde esconder o rosto. Era um gesto infantil: joelhos no peito, rosto fora de vista; mas era satisfatório. — Inclusive — acrescentou, sem levantar a cabeça — você é a pessoa errada para fazê-lo.

— Se não está trabalhando com eles, por que confiou neles? — indagou Gamora. — A Igreja da Verdade Universal ajudou a devastar meu planeta natal, lembra? Eles são a razão de eu não ter um lar. Não ter uma família.

Nebulosa levantou a cabeça.

— Thanos é a razão de você não ter um lar.

— Thanos me salvou. Ele nos salvou.

— Ele nos roubou.

— Preferia que ele tivesse te deixado para trás, para morrer?

A resposta parecia ser tão óbvia que a pergunta devia ser retórica, mas Nebulosa já havia revirado aquela questão no coração dela tantas vezes, como uma pedra sendo castigada por séculos no leito de um rio até ser moldada em uma lasca afiada e letal. Ela sabia que, apesar da firmeza na voz da irmã, Gamora também tinha refletido muito sobre isso.

— Não estou trabalhando para a Igreja — disse Nebulosa.

— Então por que apareceu vestida de missionária e com um exército de Cavaleiros Negros para matar Versa e eu?

— Eu não sabia dos Cavaleiros — explicou Nebulosa. — Ou da bomba. A Igreja me deu um braço novo.

— Que gentileza da parte deles — respondeu Gamora, com uma voz inexpressiva.

— Foi mesmo — concordou Nebulosa. — Precisa que eu explique a palavra *gentileza* para você? *Gentileza* é não jogar para sua irmã uma faca que não é capaz de cortar suas amarras, só por despeito.

Gamora franziu o cenho.

— O quê?

— Sua vibrolâmina — disse Nebulosa. — A que deixou comigo em Praxius.

Gamora a encarou por mais um momento, sem nenhuma expressão no rosto, então arregalou os olhos de repente.

— Eu não sabia.

— Quem está mentindo agora?

— Nebulosa, eu juro. Eu pensei que cortaria.

— Você achava que eu tinha cortado meu próprio braço por diversão?

— Eu não sabia o que tinha acontecido. — Gamora se moveu um pouco à frente, ficando de joelhos, com os punhos agarrando o tecido folgado das calças. — Você não falava comigo. Não nos vimos em meses. Eu estava tentando te ajudar.

— Se estivesse mesmo, você teria ficado e me ajudado a me soltar, não me dado uma faca para continuar caindo nas graças do nosso pai e ainda dormir à noite. Quando Thanos te disse para me deixar morrer, você deu as costas e foi embora.

— Ele já tinha feito isso — respondeu. — A nós duas. Ele nunca nos deixou morrer.

— Ele nunca deixou *você* morrer — corrigiu Nebulosa. — Essa não foi a primeira vez que eu tive que me salvar sozinha.

Gamora ficou encarando-a, e Nebulosa sabia que a memória da batalha em Praxius estava se reconfigurando na mente da irmã, assim como centenas de outras missões. Ela se virou. Nebulosa pressionou a testa contra o braço outra vez. *Ele nos deixaria para morrer, mas nunca nos deixaria morrer*... A indiferença lhe trouxe um arrepio súbito. Aquele era o pai delas. Era um homem que havia salvado as duas em uma suposta tentativa de dar a elas uma vida que nunca teriam. Era um homem que as havia ensinado, treinado, agredido e machucado e dizia que aquilo era amor. Por nunca ter conhecido outro tipo de amor, elas acreditaram. Como seria possível que qualquer uma das duas pudesse desfazer uma vida inteira de abuso e sair disso com hematomas em vez de cicatrizes, feridas que pudessem ser curadas com o tempo?

Então Gamora disse, baixinho:

— Você está certa.

Nebulosa levantou a cabeça.

— O quê?

— Eu deveria ter ficado. — Gamora pressionou o queixo contra o peito. — Eu deveria ter te ajudado. Eu não deveria ter deixado ele fazer aquilo com você.

Nebulosa encolheu os ombros.

— Não importa. Já foi.

— Mas eu quero que acredite em mim.

— Por quê?

— Porque você é minha irmã — disse Gamora com a voz embargada pelo afeto brutal da afirmação. — Eu não machucaria você.

— Você me deu um tiro — disse Nebulosa. — E não foi a primeira vez. Você quebrou meus ossos, me apunhalou, me jogou de precipícios, me segurou embaixo d'água por mais tempo do que eu conseguia prender a respiração, e no momento estou amarrada graças a você.

— Eu não machucaria você a menos que eu tivesse um bom motivo — complementou Gamora, contraindo os lábios. — Você não me deixou terminar. — Alongou as pernas, descansando os cotovelos nos joelhos, depois jogou o cabelo por cima do ombro. — O que ele fez com você foi desumano.

— Foi.

— Eu fui desumana ao ir embora.

— Foi.

Ficaram em silêncio por um tempo. Acima delas, o céu laranja reluziu devido ao jorro das refinarias, cujas fornalhas eram mantidas quentes o bastante para receber o gralho dado a elas ao amanhecer.

— Por que é que a Igreja da Verdade Universal me quer morta? — perguntou Gamora.

— Não é atrás de você que estão — respondeu Nebulosa. — Querem Versa Luxe.

— Versa? — Gamora fechou a cara. — Por quê?

— Ela está acabando com a operação de mineração deles.

— Operação *deles*? — disse Gamora. — A Companhia de Mineração que controla as trincheiras, não a Igreja.

Nebulosa meneou a cabeça.

— Eu estive em uma das naves-templo. Não estão aqui só pelo trabalho missionário e para rezar à Matriarca. Eles têm uma concessão nas trincheiras e usam o gralho para abastecer as naves deles. E provavelmente para outros propósitos que não me contaram.

— Mas por que se esconder por trás da fé e dos trabalhos de caridade? — perguntou Gamora.

— Porque essa fé mantém os mineradores trabalhando em trincheiras da Igreja — explicou Nebulosa. — Ela controla estações de habitação, rações e condições de trabalho, então pode cortá-las e fazer todo mundo sofrer, para então aparecer e oferecer auxílio. — Os resquícios do braço mecânico contraíram-se de repente. Gamora e Nebulosa ficaram olhando enquanto um dos circuitos tremelicou e depois caiu. — Tira isso de mim — disse Nebulosa à irmã. E acrescentou: — Por favor.

Gamora encontrou um kit de ferramentas entre os parcos suprimentos da caverna e começou a extrair o braço do ponto onde ele havia sido preso à pele de Nebulosa. Ela trabalhou devagar e de forma metódica, e Nebulosa queria gritar para que arrancasse aquilo logo e terminasse de uma vez, rasgando a carne dela ou não. Não queria mais nenhum indício do toque das cardeais em seu corpo.

A Igreja a havia traído. Ela não deveria estar chocada. Estava furiosa consigo mesma por estar até mesmo ligeiramente surpresa. A lição mais dura que a galáxia ensinava era que não se podia confiar em ninguém, e de alguma forma ela tinha que continuar aprendendo isso de novo, de novo e de novo, das formas mais dolorosas possíveis. Qualquer pessoa, quando destilada à própria essência, não se importa com ninguém além de si mesma. Era algo que todos os seres tinham em comum: o egoísmo.

No entanto, ali estava Gamora, removendo a placa de circuitos da pele dela, de forma gentil, tentando preservar a carne à qual o mecanismo estava preso. Tentando encontrar a parte mais limpa possível das próprias roupas para rasgá-la e estancar o sangue de Nebulosa. As mesmas mãos que lhe haviam dado a faca que cortara o braço dela, faziam o possível para não a ferir. Ser tocada por qualquer pessoa que não estava tentando machucá-la era raro e assombroso.

Talvez aquilo fosse o melhor que qualquer pessoa pudesse esperar, pensou Nebulosa. Alguém que te machuque e te ajude na mesma proporção.

18 01324E 150V22D

Capítulo 15

As parceiras de Versa chegaram uma a uma enquanto o céu mudava para um tom cinzento, deixando as paredes da caverna com uma cor de sangue escuro e pálido. Gamora observou o pôr do sol escorrendo por entre as paredes, fazendo as sombras se esticarem e se expandirem. O gramado já estava tingido de anil quando Luna, a última do bando, finalmente chegou.

— Caramba, Versa — disse Luna, abraçando-a com a força de uma mãe. — Pensei que tinham pegado você.

— Nem perto disso — respondeu Versa, beijando a bochecha de Luna. — Vem sentar com a gente. Estamos brindando a não morrer!

Luna parou onde estava, e seu olhar fixou-se em Nebulosa. Gamora a havia desamarrado e ela estava sentada, delineada pela escuridão, próxima à luminária térmica, como se sempre estivesse naquele grupo.

— Quem é essa?

— Nebulosa — apresentou Gamora. — Minha irmã.

— E de que lado ela está? — perguntou Luna.

— Do meu — respondeu Nebulosa.

Luna considerou aquilo por um momento, depois assentiu.

— Ela está sob sua responsabilidade, então — disse, apontando para Gamora. — Se ela nos trair, é por sua conta.

Nebulosa disparou um olhar para a irmã, com um sorriso surgindo no canto dos lábios.

— Não me tente — disse, num sussurro.

Gamora a ignorou.

— Vi nas telas hoje a recompensa que estão oferecendo por você — disse Luna para Versa.

— Todas vimos — acrescentou Barranco. — Nash disse que estavam fazendo batidas em transportadoras aleatórias.

— Estavam — complementou, baixinho, a mulher chamada Nash. Tinha pele rosada, e o cabelo caía em cachos fartos em torno do rosto dela.

— Sorte minha que não estava em uma transportadora, então — respondeu Versa. Ela indicou Gamora com o queixo. — A gente se escondeu na Marm, depois roubou um caminhão e veio pra cá.

— O que a gente faz agora? — perguntou Luna. — Não dá pra você voltar a escavar amanhã como se nada tivesse acontecido.

— Procure refúgio com a Igreja — ofereceu uma das mulheres, que Gamora ouviu Barranco chamando de Bala Perdida, ou coisa parecida. A voz dela era rouca, e estava com o canudo de chá energético que as mineradoras bebiam balançando entre os dentes. — Eles vão te aceitar.

— É a Igreja que está me procurando, pelo que me disseram — disse Versa, e olhou para Nebulosa.

Barranco seguiu o olhar dela.

— Você trabalha para a Igreja?

— Sou apenas uma cidadã preocupada — respondeu Nebulosa. Gamora pisou no pé da irmã, num aviso silencioso para calar a boca.

— A Igreja não está do nosso lado — disse Versa. — A gente não pode confiar neles, do mesmo jeito que não podemos confiar na Companhia. Estão juntos nesse negócio sujo.

— Você não pode voltar a perfurar — disse Luna. — E todas nós precisamos ficar na encolha até que parem com essas buscas. A Companhia tem uma memória curta, se a gente ficar quietinha por um tempo.

— Ela não pode voltar às trincheiras, nunca mais — disse Bala Perdida. — A gente tem que te tirar do planeta, Ver.

— Não é aí que vocês entram, riquinhas? — perguntou Barranco, com os olhos reluzindo âmbar enquanto olhava para o outro lado do círculo, em direção a Gamora e Nebulosa.

— Você disse a elas que somos ricas? — Nebulosa sussurrou com o canto da boca. Gamora pisou com mais força no pé da irmã. Só para irritá-la, Nebulosa apenas riu.

— Eu não vou a lugar nenhum — afirmou Versa. Estava mexendo na corrente das mães entre os dedos, e de repente a fechou no punho, encarando o grupo com um olhar severo. — E a gente não vai mais ficar se escondendo. Se quiserem me executar, vou dar a eles uma boa razão pra isso. A gente vai acabar com a Espinha do Diabo.

Quando foi a vez de Gamora ficar na vigia, Nebulosa a seguiu sem pedir. Gamora queria ficar sozinha. Esperava por um momento sozinha para refletir, então subiu o mais rápido que podia entre as paredes do cânion, com os joelhos latejando, mas com a esperança de que a velocidade deteria Nebulosa. No entanto, quando chegou à areia e olhou para trás, Nebulosa estava no encalço dela. A irmã não parou até chegar no topo, apoiada entre as paredes e frustrada com o fato de que teria que se içar sobre a borda com apenas um braço.

Gamora suspirou, então ofereceu uma mão. Nebulosa arriscou o já precário equilíbrio para negar a ajuda com um tapa.

— Vamos — disse Gamora. — Estamos sozinhas.

Nebulosa parou, ofegante. As gotas de suor na testa dela se conectavam, formando fios brilhantes. Decidiu aceitar a mão de Gamora e deixar que a irmã a puxasse até a terra firme.

Sentaram-se uma ao lado da outra, olhando para a superfície do planeta. As luzes das refinarias salpicavam o horizonte feito um cordão de pérolas reluzentes. Naquela noite o céu estava limpo e, mesmo com a luz residual das lâmpadas de segurança feitas de halogênio do cânion, preenchido de estrelas brilhantes.

Nebulosa estava olhando para elas, com o pescoço esticado e o rosto voltado para o céu.

— As estrelas são diferentes aqui.

— Diferentes de onde? — perguntou Gamora.

— De qualquer outro lugar.

Gamora revirou os olhos.

— Não são. Veja. — Alinhou o corpo ao da irmã, então apontou, com o caminho até um ponto brilhante no céu. — Aquele é o Navegador. E a vermelha abaixo dele é a parte de cima da Mãe em Chamas. Aquelas três formam a coluna dela — disse, traçando a curva.

— Alguém já me disse que o Navegador poderia abrigar mil milhares do meu planeta natal dentro dele.

— Quem te disse isso? — perguntou Gamora, rindo.

— Não lembro. — Nebulosa passou a mão pelo cabelo raspado. — Alguém em quem eu confiava. Alguém de um passado distante. Talvez eu tenha sonhado.

Nebulosa não estava mais olhando para as estrelas — e sim para o chão — e o maxilar dela estava tenso com uma raiva que Gamora reconhecia; uma máscara para vergonha.

Ela se recostou, com os cotovelos na areia, e jogou a cabeça para trás.

— Mil milhares parecem pouco — disse. — A maioria dessas estrelas engoliram a galáxia inteira.

De soslaio, Gamora viu Nebulosa olhar para ela, depois de volta para o céu.

— A coisa mais cruel que alguém pode fazer é roubar as estrelas — disse, de repente. — Nenhum ser deveria viver sem uma galáxia acima dele.

Agora foi a vez de Gamora olhar para a irmã. A teia de cicatrizes que cobria o coto do ombro dela parecia iridescente sob a luz estranha, como fractais de cristal contra a safira que era a pele de Nebulosa.

— Não sei por que você me seguiu — disse Gamora —, ou o que está tentando provar a si mesma, ao papai, a mim ou a qualquer cardeal que achou que estava do seu lado. Mas você deveria ir embora antes que esse negócio fique feio.

Nebulosa puxou os joelhos até o peito, descansando o queixo nas pernas sem olhar para Gamora.

— Tem coisas que você não sabe sobre esse trabalho.

Gamora a encarou.

— E você vai me contar? Esse ar enigmático e doce é um belo espetáculo, mas não está ajudando.

Nebulosa esfregou as unhas na palma da mão, um tique nervoso da infância que fez Gamora querer puxar a mão dela, por impulso. Se o pai delas a visse fazendo isso, lhe daria um tapa. *Thanos não está aqui*, lembrou para si mesma, mas de alguma forma ainda sentiu como se houvesse uma sombra entre elas, uma presença tão real para ela quanto a Senhora Morte era para ele.

— Estou te contando isso — disse Nebulosa finalmente, com a voz baixa — porque acho que você merece saber. Não porque quero te ajudar.

Gamora revirou os olhos.

— Fico feliz de esclarecermos isso. Caso contrário, eu acharia que você gosta de mim.

— Não seja ridícula. — Nebulosa esfregou a nuca e engoliu seco. — Você está aqui por causa de Thanos.

Gamora franziu o cenho.

— Ele não está envolvido nisso. Ele me disse para aceitar a missão, mas não veio dele.

— Ele é a razão pela qual você foi enviada para roubar o coração do planeta.

— Então por que ele mesmo não me enviou? — perguntou Gamora. As palavras de Nebulosa carregavam um peso que não fazia sentido com o que ela dizia. Thanos sempre estava envolvido de alguma forma. Ele sabia que ela estava ali. O que mudaria ser enviada por ele ou não?

Nebulosa completou, então:

— Porque é parte do jogo.

— Que jogo? — quis saber Gamora.

— O jogo do Grão-mestre — disse Nebulosa. — Ele tem algo que Thanos quer. Desesperadamente. Mas ele não é o único. A Matriarca da Igreja da Verdade Universal também quer.

— O que é?

— Eu não sei. Alguma coisa poderosa. Alguma coisa importante.

— Importante para ele ou para a Senhora Morte dele? — resmungou Gamora, soturna.

Nebulosa balançou a cabeça.

— Não sei se ainda existe alguma diferença.

— Então qual é o jogo? — perguntou sua irmã.

Nebulosa respirou fundo, fazendo os filtros do seu respirador zumbirem.

— O Grão-mestre pediu que Thanos e a Matriarca escolhessem, cada um deles, um campeão para competir por eles. Os campeões foram enviados para coletar o coração de Dunaberta. Não importa a que preço. O campeão que levar o coração do planeta determina quem ganhará o artefato.

Gamora olhou para ela, sentindo um calor repentino que não tinha relação com o ar espesso. Ela aceitou esse trabalho pensando que era uma forma de se afastar do pai e seu caso amoroso bizarro com a Morte. Mas ali estava Thanos, as impressões digitais dele cobrindo toda a vida de Gamora permanentemente. Pior que isso, ele a estava usando. Quantas vezes ele a enviara para a luta e ela tinha simplesmente ido, pronta para morrer? Mas ocultar-se daquela forma, infiltrar-se nos cantos da vida dela que achava que ele nunca encostaria, nas poucas coisas da galáxia que ela imaginava serem só suas, fez com que os músculos dela ficassem tensos. Ela queria bater em alguma coisa.

— Como ele ousa?

Nebulosa olhou de lado para ela.

— Gamora.

— Ele deveria ter me contado. — Estava se esforçando para falar baixo, mas tremia. — Ele deveria ter me contado que estava me enviando para esse inferno só para que a Morte finalmente desse atenção a ele... o que, por sinal, já é uma coisa profundamente estranha de se querer!

— Gamora.

— Ele sempre tem que transformar tudo em uma competição. Sempre tenho que me provar, me ferir e correr até que minhas pernas se quebrem em nome dele. Eu sou soldada dele, não é o bastante? Agora também tenho que ser sua campeã?

— Gamora — disse Nebulosa, dessa vez mais firme.

Gamora tirou o cabelo do rosto. Sentiu a pele coçando, cada grão de areia daquele planeta enterrando-se nela.

— O que foi?

Nebulosa estava encarando as botas, com as pontas do pé semienterradas na areia.

— Não é você.

Gamora piscou.

— O que não sou eu?

— Você não é a campeã dele — disse Nebulosa, com o rosto ainda abaixado. — Thanos não te escolheu. Ele escolheu a mim.

Transcrição — imagens de segurança

O Salão de Jogos Cósmico do Grão-Mestre

22h58 - 90-190-294874

[Filmagens da câmera secundária conectadas.]

[O visitante se acalmou.]

[Porém, em outra tela de vídeo, várias garrafas do bar e uma parte da luxuosa alvenaria foram danificadas ou destruídas. Nota de segurança — ele será cobrado ao sair.]

Visitante: Você a quer como sua campeã? Ótimo. Use. Pegue. Mate ela, que não me importo. Tenho guerreiros mais fortes.

A Matriarca: Não de acordo com o que ouvi falar. Os rumores que ouço da Santuário II são de que não há ninguém em seu exército que seja páreo a Gamora em campo. Você não estava pensando em escolhê-la, estava?

Visitante: [ao Grão-Mestre] Ela só fez essa escolha por despeito. Para me enfurecer.

Grão-Mestre: [comendo pipoca] Sim! Eu amo fúria e despeito.

Visitante: Você tem que mudar isso!

Grão-Mestre: Ah, não, de jeito nenhum. É aqui que a diversão começa.

[O visitante caminha pelo salão de jogos, depois para de repente e se vira para a Matriarca.]

VISITANTE: QUER QUE EU ESCOLHA OUTRO CAMPEÃO? ÓTIMO. NÃO PRECISO DE GAMORA PARA ACABAR COM VOCÊ. ELA NÃO É MINHA ÚNICA ARMA. ESCOLHEREI OUTRA.

4E A922 130T B912K22N 7HI13G8

Capítulo 16

— Você? — exclamou Gamora, de maneira mais desacreditada e debochada do que pretendia. O fato de ela ter até mesmo cuspido com a risada que deu em seguida não ajudou.

Nebulosa finalmente levantou a cabeça para encará-la.

— Tente parecer um pouco mais cética.

— Por que é que ele escolheria... — Gamora parou e olhou para longe, encarando as luzes das refinarias distantes por tanto tempo até parecerem difusas.

— Pode falar. — Nebulosa chutou a areia com a ponta do pé. — Por que ele *me* escolheria, a filha menos favorita? A segunda melhor? O plano B?

— Não foi o que eu quis dizer — disse Gamora, mas ela sabia que nenhuma das duas acreditava naquilo. Ambas tinham ouvido o final da frase não dito.

Nebulosa passou um dedo pelo chip atrás da orelha, removendo poeira com a ponta do dedão.

— Ele me escolheu porque é um *jogo* — disse, dando outra conotação à palavra. — Tudo pra ele é um jogo.

— Estou cansada de jogar — disse Gamora.

— Eu também.

Não fazia sentido o fato de Thanos escolher Nebulosa como fiadora de todas as esperanças. Deveria haver algum motivo. As escolhas dele devem ter sido limitadas. Gamora imaginou que o Grão-mestre o impediu de escolhê-la, porque teria uma vantagem injusta. Deveria haver um motivo para o pai dela não a ter escolhido para representá-lo em uma tarefa tão importante.

Ou talvez tenha sido escolha dele. Talvez a tenha deixado de lado só para mais tarde dizer que era para o próprio bem dela. *É para te tornar melhor*, ele diria. *Te deixar mais forte. Rápida. Resistente.* Mas ele dissera as mesmas coisas a Nebulosa antes de jogá-las em duelos no ringue, por anos. Quanto mais o pai delas queria continuar afiando as duas uma contra a outra, como se fossem facas antes de uma execução?

— Fomos enganadas — disse.

Nebulosa virou-se para ela com um olhar severo.

— Pelo jogo, ou no geral?

Gamora ignorou a pergunta.

— Se isso é um jogo, e eu sou uma jogadora, mas não a jogadora de Thanos, quem eu represento?

— A Matriarca da Igreja da Verdade Universal.

— E se eu não quiser lutar por ela?

O semblante de Nebulosa se fechou.

— Prefere lutar por Thanos?

— Eu quero lutar por mim mesma — respondeu Gamora. Ela havia fechado as mãos em punhos contra a areia, que escorreu pelos dedos como cascatas poeirentas quando as levantou. — Estou cansada de pertencer a alguém. Estou cansada de Thanos me dizendo todo dia que eu pertenço a ele e lhe devo minha vida como gratidão por ele não ter me matado. Eu quero a sensação de pertencer a mim. Eu quero tomar minha vida de volta.

— Como? — perguntou Nebulosa.

Gamora não tinha resposta.

— Você vai continuar jogando? — disse Nebulosa depois de um momento.

— Jogando? — Gamora deu um riso vazio. — Somos o quê, peões?

— Se você não jogar, Thanos vence.

— Posso vencer para irritá-lo, mas, dessa forma, permito que ele me mantenha na coleira. — Ela soltou um suspiro que mais parecia um rosnado. — E você tá fazendo o quê? — Voltou-se para a irmã, sabendo que estava direcionando sua raiva para o lugar errado, mas perdeu o controle de qualquer forma. — Se somos competidoras, você já não devia ter me dado um tiro na cara a essa altura?

Gamora não podia ver a boca da irmã por trás do respirador, mas sabia, pelos olhos estreitos de Nebulosa, que indicavam um sorriso; foi então que percebeu, de repente: a bomba no braço. Plantada pela Igreja, não para acabar com Gamora ou Versa, mas com a própria Nebulosa. Para tirar a campeã de Thanos da competição. Nebulosa poderia ter acabado com Gamora no processo. Ela poderia fazer aquilo ali mesmo. Ela poderia ter ficado com aquela vibrolâmina, e a usado para retalhar Gamora pelo que tinha feito a ela. O pensamento fez com que a mão fosse em direção à biqueira da bota, mas ela resistiu no meio do caminho.

Nebulosa ainda sorria.

— Porque eu estou começando a achar que a única razão de sermos sempre colocadas uma contra a outra é para que a gente jamais perceba como somos muito mais fortes juntas. — Gamora riu, mas Nebulosa continuou: — A gente acabou com um batalhão da principal força de elite da Igreja.

— Bem. — Gamora enterrou as pontas das botas na areia. — Nós também somos parte de uma força de elite.

— Mas estávamos sozinhas. Só nós duas. E eu só tenho um braço. — Nebulosa se moveu e ficou de joelhos, inclinando-se para a frente. — Somos uma força, Gamora. Separadas somos guerreiras, sim, mas juntas… Talvez o motivo de Thanos evitar que lutemos lado a lado por tanto tempo é porque ele sabe que, no momento em que fizéssemos isso, seríamos invencíveis. Mais fortes que ele.

Nebulosa adiantou-se de repente e tomou a mão de Gamora com a sua, apertando com tanta força que quase doía. Gamora olhou para os dedos dela entrelaçados com os da irmã, tentando entender o significado daquilo. Não parecia afeição. Mas também não era a forma que sua irmã costumava falar com ela.

— Thanos está sozinho. Ele deseja a Morte, que nunca vai amá-lo de volta ou dar a ele a condição que ele tanto quer. Ele mata na esperança de que isso o fará sentir alguma coisa. Ele nos atormenta porque nos inveja. Ele inveja o fato de que ainda temos coisas a perder. Temos uma à outra.

Gamora a encarou, então desfez as mãos entrelaçadas, cruzando os braços.

— Está sugerindo traí-lo?

— Você quer pertencer a si mesma, não quer?

— Não podemos abandonar nosso pai.

— Por que não? — disse Nebulosa. — Estamos aqui, não estamos? Ele nos deu a chance perfeita. Ele nos colocou para lutar uma contra a outra porque nunca passou pela cabeça dele que poderíamos nos unir. Se chegarmos ao Salão de Jogos do Grão-mestre unidas, entregarmos o coração do planeta juntas em vez de inimigas, vamos ter virado o jogo de Thanos. Vamos ter *vencido* o jogo dele ao nos recusar a jogá-lo. Esse é o momento de o pegarmos de surpresa. De nos libertarmos.

— E depois fazemos o quê? — perguntou Gamora.

— O que quisermos. Irmã, passamos tanto tempo em guerra uma contra a outra. Eu sei como você respira ao lutar. Eu conheço suas pisadas. Eu sei que prefere socar com a mão esquerda, mas chutar com o pé direito. Que seu joelho ainda dói do tiro que tomou em Philieen. Eu atiro melhor que você…

— Discutível — Gamora bufou.

— Mas você é melhor com espadas. Às vezes eu juro que sei seu próximo passo antes de você dá-lo.

Gamora não disse nada. Ela sabia do que a irmã falava. Quando ela e Nebulosa estiveram frente a frente nos ringues de treinamento e no campo de batalha, Gamora também percebia que as fraquezas de Nebulosa se convertiam em percepções das próprias forças. Percebia como se complementavam, enquanto Nebulosa batia com força, Gamora atacava com velocidade. Ela sentiu algo similar naquele momento, vibrando no ar entre elas. O desespero de uma guerreira que nunca teve ninguém além de si mesma para confiar, ansiando por apoio. Dois seres sedentos bebendo o oceano.

— Se nos virarmos contra ele — disse Gamora — não tem volta.

— Você iria querer voltar? — perguntou Nebulosa.

Gamora olhou para o céu. Os fios de nuvem da atmosfera poluída se rasgaram, revelando uma brilhante descarga vermelha e azul tingindo o céu, um coração tão brilhante quanto mil estrelas.

— Só podemos fazer isso juntas — disse Nebulosa. — Nunca conseguiríamos fugir dele sozinhas, mas juntas... juntas poderíamos enfrentar a galáxia inteira.

— Isso seria algo digno de se ver — disse Gamora, baixinho.

Nebulosa levantou a mão.

— Vamos fazer uma promessa — disse —, aqui e agora. Vamos jurar uma à outra que, o que quer que aconteça, não importa o que, daqui em diante, não vamos mais nos atacar. Não vamos servir ninguém além de uma à outra. Não vamos lutar do lado de ninguém além do nosso.

Gamora encarou a mão aberta da irmã. Ela conhecia as cicatrizes nos nós dos dedos, das vezes que foi açoitada quando criança; o osso saltado do dedão, de quebrá-lo em um treino de sobrevivência e se recusar a ver um médico. Uma queimadura recente na palma, ainda se curando, do calor de quando a vibrolâmina entrou na pele dela nas Tumbas Nubladas. A cicatriz do pescoço, de uma espada cega usada em treinamento. O corte no lábio inferior de quando Gamora lhe deu um soco por uma discussão de quem pagaria um estacionamento em Xandar. Ela era capaz de mapear o corpo da irmã por toda a dor que havia causado a ela.

— Não quero ser sua inimiga, Gamora — disse Nebulosa.

Ela conhecia a irmã como a própria sombra — sempre ali, sempre com ela. Sempre ao seu lado.

Gamora levantou a mão e pegou a da irmã.

— Nunca mais — disse.

15ET8 B22 25AD G62S

Capítulo 17

Nas horas silenciosas da manhã, Gamora e Nebulosa explicaram o plano delas para Versa e a rebelião.

— Vocês querem acabar com a Espinha do Diabo. — Gamora exibiu um explosivo do tamanho da palma da mão. Ela o tirou da bandoleira, que estava guardada na mochila, mas que naquela manhã voltara a ser um peso familiar no ombro dela. — Essas cargas são fortes o bastante para isso.

— Quando o gralho subir, não vai parar — explicou Luna. — Vamos explodir o planeta inteiro. É instável demais. É por isso que não podemos usar explosivos para escavar os fossos de mineração.

— Não é verdade — disse Gamora. — Isso são bombas-bolha. Elas não explodem; elas se vinculam a qualquer material orgânico que sejam programadas a reconhecer, então o desestabilizam. Gralho é orgânico. A areia, não.

— Como você vai programá-las? — perguntou Versa.

— Com uma amostra inserida aqui. — Gamora deslizou, da lateral da bomba, uma gaveta do tamanho de uma unha.

— Você estava carregando essas coisas esse tempo todo? — perguntou Versa incrédula, lançando um olhar preocupado por toda a caverna.

— Enquanto não estão implantadas, são inofensivas — esclareceu Gamora. — E só podem ser armadas depois de fornecer um composto orgânico.

— Onde conseguiu isso? — perguntou Bala Perdida.

— No arsenal de Thanos — respondeu Nebulosa. — É um equipamento padrão para os soldados dele.

— Podemos programar as bolhas de forma que reajam apenas ao gralho, usando os veios tanto de detonador quanto de bomba. O gralho vai se decompor e incendiar. A explosão vai percorrer os veios como se fosse um pavio, o que vai destruir a trincheira, mas não vai passar disso.

— Você ainda vai estar explodindo o planeta inteiro — argumentou Barranco.

— Não há veios de gralho que se estendam por mais que dois quilômetros paralelos à superfície — interveio Nebulosa. — É o motivo do seu planeta ter sido tão aberto à força. Os veios são profundos, mas são curtos. — Ela olhou para Versa, que assentiu em confirmação. — A explosão vai ser grande, mas não vai se espalhar, e não vai ser profunda o bastante para fazer qualquer dano abaixo da superfície. — O olhar dela encontrou o de Gamora. Era um risco calculado: se os cálculos estivessem errados e a explosão se espalhasse, o dano poderia se estender por todo o caminho até o coração do planeta e destruí-lo junto. Mas Gamora ficou inexpressiva; demorar a confiar era uma forma de sobreviver.

— E quanto aos mineradores? — Nash palpitou. — Não podemos matar ninguém.

— Criamos uma razão para evacuação — disse Gamora. — Alguma coisa que vai fazer todo mundo sair da Espinha. E que também nos dê cobertura o bastante para plantar as bombas.

— Por que não podemos plantá-las no fim do expediente, quando todo mundo estiver em casa? — perguntou Luna.

— Porque existe uma rotina no final do expediente, o que não vai dar cobertura — explicou Gamora. — A equipe de segurança sabe o que observar. Eles sabem o que é normal e o que é suspeito. Quando você cria uma situação em que tudo sai do comum, o foco deles vai pra outro lugar. Movimentações estranhas passam despercebidas.

— O que dá pra gente fazer que vai esvaziar a trincheira? — perguntou Bala Perdida. — O trabalho já está matando a gente. Não vale a pena nos proteger.

— Talvez a líder do movimento rebelde tenha se apropriado da escavadeira e ameaçado a explodir no meio da trincheira — disse Nebulosa. — Seria uma boa razão para limpar os andaimes.

Versa olhou de uma irmã para a outra.

— Sério? Esse é o plano de vocês? Me usar de isca?

— Você é um chamariz — disse Gamora. — Se estiverem prestando atenção em você, não vão estar tão atentos a outras possíveis ações subversivas. Você vai chamar a atenção das forças de segurança e isso vai desencadear uma evacuação. Nebulosa e eu temos cinco bombas-bolha cada uma. Se posicionadas estrategicamente, é o suficiente para arrasar a trincheira.

— Não podemos estar com mais de uma, caso peguem alguma de nós — disse Barranco. — E é melhor que a gente espalhe elas. A gente sabe os melhores lugares.

— Podemos chamar Heck e Níquel — disse Nash. — Já ajudaram a gente antes e não caguetaram.

— Della também — acrescentou Bala Perdida. — E a Passarinha está nas linhas de abastecimento com Luna. Podemos combinar os horários com elas e ver se poderiam trocar turnos com alguém, pra poder estar em um nível diferente.

— E então eu... o quê? — interrompeu Versa, de braços cruzados. — Fico em cima do meu trator gritando a respeito de mandar o lugar pelos ares, aí tudo explode à minha volta e eu vou junto?

— Você vai estar numa escavadeira — disse Gamora, com um olhar mordaz. — Você escava.

— Vamos estar com você — acrescentou Nebulosa.

Gamora viu a compreensão se assentar no rosto de Versa. O final não dito daquele plano atravessou os olhares das três — quando a trincheira desmoronasse, Versa cumpriria a sua parte da barganha e levaria as irmãs terra adentro, até o fosso em que ela e Gamora haviam passado antes com o veículo. Aquele mais próximo do centro planeta.

Enquanto o mundo explodisse, elas estariam muito abaixo, colhendo o coração do planeta.

Nebulosa e Gamora passaram três dias se escondendo no Cibele com Versa, esperando pelas peças do plano se encaixarem. Na primeira noite, Nash e Barranco eram as únicas que vieram, e apenas para relatar que já tinha outra pessoa dirigindo a *Calamidade*.

— A sequência de ignição deve ter sido alterada — disse Versa. Depois de vinte e quatro horas em uma caverna respirando ar das árvores em vez das refinarias, a cor das bochechas de Versa estava começando a retornar, com as enormes sardas se destacando por entre a sujeira. — Eu não posso dirigir se não souber a sequência de ignição.

Gamora olhou para Nebulosa.

— Você consegue fazer uma ligação direta?

Nebulosa estalou o pescoço.

— Possivelmente.

— Um "sim" ou "não" seria mais útil.

— Um "sim" ou "não" é impossível até eu saber no que estou trabalhando — retrucou Nebulosa. — Eu nunca vi o motor de uma escavadeira.

— Não são como um caça kree com peças fabricadas em massa — explicou Versa. — A *Calamidade* é um amontoado de sucata, peças soltas e gambiarras. Precisamos de um plano melhor do que "possivelmente".

Os olhos de Nebulosa estreitaram-se, e Gamora pôde sentir o orgulho da irmã sendo afetado, como se tivesse atingido o dela também.

— Eu consigo.

Versa levantou uma sobrancelha.

— Ué, agora você tem certeza?

— Consigo trabalhar com peças soltas.

— Nebulosa pode fazer o motor funcionar — disse Gamora, resistindo à vontade de colocar uma mão no braço da irmã, caso surgisse a necessidade de segurá-la.

No entanto, Versa balançou a cabeça.

— Precisamos de um plano diferente.

— Não, não precisamos — esbravejou Nebulosa, então voltou-se a Gamora. — Eu posso fazer a ligação direta.

— Não discuta com ela — Gamora interrompeu, quando Versa abriu a boca outra vez. — Só vai deixá-la ainda mais determinada a provar que você está errada.

Anos de convivência fizeram Gamora esperar que Nebulosa lhe desse um olhar frio o bastante para apagar uma fogueira. Em vez disso, Nebulosa pareceu quase contente, como se, em vez de estar apontando uma falha, Gamora tivesse finalmente resolvido a charada óbvia da qual Nebulosa lhe dera dicas por anos. Gamora revirou os olhos, sendo tomada por um sentimento de implicância. Estava tão habituada a ficar furiosamente irritada ou preocupada quando o assunto era Nebulosa, que qualquer outra emoção lhe parecia estranha ou malformada. Mesmo implicância. Gamora nunca sentira implicância, por mais que elas tivessem que ficar sentadas juntas por tempo o suficiente para implicarem uma com a outra. Implicância sempre se transformava em fúria antes que tivesse tempo de acontecer. Qualquer discussão sempre se tornava uma briga.

No entanto, irmãs implicam umas com as outras. E era um luxo que de repente tinham tempo de aproveitar.

A curva discreta nos lábios de Nebulosa logo se ampliou num sorriso, e Gamora decidiu que, sim, aquilo era definitivamente implicância, e como era extraordinário estar sentindo aquilo com a irmã. Quando ela revirou os olhos, Nebulosa riu, um grasnido que soou seco e inexperiente. Mas ainda foi uma risada.

Na noite seguinte, Luna veio com comida, luminárias térmicas e um pacote de sucata que Nebulosa passou a maior parte da noite e do dia seguinte transformando em algo que lembrava um braço. Gamora não ofereceu ajuda — tinha certeza de que Nebulosa não aceitaria. Sentou-se nos calcanhares e observou enquanto a irmã prendeu duas barras entre os pés para segurá-las no lugar enquanto prendia uma chave com arame para dar suporte estrutural. Ela transformou um torno e um par de alicates em algo que pareciam dedos, depois acrescentou no pulso os circuitos que Luna tinha contrabandeado, segurando os fios com os dentes enquanto fazia a programação. Ela passou a fiação pela articulação do cotovelo e cada um dos dedos antes de levantar o chip atrás de sua orelha, que ficou pendendo, seguro pelos fios. Nebulosa conectou, então, o sinal do chip à placa de circuito do braço, segurando uma tesoura laser entre os dentes. Quando os dedos da mão se retorceram, ela soltou um grunhido que Gamora presumiu significar que dera tudo certo.

— Aqui. — Gamora se ajustou e ficou em frente à Nebulosa. Ela percebeu que a irmã quase retraiu o braço até o peito para que Gamora não o tocasse, como se fossem crianças e aquilo fosse o brinquedo preferido dela, que Gamora estava prestes a roubar. Mas Gamora apenas oferecia uma tesoura laser para cortar os fios. Em vez do laser, Nebulosa deu um cuspe na palma da mão da irmã. Gamora deu a ela um olhar fulminante.

— Fofo.

Nebulosa deu de ombros.

— O que você quer?

Gamora limpou o cabo da tesoura nas calças, depois tirou a jaqueta reforçada e começou a cortá-la, metodicamente, em faixas.

— O que está fazendo? — perguntou Nebulosa.

— Você acha que vai lamber isso e grudar no seu ombro? — Gamora passou uma das alças pela ponta da prótese de Nebulosa, depois a levantou e prendeu a fivela em torno do ombro da irmã.

Nebulosa se moveu, testando o peso do novo braço.

— Isso não vai segurar.

— Ainda não acabei, sua besta. — Começou a passar outras três faixas juntas, sentindo o olhar duro de Nebulosa sobre os dedos dela.

— Você se lembra de quando trançava meu cabelo? — perguntou Gamora, casualmente.

Nebulosa passou uma mão constrangida pelo próprio cabelo. Ela reconhecia saber muito pouco sobre a própria espécie, mas tinha ciência de que a maioria dos lufomoides era careca. Nunca conseguiu fazer o próprio cabelo crescer além de uma mancha escura que espetava de sua cabeça, e quando ela e Gamora eram pequenas, antes de terem medo de ficar de costas uma para a outra, antes de considerarem os melhores pontos frágeis para uma faca entrar na outra, ela tinha uma fascinação infinita pelos longos cabelos de Gamora, espessos e de cor de sangue escuro. Ela os deixava correr entre seus dedos como água, penteando-os sem parar quando se deitavam juntas à noite, até mesmo depois que Gamora já tivesse caído no sono. Às vezes Gamora acordava e descobria que, enquanto estivera dormindo, Nebulosa havia feito centenas de tranças no cabelo dela, algumas tão finas e delicadas que ela mal sabia como as desfaria. Às vezes só as deixava lá.

O cabelo de Gamora estava mais curto do que naquela época, e tinha perdido a maior parte dos meios-tons cor de vinho. Nebulosa não conseguia se lembrar de quando ela tinha cortado, ou se a cor tinha mudado conforme ela crescia, ou se Gamora tinha começado a tingi-lo, deixando as raízes mais escuras, as pontas desbotadas e mudando a cor delas a cada nova missão. Depois dos dias juntas em Dunaberta, o cabelo de Gamora estava encrostado de terra, as pontas sebosas e divididas, mas enquanto ela se inclinava para afivelar outra faixa do arnês improvisado, Nebulosa descobriu que estava de repente possuída pela necessidade de tocá-lo. De levantar os novos dedos e fazer uma pequena trança.

Gamora arrancou uma das joelheiras blindadas anexadas às suas calças e, usando as faixas, prendeu-o ao ombro de Nebulosa, criando tanto uma proteção quanto uma almofada para evitar que as pontas cortantes raspassem a pele dela. Era o tipo de coisa que Nebulosa jamais teria pensado até que estivesse lhe causando dor.

Gamora sentou-se novamente sobre os calcanhares, observando enquanto Nebulosa encaixava o chip atrás da orelha mais uma vez, inclinando a cabeça em direção a um ombro, depois ao outro, para endireitar a fiação antes de testar o braço. Os dedos se flexionaram com um rangido.

— Você devia ter passado óleo primeiro — disse Gamora.

— Você não deveria ter me deixado para morrer com nenhuma opção além de cortá-lo fora — respondeu Nebulosa, olhando para os novos dedos se fechando em punho.

Gamora riu, surpreendida.

— Quando vai deixar isso pra lá?

Nebulosa girou o ombro.

— Quando meu braço crescer de volta. — A mão mecânica se moveu de repente, golpeando a orelha de Gamora e tirando o equilíbrio dela, fazendo-a tombar na grama com tudo.

Mal doeu, mas a pancada a atordoou.

— O que diabos foi isso?

— Oh não, sinto muito, foi um acidente — Nebulosa disse, sem expressão, flexionando a nova mão e fechando-a em um punho. — Sabe como essas coisas são, elas agem por conta própria. — Gamora estava piscando com força, livrando-se da surpresa, quando Nebulosa deu um soco no nariz dela.

Gamora inclinou-se sobre a grama enquanto sangue pingava do lábio cortado e do nariz, depois usou o indicador e o polegar para ver se estava quebrado.

Nebulosa a observou, sorrindo maliciosamente. Os alicates tinham sido uma boa escolha. Ela pensou que Gamora a atacaria de volta. Por mais que a irmã merecesse levar uma pancada na cara, ela nunca ficava quieta enquanto apanhava. Mas Gamora apenas piscou com força várias vezes, depois perguntou:

— Está se sentindo melhor?

— Você ainda me deve um braço — disse Nebulosa.

Gamora deu um sorriso largo, mostrando os dentes cheios de sangue.

— Devo muita coisa. Coloque na minha conta.

Transcrição — imagens de segurança

o salão de jogos cósmico do grão-mestre

23h07 - 90-190-294874

grão-mestre: Certo, então já estamos com nossas campeãs. Alguns estão mais felizes do que outros com a escolha. Mas todos vamos nos divertir! Algumas regrinhas, só pra garantir que nenhum de nós vai pensar em jeitos de trapacear. Pelo menos não mais do que eu sei que já estão pensando. Primeiro, suas campeãs não podem saber do jogo do qual estão participando. Eu adoro participantes involuntários. Intransigentes também, mas prefiro involuntários. Topaz vai dar um jeito de transmitir a elas a missão e as coordenadas da nossa localização. Segundo, vocês não podem gerar nenhum obstáculo para a campeã do outro. Elas podem se opor entre elas o quanto quiserem, mas isso exigiria que elas descobrissem que são jogadoras, o que... ai, eu espero que descubram, porque se tornariam voluntárias, mas intransigentes, o que na verdade é o ideal pra essas coisas. Terceiro, aquele cuja campeã me trouxer o coração do planeta é o vencedor do precioso prêmio pelo qual vocês anseiam tanto. E quarto, divirtam-se, crianças. É isso o que importa no fim das contas... não é se você ganha ou perde, é como você joga o jogo.

15IK22 A 14AD401426N

Capítulo 18

Na manhã em que a Espinha do Diabo iria ruir, as rebeldes acordaram com um céu cor de sangue.

— Tempestade chegando — disse Versa, enquanto levantavam acampamento.

Nebulosa parou de afiar a faca e olhou para o céu, como se elas não estivessem olhando para ele durante a manhã toda.

— Ainda chove aqui?

Versa negou com a cabeça.

— De areia. A ventania levanta a areia e é um inferno pro maquinário. Ninguém respira direito por semanas, mesmo com os filtros em dia.

— É uma boa distração — disse Gamora.

— Se não matar a gente — disse Versa. — Esses ventos conseguem virar escavadeiras.

— E a Companhia ainda manda os mineradores para trabalhar? — perguntou Nebulosa, e Versa assentiu. Nebulosa testou o gume da faca ao passá-lo pela costura na parte de trás da bota de Gamora, fazendo um corte limpo em três pontos de costura. — Esse povo não tem noção.

As bombas-bolha haviam sido entregues duas noites antes para serem distribuídas, e Nash tinha aparecido logo cedo para relatar que tudo estava seguindo como planejado. Tudo o que podiam fazer agora era desempenhar sua parte e esperar que as demais fizessem o mesmo. Nebulosa odiava confiar em outros seres. Ela odiava ter tanta coisa fora do próprio controle. *Na próxima vez em que for explodir uma trincheira de mineração venenosa, vou fazer sozinha*, pensou, enquanto ela, Versa e Gamora caminhavam descalças pela areia, com as sombras delas criando esqueletos à frente e o reflexo do céu banhando-as de sangue.

À frente dela, Gamora olhou para trás para certificar-se de que Nebulosa a estava seguindo. O capuz de Gamora cobria o cabelo, e a pele estava salpicada de areia vermelha. Um redemoinho de poeira se levantou de uma das dunas à frente delas e dançou pelo céu.

Ou talvez não completamente sozinha, pensou Nebulosa, e acelerou o passo para emparelhar com a irmã.

A tempestade trouxe uma bênção — todos os mineradores estavam cobertos pela maior camada de roupas e equipamentos possível, o que possibilitou às três se esconderem por trás de uma quantidade excessiva de capuzes, óculos, respiradores e lenços e ainda se misturarem à multidão que saía dos elevadores. Mesmo completamente coberta, Nebulosa sentia o vento quente a pinicando. Ou talvez fosse a imaginação dela, uma sensação crescente de ansiedade e antecipação começando a talhar sob a pele dela, que disfarçava aquilo culpando as intempéries.

Em vez de ir diretamente às escavadeiras, elas entraram em uma caçamba que descia até o fundo da mina, conseguindo se colocar no meio da multidão e evitar que os guardas as vissem. Os pontos de verificação eram um dos lugares-chave daquele plano, onde tudo poderia facilmente dar errado antes mesmo de começar, mas os guardas estavam tão ocupados olhando para o céu que não pareceram perceber quando Versa, Gamora e Nebulosa escanearam os crachás de identificação que Luna havia roubado dos escritórios. Gamora e Nebulosa estavam enroladas com muitas roupas para esconder as peles delas, e o calor da tempestade que se formava era sufocante. Nebulosa podia sentir os pesados óculos de proteção, que Barranco tinha trocado com ela, ameaçando escorregar pelo nariz devido ao suor que se acumulava na armação.

Havia poucos mineradores na base trincheira. A maior parte estava nos níveis mais altos dos andaimes. Lá embaixo, drones e caminhões não tripulados operavam ali, cuspindo faíscas enquanto faziam reparos nas estruturas de guindastes. Elas ladearam as bordas da trincheira, permanecendo nas sombras entre o equipamento pesado.

— Lá está ela. — Versa apontou para onde a *Calamidade* estava engasgando através da areia, avançando em um passo lento e trepidante. — Ei, troque a marcha. A marcha! — implorou, horrorizada, apertando o rosto com as mãos. A escavadeira soltou uma lufada de fumaça e Versa se encolheu. — Essa motorista vai arregaçar a embreagem antes da gente chegar nela.

A *Calamidade* tremeu, e as esteiras enormes lutaram em busca de tração na areia solta, depois o motor titubeou e morreu.

— Ah, mas que inferno! — Versa estalou a cinta dos óculos. — Vamos ver quem foi a fura-greve desgraçada que arrumaram pra dirigir meu trator.

— Versa, espere... — Gamora tentou pegar na parte de trás da camisa de Versa, mas ela já estava correndo em direção à *Calamidade*. Quando Versa saiu da cobertura onde estavam, cambaleou quando o vento a atingiu. O capuz foi arrancado da cabeça dela, revelando o cabelo preto bagunçado.

— Droga. — Gamora voltou-se para Nebulosa. — Você pega a Versa, eu vou disparar o alarme.

Gamora voltou em direção às garagens construídas ao longo das bordas da trincheira, enquanto Nebulosa correu na outra direção, a do trator. Correr naquele ar aberto sem cobertura fez todos os instintos de batalha que o pai havia instalado no corpo dela dispararem em protesto, mas elas eram duas figuras em uma cava de mineração do tamanho de uma cidade. Ninguém estava procurando por elas. Ainda.

Quando Nebulosa alcançou a *Calamidade*, Versa já estava na altura da cabine. Então subiu rapidamente pela escada. Versa bateu na janela, e um instante depois a porta abriu. Uma mulher magricela, com cabelo ruivo espetado e a pele tão pálida que parecia translúcida, colocou a cabeça para fora.

— Você é a mecânica? — perguntou ela, e só então prestou atenção às duas: olhou do rifle preso às costas de Versa ao bastão de eletrochoque de Nebulosa, que zumbiu no ar denso quando foi dividido em dois bastões menores, um em cada mão. — Ah. Droga.

Versa pegou a motorista pelo colarinho da jaqueta e a arremessou para fora da cabine da escavadeira. A mulher caiu de barriga na areia, soltando um gemido ruidoso. Nebulosa olhou para ela, decidiu que não era uma ameaça digna de perder tempo e então subiu até cabine. Ainda que rebitada no lugar, era possível sentir a escada oscilando aos pés dela, tamanha a força do vento. A cabine toda estava tremendo.

Versa se ajeitou no banco de motorista, parando apenas para jogar os pingentes de ouro manchados em torno de um dos espelhos retrovisores. No banco do passageiro, Nebulosa percebeu que alguém havia consertado a janela — que ela tinha quebrado — com uma quantidade desmedida de fita adesiva. O assovio do vento passava pelas fendas e as bordas da fita se agitavam.

Nebulosa ficou agachada no banco do passageiro com um bastão em cada mão enquanto observava Versa performando o complexo ritual de dar partida no trator. Mas quando ela pisou no acelerador, o motor não fez nenhum som. Versa socou o volante.

— Droga. Mudaram a sequência. O show é seu. — Ela bateu no painel em frente a Nebulosa e uma tampa se abriu, revelando um kit de ferramentas embutido.

Nebulosa escolheu uma chave de boca do kit e a girou na palma da mão.

— Ah, se houvesse alguém nessa cabine momentos atrás que pudesse ter nos passado a sequência de ignição…

Versa a olhou de soslaio, mas logo se voltou para a janela, de onde avistou a motorista tentando fugir; o avanço dela, porém, era interrompido pelo vento e pela areia que desmanchava sob os pés, fazendo com que parecesse estar correndo em câmera lenta.

— Ela não passaria pra gente tão fácil assim.

— Eu também não tornaria fácil pra ela — disse Nebulosa, em voz baixa. Antes de Versa responder, acrescentou: — Drone de segurança vindo à esquerda. — Versa virou em direção à janela no momento em que uma sirene começou a soar, ecoando pelas paredes do cânion. — E aí está o alarme de evacuação.

Versa soltou um palavrão.

— Dá um jeito de fazer o motor funcionar, que eu pego o drone.

Ela puxou o rifle das costas, depois abriu a escotilha de emergência no teto da cabine e ficou em pé no assento, colocando a cabeça e o cano da arma para fora. Ela alcançou um microfone em forma de cubo do painel e o puxou para fora da escotilha também, esticando o cordão espiralado.

— Me ouçam! — gritou no microfone.

O som estava alto demais, e os alto-falantes conectados na lateral do trator zumbiram e chiaram. Versa mexeu nele, tirando o dedão de um ponto de compressão no aparelho. Ela pareceu repentinamente consciente do que estava fazendo, sobrecarregada pela seriedade do momento. Pressionou o botão com o dedão novamente, e falou no microfone cúbico de forma que sua voz retumbasse dos alto-falantes do trator.

— Eu sou Versa Luxe, filha de Merit Luxe e Calamidade Hart, e falo em nome das mineradoras da Espinha do Diabo. Por muitos anos fomos maltratadas e oprimidas, e mesmo quando nossos apelos por tratamento humano chegavam a quem se fingia de surdo, continuamos a trabalhar pelo benefício daqueles que demonstraram, de novo e de novo, que nossas vidas significam menos a eles do que a poeira abaixo de seus pés. Nosso planeta foi roubado de nós. Fomos forçadas a apodrecer e morrer no cemitério que se tornou nossa casa. Não pedimos nada mais que condições justas e igualitárias, e mesmo as mais básicas das nossas demandas não foram atendidas. Se não querem nos ouvir, vamos gritar mais alto. — Ela tinha o rifle aninhado ao peito, ajustado sob o mesmo braço que segurava o microfone. O detonador da bomba-bolha estava na outra mão, levantada sobre sua cabeça. Por um momento, ela lembrou uma criança com coisas demais nas mãos para conseguir equilibrar tudo o que queria carregar.

Nebulosa não tinha ideia se alguém estava escutando. Ela mesmo mal estava — parecia um discurso clichê, pelo que conhecia de palavras mobilizadoras em campos de batalha, e já tinha ouvido sua cota. Deslizou sob o painel de controle e abriu a tampa da coluna de direção. Um emaranhado de fios caiu sobre ela, nenhum deles marcado, etiquetado ou mesmo codificado por cores de nenhum sistema de padronização. Alguns deles nem pareciam fios de verdade, mas cadarços que alguém havia encharcado com minério. Ela vasculhou, procurando pela bateria.

O trator retiniu de repente, atingido por tiros. Versa caiu para dentro da cabine, protegendo a cabeça. O fio do microfone se recolheu num impulso só, chocando-se contra o painel e depois ficando pênsil pelo cabo. Assim que os tiros pararam, Versa o pegou novamente e subiu mais uma vez.

— Exigimos um salário digno! Um salário mínimo que dê para nos alimentar, para nos proteger e para evitar que o minério com que trabalhamos nos coma de dentro para fora!

Nebulosa pegou uma pequena lanterna do kit de ferramentas, dando uma olhadela pela janela, em direção a oficiais que se aproximavam. Tinha mais gente da equipe de segurança do que drones, e estavam com armas de eletrochoque e de atordoamento — alguns soldados da Companhia haviam se juntado ao grupo, com blasters em mãos. E Gamora já deveria ter voltado. Ela deveria ter disparado o alarme, depois voltado ao trator e dado cobertura para Versa. Não havia nenhuma versão desse plano na qual Versa tinha que enfrentar um pelotão de fuzilamento.

Nebulosa sentiu uma pontada na nuca, não por medo de algo ter acontecido com Gamora, mas porque algo estava prestes a acontecer com elas *por causa de* Gamora. Nebulosa apertou a lanterna entre os dentes e seguiu um dos conjuntos de fio com os dedos até o painel do veículo.

Confie nela, pensou. Então, concentrou-se no motor e na memória da promessa que haviam feito uma à outra.

A porta da cabine abriu de repente, e Nebulosa girou a cabeça. Areia espalhou-se para dentro pela porta, poeirenta e metálica, e Nebulosa usou as mãos para cobrir o rosto instintivamente, protegendo os olhos.

— Parada! — A palavra quase se perdeu no grito do vento. Duas oficiais de segurança uniformizadas estavam apontando os canos de seus rifles na cabine do trator.

Nebulosa soltou os fios, mantendo as mãos à vista enquanto os olhos percorriam a cabine em busca dos bastões dela, calculando se seria mais fácil pegá-los ou sacar a pistola na coxa, e qual iria despachar os guardas mais efetivamente.

— Versa Luxe! — uma delas gritou, apontando a arma para cima. Ela usava óculos de proteção, mas ainda apertava os olhos contra a tempestade, o queixo contraído contra o ombro. — Solte a arma e o detonador!

Nebulosa estava prestes a pegar a própria arma, pronta para assumir um risco calculado, quando de repente ambas as guardas sumiram de seu campo de visão. Os gritos de surpresa se perderam no vento, mas Nebulosa ouviu o *baque* quando uma delas foi arremessada contra a lateral do trator. Então, um momento depois, Gamora entrou na cabine e fechou a porta. Ela levantou os óculos e tirou areia deles, antes de usá-los feito uma tiara, empurrando o cabelo para trás.

— Eu não posso deixar você sozinha nem por cinco minutos, não é? — disse, com os cantos da boca se levantando.

Nebulosa considerou responder, mas ela perderia tempo se derrubasse a lanterna. Era injusto, na verdade, Gamora provocá-la quando estava com a boca ocupada. Ela mostrou o dedo para Gamora, que riu e colocou os óculos novamente, antes de abrir uma fresta na porta da cabine. Ela trepidou contra a força do vento, e Nebulosa apertou os olhos, que lacrimejaram devido à areia.

— Os níveis inferiores estão quase vazios — gritou Gamora, apertando um olho contra o telescópio do blaster enfiado pela fresta. — Mas eles têm outra equipe de segurança a caminho. Pelo menos cinquenta homens da Companhia de Mineração. Estarão bem armados.

Nebulosa encontrou a conexão dos fios de ignição e cuspiu a lanterna.

— Não vamos dar conta de cinquenta homens.

Gamora atirou contra a equipe de segurança reunida, depois se abaixou.

— Talvez vamos. Temos um caminhão enorme. Como está essa parte, aliás?

Nebulosa usou os dedos de alicate para cortar um par de fios e depois emendá-los.

— Trabalhando nisso.

Outra salva de munição pontilhou a lateral do trator. Versa resumiu a lista de queixas e reivindicações ao voltar para dentro da cabine, cobrindo a cabeça.

— Trabalhe um pouquinho mais rápido — resmungou Gamora. — Não vim até aqui pra morrer num tiroteio.

Nebulosa tateou pelo painel até encontrar o botão de ignição e o apertou. Houve um estrondo, e uma lufada de fumaça preta acertou o rosto dela. Ela rolou de debaixo do painel, tossindo.

— Não era esse.

— Você tem dois minutos antes que os reforços cheguem aqui. — Gamora deu outro tiro pela fresta. — Talvez menos.

Entre elas, Versa se agachou no assento, com o rosto tomado de areia vermelha, que encrostava em torno das sobrancelhas e cílios, fazendo o branco dos olhos dela parecer incrivelmente brilhante. Ela deixara o rifle pendurado nas costas e agora estava segurando o detonador com as duas mãos.

— Eles estão chegando perto demais — disse ela. — Tenho que explodir agora ou não vamos sair daqui.

— Ainda não. — Nebulosa descascou outro fio e o retorceu junto ao nó que ela havia feito com os cabos de ignição.

— Nebulosa — disse Gamora, com a palavra se espremendo por um maxilar tenso. Uma bala trincou o para-brisa.

— Saia com as mãos para cima! — gritou alguém de fora do trator, com a voz ampliada por um alto-falante estridente. — Versa Luxe, renda-se agora!

Os nós dos dedos de Versa em torno do detonador estavam brancos.

— Tenho que apertar.

Alguma coisa bateu na porta da cabine.

— Versa Luxe, saia daí!

— Os faróis — disse Nebulosa.

Versa piscou.

— O quê?

— Acenda os faróis — disparou Nebulosa.

— Só acenda logo! — gritou Gamora.

Versa se atirou para a frente e virou um botão no painel de controle. As luzes brilharam ao mesmo tempo que o motor rugiu e acordou. Os soldados em frente ao trator se encolheram diante da luz repentina. Nebulosa rolou de debaixo da fiação quando Versa saltou para o banco do motorista, tateou dois dos pedais com os pés e pisou neles ao trocar de marcha. A escavadeira deu um tranco para a frente, enfrentando o vento. Nebulosa fechou a escotilha com uma batida, ao mesmo tempo que Gamora dava outro tiro pela porta logo antes de também fechá-la.

— Certo… — disse Nebulosa, tirando areia dos olhos ao voltar-se para Versa. — *Agora* você pode apertar o botão.

18 K1312W 190W T12 25L04 T1918N20S 6P

Capítulo 19

O começo foi devagar.

Por um momento, Gamora preocupou-se que alguma coisa tivesse dado errado — talvez as bombas não tivessem sido plantadas, ou foram armadas do jeito errado, ou, ainda, ela havia cometido algum erro no cálculo da reação que elas teriam no gralho.

Então o trator começou a trepidar, com uma vibração sísmica que partiu das esteiras, fazendo os dentes dela se chocarem e a ventania parecer um sopro gentil.

Não houve som, mas nos espelhos retrovisores ela viu a lateral de uma das trincheiras começar a se dobrar, com rochas transformando-se em poeira e se destacando da parede do cânion, caindo numa nuvem espessa e pesada de fumaça e cinzas, que parecia desabar e flutuar ao mesmo tempo. Fora do trator, a equipe de segurança se virou para trás, abaixando as armas.

— Dirija! — gritou Gamora, e Versa enfiou o pé no acelerador. O veículo avançou em direção à abertura do túnel à frente.

— Coloquem os cintos — pediu Versa; Gamora foi para o banco de trás, enquanto Nebulosa se levantou do assoalho e se sentou ao lado da motorista. Os cintos da frente eram feitos de uma trança pesada que cruzava o peito, mas Gamora descobriu que o assento traseiro tinha apenas uma faixa que passava pela cintura, desgastada onde se conectava ao banco, e tinha uma fivela que parecia, na melhor das hipóteses, fraca. Enquanto a prendia, alguém a cutucou no joelho e, ao olhar para cima, Nebulosa lhe jogou um fone de ouvido antes de colocar o próprio.

— Estão me ouvindo? — A voz de Versa preencheu os ouvidos de Gamora assim que ela colocou os fones. — Respondam!

Gamora puxou o respirador para baixo, respirando fundo e agradecendo pelo ar filtrado da cabine.

— Estamos — respondeu.

Enquanto o trator se dirigia em direção ao fosso, outra explosão fez a cabine balançar, próxima o bastante para testar a suspensão do veículo. Quando o fosso explodiu, o topo da trincheira acima delas começou a desmoronar, com a parede se curvando sobre si mesma.

— Versa! — gritou Gamora, num aviso, segurando a barra presa à parte de trás do banco da motorista até os nós dos dedos ficarem brancos.

Versa olhou para a parede desabando e girou o volante, mandando-as para a direção oposta. A curva foi mais fechada do que o imenso trator pedia, e Gamora pôde sentir as esteiras desesperadas por tração. A traseira da escavadeira escorregou descontroladamente na areia solta. O para-brisa estava recoberto de poeira, tornando difícil enxergar qualquer coisa.

Outra parte da trincheira logo adiante explodiu, engolfando-as em uma nuvem estática de poeira e fumaça, e empurrando-as de lado, para longe da entrada do fosso da mina. Versa gritou de frustração enquanto colocava toda força que tinha no volante, tentando endireitar a rota. A parede em frente a elas estava começando a se desmanchar no topo, com as primeiras camadas de gralho explodindo e o vento carretando a poeira em um perigoso redemoinho. Elas tinham que entrar no fosso antes de o muro desabar por completo, ou ficariam para fora. Abaixo delas, os motores estavam começando a urrar.

— Precisamos de mais energia — disse Versa. — O motor não é tão forte assim.

— O motor não tem escolha — respondeu Nebulosa.

— O que podemos fazer? — perguntou Gamora.

— Há um amplificador na parte da frente, mas vocês precisam alimentá-lo.

O maxilar de Nebulosa ficou tenso.

— Com o quê?

— Isso. — Versa tateou embaixo do banco e pegou uma lata, a qual jogou na direção delas sem olhar.

Gamora pegou a lata no ar. A superfície estava coberta de poeira, e quando Gamora limpou o rótulo, percebeu o que era: gralhimiquita refinada. A latinha devia ter o equivalente a centenas de unidades.

Gamora colocou a lata no cinto, soltou a fivela que a prendia ao banco e colocou os óculos sobre os olhos.

— Eu faço isso.

Nebulosa girou-se no banco.

— O vento está forte demais. Você vai ser arremessada.

— Vou ficar bem. Vou me prender onde der.

— Não mais que uma pitada — avisou Versa. — Ou a gente vai parar no centro do planeta num impulso só.

Gamora recolocou o respirador, que pareceu sufocá-la de um jeito que não fazia antes. Forçou-se a inspirar profundamente, então arrancou os fones e subiu no banco. Levantou as mãos para abrir a escotilha, mas Nebulosa a agarrou e a puxou de volta para baixo, trazendo a orelha de Gamora próxima da boca dela, a fim de que pudesse ouvi-la apesar do ruído do motor e do vento.

— Eu vou te ancorar. — Nebulosa puxou um cordão de escalada do cinto, desenrolou um pouco do cabo e estendeu a ponta com gancho para Gamora. — Se prenda nisso.

Parecia mais provável o vento levar as duas voando do trator do que Nebulosa ser capaz de ancorá-la na tempestade, mas não havia tempo para discutir. Gamora prendeu o cabo ao gancho do próprio cinto, depois ficou em pé, jogando seu peso contra a escotilha. Ela abriu com tudo, cuspindo areia quente dentro da cabine. Nebulosa travou o gancho no lugar, então virou-se no assento, oferecendo os dedos entrelaçados como degrau. Gamora colocou um pé nas mãos da irmã, que lhe deu um impulso para fora do trator.

Gamora achou que estaria preparada para o vento, mas as rajadas que a atingiram no topo da trincheira, quando estava a caminho da *Calamidade*, não eram nada comparadas a isso. Ela foi imediatamente derrubada contra o teto do trator, lutando para se agarrar na superfície lisa do metal antes de ser arremessada para longe. O cabo na cintura dela se esticou quando Nebulosa fez o contrapeso. Gamora cerrou o maxilar, percebendo, enquanto se levantava graças ao peso de Nebulosa, que o único jeito de avançar seria confiando na irmã.

Gamora conseguiu ficar em pé, e deixou a cabeça abaixada para se proteger da tempestade; escorregou pelo para-brisa, depois começou a caminhar ao longo do braço do trator, em direção ao tambor. Os músculos dela protestavam contra o esforço de ficar em pé, e mesmo com cada centímetro de pele coberto, ela ainda conseguia sentir as picadas da areia quando era atingida. O vento desfez o laço do cabelo, transformando-o em um chicote que fustigava o rosto dela, afiado como uma navalha.

O vento mudou de repente quando outra explosão atingiu o fundo da trincheira, e uma rajada forte a acertou por trás, de surpresa. Os pés perderam firmeza e ela começou a escorregar para a lateral da escavadeira; tateou, tentando agarrar em algum ponto da superfície lisa, com o pânico crescendo a cada centímetro que deslizava. O ar era tão denso que ela não conseguia ver o chão. Morreria esmagada sob as esteiras do trator, afogada em areia e fumaça, ou o gralho do cinto vazaria e entraria em combustão.

De repente, o cabo que a puxava pelo meio ficou esticado, tirando todo o ar dos pulmões dela. Gamora ficou pendurada ao lado do veículo por um momento, com as pernas se debatendo no ar e as costas pulsando de dor.

Conseguiu bater a biqueira de uma bota contra o calcanhar da outra e fazer a vibrolâmina surgir, pressionando-a na lateral da escavadeira, antes de ser totalmente cuspida da bota, criando um degrau. Apoiou-se para escalar, gritando pelo esforço até que caiu de barriga no topo do trator. Fez com que a vibrolâmina retraísse novamente com um chute, e limpou os óculos com a mão. Ela conseguiu ver onde a escavadeira terminava através da película poeirenta que cobria as lentes. Seguiu em frente, pelos poucos centímetros que restava, enquanto o cabelo chicoteava o rosto com uma força que parecia o bastante para tirar sangue.

Quando chegou na ponta do trator, enterrou as vibrolâminas das botas no teto, depois soltou o peso do corpo, dobrando-se na altura da cintura e ficando suspensa sobre a areia. Sentiu o puxão do cabo outra vez quando Nebulosa fez o contrapeso, provavelmente incapaz de ver o que Gamora precisava, mas ainda capaz de senti-lo pela forma que o cordão se tensionava entre elas. Gamora podia ver o escapamento abaixo dela, conectado ao segundo motor, próximo, mas fora de alcance. Ela se esgueirou adiante para alcançá-lo e quase perdeu uma das vibrolâminas que a estabilizavam. Foi um espasmo curto, mas o bastante para que, na cabine, Nebulosa puxasse o cabo em resposta, e Gamora arquejou quando quase todo o ar dos pulmões foi espremido para fora. Gastou o que havia sobrado suspirando um palavrão.

Outra parede explodiu acima dela, e Gamora encolheu a cabeça entre os ombros. Pedaços afiados de rocha choveram sobre ela, acertando-a forte o bastante para deixar marcas. Um deles passou ao lado do ombro e ricocheteou no braço da escavadeira, deixando um amassado.

Gamora destampou a lata com os dentes, depois abaixou-se e verteu o conteúdo em um funil que dava no motor dianteiro. O gralho rodopiou e gorgolejou por um momento, depois uma rajada de fogo jorrou, e Gamora quase não conseguiu desviar. O motor rugiu e a escavadeira deu um tranco para a frente. Ela sentiu as vibrolâminas se soltarem do teto, e escorregou, caindo de cabeça pela lateral do veículo.

No entanto, o cabo em sua cintura esticou-se novamente, equilibrando-a na beirada do trator.

Sem aviso, o cabo a puxou com força para trás, derrubando-a e trazendo-a para o veículo. O corpo dela bateu com força no teto de metal enquanto ela se contorcia, tentando ficar em pé, mas Nebulosa não lhe dava chances. Estava arrastando-a até a cabine como se fosse um peixe numa linha de pesca. Gamora rolou pela escotilha e caiu com tudo de costas, perdendo o ar dos pulmões. Estrelas perseguiram umas às outras nos cantos da visão, e ela piscou com força.

De repente, Nebulosa estava em cima dela, fechando a escotilha com pressa, depois removendo o cabo do cinto da irmã. A mão dela, a de carne e osso, estava sangrando devido à força de manter a corda estável, e dois dos dedos de metal estavam envergados. A boca dela se movia, mas Gamora não conseguia ouvi-la devido ao rugido do motor do trator. Ela tateou em busca do fone de ouvido.

— O que diabo foi aquilo? — Gamora finalmente arfou no comunicador.

Nebulosa encolheu os ombros.

— Apertar o botão de recolher era mais fácil do que te trazer para dentro.

Gamora rolou para o lado, gemendo. Sentia a barriga queimando.

— Eu te odeio.

Nebulosa escorregou para o banco da frente, enrolando a mão que sangrava na bainha da blusa.

— Eu sei.

— Coloquem os cintos. Ou melhor... — Versa virou um botão no painel e Gamora percebeu que estavam acima do fosso da mina, prestes a descer. — Segurem firme.

Gamora segurou a barra na parte de trás do banco da frente, ao mesmo tempo que o mundo se inverteu e a escavadeira mergulhou no fosso. Houve um segundo sem peso antes que a cabine se endireitasse e Gamora caísse com força no assento. Um ronco logo acima fez os dentes dela baterem uns nos outros, e o fosso começou a ser preenchido com sedimentos e destroços, que escorriam em torno delas como se fossem água.

Foi então que um silêncio estranho se estabeleceu na cabine. Por um momento, não houve nada mais que o som das respirações delas nos comunicadores.

— Bem — disse Versa, enfim, quando ligou a perfuratriz, escavando o caminho delas para fora dos detritos até que as esteiras do trator encontrassem o terreno limpo que passaram meses atravessando. — Essa bagunça toda só para ser enterrada viva.

2OU5E B2222N 21IG19T1813G F269 700 L1213G

Capítulo 20

Enquanto a Espinha do Diabo desmoronava acima delas, a *Calamidade* ia cada vez mais fundo, seguindo as trilhas que Versa tinha cavado antes daquele inevitável fim. Ela ativou a broca mais uma vez, e começaram a escavar o caminho adiante pela parede de rocha arenosa, um progresso lento e acidentado.

Versa limpou a areia da tela holográfica no painel de controle e checou a localização. Ela mexeu em um botão giratório no painel, e do nada uma música com percussão pesada preencheu a cabine. Os dentes estavam salpicados de vermelho devido à areia quando sorriu.

Nebulosa esperou dez segundos antes de dizer no comunicador:

— Eu odeio essa música.

— Que pena. — Versa aumentou o volume. — Se é pra morrer, eu vou escolher a trilha.

Nebulosa revirou os olhos e afundou no assento, sabendo que aquilo a fazia parecer uma criança birrenta mais do que gostaria, mas sem se importar. A mão dela ainda estava sangrando e os músculos tremiam. Ela estava se arrastando um centímetro por vez em direção ao coração do planeta ao som de sucessos de eletropop dançante de dez anos atrás.

O coração do planeta. Seu próprio coração hesitou de um jeito que a deixou zonza.

O que está fazendo?, pensou. Um pensamento seguido por: *Quando vai contar para Gamora?*

Tinha ido longe demais para voltar atrás. Quilômetros e quilômetros — além de muitas toneladas de poder de fogo — longe demais.

A escavadeira forçava o caminho à frente pela rocha. À exceção da odiosa música de Versa e o eventual estrondo que vinha de trás delas e atravessava os fones de ouvido, era uma viagem silenciosa. Sem uma máquina colocando tirantes para estabilizá-lo, o fosso da mina desmoronava assim que elas passavam.

Nebulosa, balançando a perna, observava a tela azul do painel de controle, que mapeava o progresso delas em direção ao centro do planeta. A mão de carne dela fazia um percurso inconsciente, saindo do chip atrás da orelha, passando pelo braço mecânico para confirmar que estava funcionando, indo em direção aos bastões e terminando no estojo que Gamora havia trazido para conter o coração do planeta quando o conseguissem. Era um orbe de metal com o dobro do tamanho do punho dela, com uma trava na frente e uma luz vermelha cintilando para indicar quando estava trancado. Havia uma incrível escassez de informação a respeito do que o coração de um planeta realmente era — Nebulosa tinha lido tudo sobre aquilo antes de sair da *Santuário II*, e ainda se sentia despreparada. Poucas pessoas tinham visto um, menos ainda tiveram que coletar e transportar um. Todo planeta tinha um núcleo diferente. Alguns planetas não tinham nenhum — os planetas bastardos, como ela soube que eram chamados. Aqueles sem coração.

No banco de trás, Gamora encarava o lado de fora da janela da cabine como se houvesse qualquer coisa para ver além dos vislumbres vagos das paredes do túnel, iluminadas pelos feixes erráticos dos faróis. Versa estava batucando os dedos no volante no ritmo da música, cantarolando com a canção. Ela parecia desfrutar especialmente os palavrões. Como elas conseguiam estar tão calmas? Nebulosa sentia os nervos à flor da pele, reagindo a cada clarão, cada tremor, cada pedra que atingia as janelas da cabine enquanto a perfuratriz as cuspia para fora do caminho.

— Aqui.

Ela olhou por sobre o ombro. Gamora tinha desenrolado o lenço do pescoço, feito o melhor que pôde para tirar a poeira dele, e agora o estendia para Nebulosa.

— Para quê?

— Sua mão.

Nebulosa olhou para baixo. Sustentar o cabo, mesmo com o braço mecânico de apoio, havia rasgado a pele da mão dela. Ela estava agarrando parte da própria camisa, e quando abriu o punho, ele derramou sangue feito um copo muito cheio de vinho.

Quando Nebulosa não aceitou o lenço, Gamora inclinou-se e o amarrou para a irmã, prendendo-o com firmeza e dobrando as pontas para dentro, para não sair do lugar.

Nebulosa ficou olhando quando Gamora agitou o cabelo, soltando flocos de poeira e rocha na parte de trás da cabine. Conseguia sentir o pó encrostando em cada centímetro do corpo, penetrando nas orelhas e nariz, forrando o lado de dentro das botas, acumulando-se sob as unhas.

— Quando eu chegar em casa — disse Gamora, como se tivesse lido a mente de Nebulosa —, vou encher uma banheira e ficar de molho por três dias inteiros.

— Você vai pra casa? — perguntou Nebulosa, falhando ao tentar soar gentil.

Os olhos de sua irmã procuraram os dela.

— Quando sairmos daqui — emendou Gamora — vamos pegar uma nave com piscina.

Os lábios de Nebulosa se contraíram.

Ela nunca mais iria para casa.

Nebulosa acordou de um sono, que estava mais para estupor, aconchegada no banco traseiro do trator. Os joelhos estralaram ao esticar a perna, depois de horas contraídos contra o peito. A ferida na mão pulsava sem parar. Gamora havia trocado de lugar com ela e estava no banco da frente, ao lado de Versa. Olhava para a frente, observando enquanto Versa despejava o líquido refrigerante no tambor, fazendo com que uma rajada de gotas cristalinas salpicasse o para-brisa. A luz dos faróis formava arco-íris prismáticos nas paredes da cabine ao refletir na umidade.

Nebulosa achou que tinha sido o som daquilo que a havia acordado, mas logo reconheceu a canção que estava tocando no canal compartilhado do rádio de Versa. Uma memória veio à tona: um bar de perfumes em Dinamus, onde tudo era neon e brilhante naquele mundo sem sol. O ar estava cheio de aromas e névoas de aerossóis tingidas pelas luzes. Custava dez unidades para escolher uma música para cantar, com as palavras rolando por uma tela acima dela em uma língua que Nebulosa não sabia ler, enquanto os melhores cantores arrasavam em todas.

Ela e a irmã estiveram lá em uma missão de treinamento — não se lembrava exatamente do porquê, mas lembrava que era mais nova, e da sensação de condensação do copo gelado nas mãos. Lembrava que o cabelo de Gamora estava tingido de um verde azulado elétrico da raiz às pontas, e cortado na altura do queixo em um ângulo tão agudo que parecia letal. Aqueles foram os primeiros dias em que viu sua irmã de verdade, como uma arma que poderia ser usada contra ela. Lembrava-se do sentimento de estarem à beira de um precipício, com cada briga boba levando a um novo limite, cada soco dado com mais vontade. Talvez Thanos sempre tivesse favorecido Gamora, e ela era jovem demais para perceber, mas Nebulosa se lembrava de ter percebido isso naquela época. Lembrava-se de comparar a qualidade das espadas que o pai dava às duas e descobrir que a de Gamora era nova, enquanto a sua estava lascada e com manchas de ferrugem. Quando tentou colocar a culpa de uma luta perdida no equipamento inferior, Thanos a repreendeu, dizendo que era uma falta de caráter dizer que sua falha era culpa de uma arma ruim. *Se você fosse metade da guerreira que sua irmã é*, dissera ele a Nebulosa, *a teria vencido sem nem precisar de uma espada.*

Nebulosa não apontou para o fato de que Gamora havia vencido *com* uma espada, uma melhor, e ainda tinha sido por apenas um triz, apesar da vantagem que a irmã tinha. Lembrava-se de esperar que Gamora também se opusesse à injustiça, mas ela ficara em silêncio. A irmã ainda não havia começado a menosprezá-la na frente de Thanos para parecer melhor. Comentários ácidos ainda eram sussurrados, para que somente Nebulosa ouvisse e passasse horas imaginando se Gamora realmente queria dizer aquilo ou se estava brincando, e, se estivesse, por que uma piada precisaria ter dentes tão afiados. Gamora já não se esgueirava até o quarto dela depois do toque de recolher com a mesma frequência de antes, não tinha mais tempo para Nebulosa. A Senhora Morte estava começando a se sentir em casa na *Santuário II*, e o pai delas tinha escolhido qual das filhas seria sua favorita. Sua sucessora. Sua guerreira.

Sua campeã.

Porém, naquela noite, em Dinamus, com as duas banhadas pelo rosa, amarelo e roxo das luzes, a pele de ambas recebendo as mesmas cores, mas transformando-as em tons diferentes, Gamora tinha pagado dez unidades e elas tinham cantado aquela música juntas, inebriadas pelas fragrâncias de segunda mão no ar e felizes de estarem a apenas uma noite de voltar para a nave do pai. Elas sabiam só metade da letra. A visão de Nebulosa estava tão confusa e o ar tão espesso e brilhante que ela não tivera certeza de que conseguiria entender as palavras mesmo que soubesse lê-las. Lembrava-se de ter dançado com Gamora, pegando na mão dela e girando-a sob o braço.

Agora, encarava a nuca da irmã e flexionava a mão de metal em um punho quase fechado — abrindo e fechando com um chiado hidráulico. Se Gamora se lembrava da canção, ou do bar, ou mesmo de qualquer outra coisa que não fosse competir uma com a outra, não dava nenhum sinal daquilo. Nebulosa afundou no assento. Era um capricho cruel do destino que a havia transformado na irmã sentimental.

A canção terminou, e Nebulosa sentiu uma dor no peito sem saber do que é que estava sentindo falta. O que esperava? Que Gamora se lembrasse de uma noite delirante em um planeta estrangeiro, uma de muitas, mas a última onde foram *irmãs*? Ou não esperava nada dela, e aquele vazio dolorido era apenas a confirmação de que não existia mais relação entre elas?

Gamora levantou a mão de repente e mexeu em alguma coisa no fone de ouvido. A música nos ouvidos de Nebulosa desapareceu, substituída pela voz da irmã.

— Lembra do Armoaria? — disse ela.

Nebulosa não se moveu. A música voltou por um momento, martelando os tímpanos, depois veio o chiado antes do silêncio, e a voz de Gamora retornou:

— Eu fiquei com cheiro de ramaclã por semanas. Tive que queimar a blusa que estava usando.

Gamora não se virou, mas entre elas, fora da vista de Versa, levantou três dedos para indicar o número do canal. Nebulosa mexeu nos comandos e ajustou o fone. A música desapareceu de novo, e demorou um momento para que outra preenchesse o silêncio. Todas aquelas memórias estavam entaladas no coração dela, e ainda assim ela não sabia o que dizer.

— Deveríamos ter vencido — disse, enfim.

Os ombros de Gamora se encolheram; o movimento foi tão sutil que nenhuma outra pessoa perceberia a risada reprimida.

— Éramos péssimas.

— Deveriam ter nos dado pontos por entusiasmo.

— Nós provavelmente estávamos passando vergonha.

— Nós estávamos ótimas.

Gamora inclinou a cabeça no encosto puído, cujo estofamento estava saindo pelas costuras.

— Se é a forma como você se lembra, acho que é o que aconteceu.

O silêncio tomou o canal delas. Depois de um tempo, Gamora mexeu novamente no fone, e Nebulosa imaginou que ela estava voltando à música de Versa. Mas Nebulosa ficou em silêncio, ouvindo a reverberação abafada da própria respiração no microfone.

— Sinto saudade de você — disse ela, com a voz soando diminuta no silêncio absoluto do fone.

Se Gamora ouviu, não respondeu.

De repente, um ruído agudo cortou o ar, penetrando os fones de ouvido. Nebulosa cobriu as orelhas automaticamente antes de lembrar que elas já estavam cobertas. Versa virou um botão no sistema de navegação, desligando o tambor da perfuratriz.

— O que foi isso? — arfou Gamora, com as mãos esticadas sobre o painel.

— Isso foi a gente acertando uma coisa nova. — Versa desligou o motor da escavadeira, e de repente estavam no breu. Quando os olhos de Nebulosa se acostumaram, percebeu que Versa tinha tirado os fones. Fez a mesma coisa para descobrir que o silêncio de estar a milhares de quilômetros no subterrâneo era ainda mais sufocante que o dos fones. Por um momento, teve a certeza de que, se falasse, nenhum som sairia.

Foi Versa quem finalmente quebrou o silêncio, com a voz soando como algo de outro mundo:

— Chegamos.

18 H2226R 7HE R225015UT18013

Capítulo 21

Versa ficou no trator enquanto Gamora desceu até o túnel, com Nebulosa a seguindo. Tão abaixo da superfície não havia ar respirável, então trocaram a função dos respiradores, de filtragem para produção. Não demoraria até que o suprimento de ar acabasse. O calor era escaldante. Gamora queria, ao mesmo tempo, arrancar todas as roupas e cobrir cada centímetro do corpo para evitar que o calor a tocasse. A escuridão além dos feixes estreitos dos faróis parecia uma coisa viva vindo na direção delas, se arrastando.

Gamora levantou a cabeça, traçando o caminho do túnel que tinham acabado de escavar com o feixe da lanterna. A rocha parecia líquida e mutável, como a gelatina que ela usava para preservar a cabeça dos homens que matava, já que não teria recompensa sem a prova da morte. A superfície parecia brilhar; o calor era tão intenso que era visível. As bordas de finos veios de gralho pareciam fraturas ósseas, e cada uma delas corria em direção ao coração como se fosse uma artéria.

Gamora seguiu Nebulosa pela lateral do trator, passando pelo tambor, que estava recoberto de refrigerante. Versa havia recolhido a ponta o bastante para que, abaixo da rocha escura, sob a luz da lanterna de cabeça, Gamora pudesse ver uma lasca de pedra tão polida e brilhante, em comparação ao que havia em volta, que parecia falsa. O centro do planeta.

Versa tinha uma furadeira elétrica, e Nebulosa a usou enquanto Gamora tirava lascas da rocha viscosa à mão, usando uma picareta, até que tivessem descoberto um quadrado do centro prateado do planeta. No entanto, quando tentaram atravessar aquela camada, as ferramentas escorregavam sem fazer nenhum arranhão, e causavam o grito ensurdecedor que havia cortado o ar quando a escavadeira o acertou, ecoando a cada contato. Parecia a Gamora que o planeta estava gritando de dor enquanto elas tentavam penetrar o coração dele.

Quando Gamora finalmente soltou a picareta, as roupas dela estavam grudadas no corpo de tanto suor. Ela sentia rios de suor descendo pelas costas, e o cabelo estava tão úmido e emaranhado que aderia às alças do respirador e da lanterna de cabeça. Nebulosa também parou, puxando a lanterna para o pescoço e esfregando os olhos com a manga da blusa.

— Você tem algum plano? — perguntou Nebulosa. O cabelo dela, mesmo sendo muito curto, estava colado na cabeça devido ao suor, e ela girou o braço mecânico no soquete, com um movimento de recuo. — Porque o meu era a furadeira.

Gamora pegou um frasco transparente da bandoleira. O líquido preto dentro dele era viscoso e espumante, e escorreu lentamente quando o virou de cabeça para baixo, com os dedos segurando a tampa. Pela aparência, deveria ter cheiro de coisa podre. Imaginou se *estava* podre. Estava na bandoleira fazia muito tempo, e não tinha certeza se havia estragado. Não pretendia usá-lo — nunca tinha usado antes.

— O que é isso? — perguntou Nebulosa.

— Devorador de matéria — respondeu Gamora. — É um composto vivo coletado de colunas vertebrais de baleias estelares. Ele devora e absorve qualquer matéria com que entre em contato.

— Você fica com todos os brinquedos legais — disse Nebulosa, e ainda que Gamora não pudesse ver a boca da irmã por causa do respirador, sentiu um sorriso na voz dela. Nebulosa inclinou a lâmpada de cabeça em direção a Gamora enquanto esta destampava o frasco cuidadosamente; o lacre soltou um chiado pneumático com o toque do dedão de Gamora. — Não derrube isso.

— Não me tente.

Gamora derramou o conteúdo do frasco na superfície lisa do centro do planeta. Ele formou uma pequena poça e depois escorreu em gotas, feito óleo; a lanterna de Gamora criava um espectro de cores no centro de cada gotícula. O devorador de matéria deslizou pela superfície, formando bolinhas, que depois se achataram e se separaram, alcançando as bordas do quadrado que havia sido cortado na pedra. Gamora não tinha ideia se estava funcionando até que, de repente, a pedra polida virou fumaça, como se tivesse sido vaporizada, deixando um buraco cavernoso, de onde pulsava um brilho cinzento suave.

As duas ficaram encarando a abertura.

— Vamos entrar aí? — perguntou Nebulosa. — Ou você tem mais alguma coisa no seu cinto que vai pegar o coração pra gente?

Gamora olhou de relance para a irmã, mas o gesto foi prejudicado pelo feixe oscilante da lanterna de cabeça. Ela sentiu uma mudança súbita: insegurança descascando a tinta da frágil confiança que estavam começando a construir desde que deram as mãos e prometeram não lutar uma com a outra. Ainda eram competidoras, e Nebulosa a havia enganado antes. O que aconteceria quando vissem o coração? Nebulosa atiraria nela e a deixaria para morrer feito uma tola, por acreditar no juramento de lealdade? Por um momento, Gamora pensou em pedir a Nebulosa que deixasse todas as suas armas no trator. Ela também deixaria. Ambas entrariam desarmadas. Porém, além de ser uma forma de mostrar que não confiava no pacto que haviam feito, era estúpido.

— Nebulosa... — disse ela, incerta de como terminaria a frase.

Nebulosa olhou para cima. Ela já estava inclinada sobre o buraco, tentando olhar dentro dele enquanto prendia um cabo à abertura que tinham acabado de fazer.

Gamora parou. A mão dela queria pegar a espada, e de repente ela percebeu que talvez não fosse Nebulosa que não conseguiria manter a promessa que haviam feito. Talvez fosse ela mesma.

Nebulosa ainda a encarava; a pele da irmã parecia perolada à luz da lanterna de Gamora. Esperando.

— Quer ir primeiro? — perguntou Gamora. — Ou eu vou?

— Eu vou. — Nebulosa prendeu o gancho do cinto no cabo. — Thanos me pediria reembolso se qualquer coisa acontecesse com você. — Ela bateu a mão mecânica na borda do buraco, tentando endireitar os dois dedos que haviam sido dobrados pelo cabo de escalada.

— *Eu* não sou a campeã dele nessa competição idiota. *Você* é — disse Gamora. — Não sou eu que ele precisa manter viva.

Nebulosa congelou, com um pé na saliência da rocha.

— Não significa que ele não gostaria de te ver voltar inteira para casa.

— Achei que não voltaríamos para casa — disse Gamora.

— Certo.

Gamora pensou que Nebulosa diria mais alguma coisa, mas em vez disso ela se jogou de repente pelo buraco. A cabeça sumiu de vista, e Gamora correu atrás dela, prendendo-se ao cabo. Olhou para baixo e se arrependeu imediatamente. A escuridão havia engolido a irmã rápido demais. Mesmo com a lanterna na cabeça ela não conseguia ver através do breu pelo qual Nebulosa havia descido. Respirou fundo, então içou o corpo por cima da abertura, descendo pouco a pouco pelo cabo.

A mudança de temperatura a acertou como um golpe súbito. Um frio absurdo tomou o corpo dela enquanto descia. Todo o suor que a cobria depois da escavação congelou, deixando a blusa que estava úmida, dura contra seu corpo. O cabo ficou liso sob os dedos, primeiro coberto de condensação, agora de lascas de gelo afiado. Virou a cabeça à sua volta, tentando iluminar o entorno, mas ou a escuridão era diferente aqui, ou não havia nada além do vazio, um centro oco exceto pelo miasma que parecia se acumular no ar, emitindo uma pálida luz cinzenta. O ar parecia espesso, e vivo, e Gamora ficou pensando que, quando fossem embora dali, mesmo que explodissem o lugar como explodiram a trincheira, aquela escuridão permaneceria. A escuridão sobreviveria a tudo.

Abaixo dela, ouviu o eco suave das botas de Nebulosa atingindo o chão.

— Sem monstros — gritou a irmã, para cima, com a voz ecoando no vazio. — Acho que você está perto.

Os pés de Gamora atingiram a terra firme antes do que ela esperava. O solo abaixo dela era macio, mas inclinado; a curvatura do centro do planeta testava a tração das botas dela. À frente, Nebulosa havia desligado a lanterna e estava em pé abaixo da névoa poeirenta no ar, encarando-a, com o rosto banhado pelo brilho. A luz a fazia parecer incolor, com o azul da pele transformado em gelo. As expirações pelo respirador subiam em lufadas congeladas em torno da cabeça da irmã.

Gamora ficou ao lado dela, olhando para a constelação.

— É isso? — perguntou, apontando para o ar nevoento. — Isso é o coração?

— Tem que ser.

— Isso parece... — observou o ar oscilar e brilhar diante delas, como um pequeno alento diante da escuridão viva — algo que não vale a pena quase morrer pra conseguir — concluiu.

Nebulosa bufou.

— Quando você quase morreu?

— Pelo menos umas quinze vezes só hoje — protestou Gamora.

— Que bom que salvei sua bunda.

— Que bom.

Olharam uma para a outra ao mesmo tempo, mergulhadas na escuridão, tendo a versão em miniatura de uma galáxia acima delas como a única fonte de luz. A quietude, de repente, pareceu mais com uma calmaria do que com um sufocamento, e as últimas horas tornaram-se menos assustadoras agora que sabiam que as vivenciaram lado a lado. A parte inferior do rosto da irmã estava coberta pelo respirador, mas Gamora viu os olhos de Nebulosa se contraindo com um sorriso.

Desde a infância a vida das duas não tinha sido nada além de campos de batalha. Porém, se este — Gamora pensou, ao compreender a expressão da irmã — era o corpo que elas recuperariam depois do massacre, ferido e ensanguentado, mas ainda persistindo, tudo teria valido a pena. Ela lutaria mais cem guerras de olhos fechados.

Gamora pegou o estojo no cinto e o abriu, ativando o vácuo. O ar congelou diante delas, e gotas do que parecia gelo tilintaram no chão aos pés delas enquanto o recipiente sugava e condensava o ar. A névoa cinza começou a se reunir e acumular, segurando-se, antes de finalmente ceder à tração e se deixar ser aprisionada. A luz continuou até que Gamora selou o estojo. Depois, de súbito, caiu uma escuridão tão absoluta que engoliu os feixes da lanternas de cabeça e as envolveu.

A sensação foi a de que o mundo havia se apagado — a perda de visão foi tão absoluta que Gamora percebeu os outros sentidos vacilarem. Estendeu a mão, tentando tocar em Nebulosa apenas para confirmar que o mundo ainda existia. Encontrou um punhado rígido de túnica e agarrou-se à irmã como se fosse uma boia salva-vidas.

— Gamora — sussurrou Nebulosa, e Gamora sentiu a mão da irmã fechar-se sobre a sua. Esperava alguma palavra de conforto, algo que confirmasse que ambas continuavam bem e que roubar o coração do planeta não havia corrompido suas fundações biológicas. No entanto, Nebulosa disse: — Você está apertando meu peito.

Gamora subiu a mão.

— Achei que fosse seu ombro.

— Você acha que meus ombros são carnudos assim?

Antes que pudesse responder, o chão abaixo delas começou a vibrar, e, sem saber exatamente como, Gamora sentiu alguma coisa mudar no ar, na pedra, no planeta em si. Alguma coisa saindo de equilíbrio, como se a essência dele tivesse sido roubada.

O que seria de um planeta se não tivesse um coração?

— Precisamos sair daqui — disse ela.

Nebulosa provavelmente também sentiu a mudança. Gamora sentiu, com a mão no lugar certo, que os músculos da irmã se retesaram, com os ombros assumindo uma postura de batalha. Ouviu um clique quando Nebulosa apertou o interruptor da lâmpada de cabeça sem resultado algum. Ouviu Nebulosa expirar e sentiu o hálito quente contra sua pele na escuridão. Cada centímetro do corpo de Gamora disparou, a sensação confusa de um tapa em meio àquela privação de sentidos tão forte.

— Não sei para onde ir — disse Gamora, surpreendendo-se com a pequenez da própria voz.

Gamora sentiu o toque de Nebulosa em seu braço, então descendo e se fechando em torno do pulso da mão que segurava o estojo. Gamora se encolheu automaticamente, pensando que teria o coração do planeta arrancado da mão ou, se isso não funcionasse, que a própria mão seria arrancada junto. Era a mão mecânica de Nebulosa, que seria mais fácil de lidar em uma luta, mas que era capaz de causar mais dano. O nariz de Gamora pulsou como um alerta.

Porém, percebeu que Nebulosa não estava tentando pegar o recipiente. Ela estava procurando a mão de Gamora para que ficassem juntas na escuridão. Gamora pôde sentir os sulcos ásperos dos alicates, as finas veias de fios zumbindo contra a palma da mão.

Enganchou o estojo no cinto, depois pegou na mão de Nebulosa. Apertou os dedos de metal, ainda que soubesse que a irmã não poderia sentir o calor. Tatearam juntas, às cegas pela escuridão.

— Aqui — Gamora ouviu Nebulosa dizer. A irmã guiou a mão dela adiante, que fechou os dedos em torno do cabo.

Ele havia congelado, e o trançado de metal estava tão liso que Gamora rezou para conseguir se prender nele. Havia alguma coisa vibrando ao longo da corda, mas Gamora não era capaz de dizer se realmente era o cabo ou se era sua mão trêmula. Sentia algo naquele lugar a sugando até os ossos. Conseguiu ativar o dispositivo hidráulico de seu gancho e o prendeu ao cabo. Houve uma pausa quando ele sofreu para se firmar no gelo, mas os pés de Gamora logo saíram do chão. A única coisa mais assustadora que aquela escuridão era a escuridão sem os pés estarem no solo. O ar gelado cortava a pele dela, e ela continuou esperando por... alguma coisa. Um pavor tomou seu âmago, infectando todo ponto que tocava.

Até que ela se içou por sobre a borda e voltou ao calor escaldante do túnel, e voltou-se, estendendo uma mão para puxar Nebulosa. Gamora respirou fundo, tentando acalmar os nervos. Alguma coisa na escuridão e no centro do planeta havia desgastado ambas profundamente. Ela ainda estava com o recipiente contendo o coração do planeta; o trator ainda estava ali, com Versa esticando o pescoço para ver por cima do volante; Nebulosa não tinha esfaqueado ninguém, e tudo estava indo de acordo com o plano.

Tudo estava indo de acordo com o plano.

Levou a mão ao cinto para tocar o estojo, mas descobriu que aquilo não era o bastante para se certificar de que ele estava lá. Mesmo quando o tirou do gancho e o segurou com as duas mãos, pressionando contra o peito, não parecia real.

— Vamos logo. — Nebulosa pegou Gamora pelo braço e a arrastou em direção ao veículo. — Você está ficando sem oxigênio.

Nebulosa levantou Gamora até a escada do trator, pegando o estojo das mãos dela para que pudesse escalar, depois o devolveu logo que ambas estavam dentro do trator. Gamora desabou no banco da frente, puxando o respirador para baixo assim que Nebulosa fechou a porta. Os pulmões dela se fartaram do ar limpo e filtrado. O cabelo estava congelado em mechas brancas e craqueladas, que já começavam a derreter naquele calor. Atrás dela, Nebulosa chacoalhou dos ombros da túnica uma camada de gelo, que derreteu antes de tocar no chão.

— Conseguiram? — perguntou Versa, olhando ambas como se fossem pedras preciosas. Os olhos dela pararam no recipiente que Gamora segurava. — É isso?

— É bom que seja — resmungou Nebulosa.

— Sim — confirmou Gamora. — É isso.

Versa levou uma mão até o teto acima de Gamora e ligou os faróis. O motor que Nebulosa havia improvisado para elas ligou assim que as luzes se acenderam. Versa não deu nenhum aviso para que se protegessem do barulho, e o som foi ensurdecedor. Gamora caçou o fone de ouvido, mas não conseguia encontrá-lo. Atrás dela, pensou ter ouvido Nebulosa dizer alguma coisa.

Versa assentiu uma vez, com os olhos adiante. Flexionou as mãos no volante, apertando e relaxando os punhos três vezes. Enquanto elas estiveram lá embaixo, ela havia tirado a corrente funerária das mães dela do retrovisor, e a amarrado feito uma pulseira, de forma que os dois pingentes balançavam juntos. Gamora ainda não conseguia ouvir nada além do motor, mas viu Versa assentir mais uma vez, e a boca dela formar a palavra *Bom*.

Logo depois, ela puxou uma faca da manopla do câmbio e apunhalou Gamora no peito.

7HE P1218N7Y 22ND G1222S 18N T1922
12TH22R G62

Capítulo 22

Uma das primeiras coisas que Gamora tinha aprendido nas academias de treinamento das naves de guerra do pai era a melhor forma de matar um oponente, e apunhalar no peito não era uma delas. Era classificado como ruim, tanto em termos de efetividade quanto de eficácia, um pouco melhor que estrangulamento, mas bem abaixo de uma injeção letal ou mesmo de uma pancada forte na cabeça. Geralmente era necessário cortar mais do que se imaginava, e a proximidade dava muitas chances do inimigo revidar antes que o trabalho fosse terminado.

Uma faca no peito, no entanto, é extremamente efetiva se tudo o que você quer é atordoar a pessoa. E Gamora ficou certamente atordoada.

Versa pegou o estojo das mãos de Gamora, então lhe deu um chute forte no peito, arremessando-a contra a porta da cabine, que se abriu. Depois pegou o cabo da faca enterrado entre as costelas dela, tentando arrancá-lo enquanto ela caía — mas ele ficou preso. Gamora sentiu um puxão terrível, como se seus ossos estivessem sendo puxados através da pele. Depois caiu da cabine de costas, e a queda pareceu muito mais alta que todas as vezes que ela havia subido a escada. Acertou o chão com força suficiente para ficar sem ar, e imediatamente percebeu que não tinha o que respirar. Desesperou-se para colocar o respirador; o braço esquerdo estava letárgico e imobilizado. A dor ainda não havia tomado conta, mas Gamora sentia que ela se aproximava, de olhos brilhantes e famintos através da escuridão. Se tivesse sorte, não chegaria antes que aquela luta terminasse.

Do que quer que aquela luta se tratasse.

Nebulosa estava checando o temporizador do respirador, e não percebeu o que estava acontecendo até todo o oxigênio da cabine ser sugado e substituído por ar quente e sulfuroso quando a porta do passageiro foi arreganhada. Ela levantou os olhos para assistir à Versa chutar Gamora no peito e a mandar voando para fora da escavadeira.

Nebulosa levou a mão aos bastões, mas Versa já havia tirado uma arma de trás do volante e a estava apontando para a testa dela. Com a outra mão, ela segurava o recipiente com o coração do planeta. Nebulosa congelou, depois levantou as mãos lentamente.

Versa enganchou a ponta do pé no puxador da porta e a fechou com uma batida; a pistola e os olhos ainda fixos em Nebulosa. Nenhuma delas falou por um momento, ambas respirando com dificuldade enquanto o oxigênio começava a preencher o espaço novamente. Quando finalmente havia o bastante para falar, Versa disse, rouca:

— Não sei por que veio pra cá, mas não tenho nenhum problema com você. Se vier em silêncio, te levo embora daqui comigo.

Em silêncio era a expressão errada — ela fez com que Nebulosa pensasse mais como uma assassina do que como uma garotinha dócil sentada passivamente na traseira de um caminhão. Mas ela assentiu. *Em silêncio.*

— O que quer com isso? — Versa levantou o estojo com o coração do planeta, e o agitou levemente. A terra pareceu dobrar-se em torno delas, e Nebulosa sentiu uma onda de vertigem passando pelo corpo. Piscou com força.

— Isso não te diz respeito.

Versa removeu a trava do blaster.

— Me fala!

— Eu tenho que coletá-lo para o meu pai, Thanos — disse Nebulosa. — Eu sou a campeã dele em um jogo contra o Grão-mestre.

— Não, não é — disse Versa, com a voz transformando-se num grunhido.

Nebulosa engoliu seco. O ar pareceu árido demais para respirar.

— O que você sabe sobre isso?

— A campeã — respondeu Versa — sou eu.

Gamora se virou de costas, com um suspiro de dor, pressionando o respirador contra o rosto enquanto lutava por oxigênio. Viu estrelas dançando e piscou com força tentando fazê-las desaparecer. O feixe de luz da lanterna na cabeça dela agitava-se enquanto ela encarava a cabine, em parte esperando que Versa saísse dali voando em seguida, graças a um chute que Nebulosa lhe daria por ser um pé no saco e por ter apunhalado a irmã. E com certeza Nebulosa defenderia a irmã.

Mas nada aconteceu.

Gamora levantou a blusa, analisando o dano o mais rápido possível — o ar parecia ainda mais tóxico no ferimento. A faca não tinha penetrado muito, apenas o suficiente para ficar presa. Ela tinha a impressão de que Versa havia girado a lâmina, deixando-a presa entre as costelas, o que tornaria sua remoção mais complicada. Gamora tateou a lateral do corpo com os dedos, procurando danos aos órgãos internos. O ferimento mal sangrava — apenas algumas gotas escorreram das beiradas —, mas ela sabia que era porque a faca ainda estava presa ali. Sem dor ou sangue a faca era, querendo ou não, um incômodo.

Ela tinha que se levantar. Tinha que lutar. Gamora desligou a lanterna da cabeça, então se forçou a levantar usando uma mão apoiada no último degrau da escada. O peito queimou com o esforço, e ela mordeu o lábio para abafar um uivo de dor. Enquanto subia, num esforço enorme a cada passo, sentia a faca se assentando entre as costelas, balançando a cada movimento. Enganchou o braço machucado em torno de um degrau, com uma careta, e conseguiu pegar um dos blasters do coldre na coxa. Mirou na maçaneta da porta.

Versa e Nebulosa inclinaram-se quando a cabine tombou para o lado. Versa resmungou um palavrão, e Nebulosa percebeu que era Gamora subindo pela escada.

— Você não achou que tinha matado ela, achou? — perguntou Nebulosa. Versa xingou de novo. — Não seja muito dura consigo mesma. Ela é difícil de matar. Eu já tentei.

— Cale a boca. — Versa ficou em pé no banco e abriu a escotilha de emergência no teto. — Fique aqui.

— Acha que eu vou ficar parada aqui e deixar você tentar matar minha irmã? — perguntou Nebulosa.

— Acho — respondeu Versa, girando para apontar o blaster para Nebulosa mais uma vez. — Porque é o único jeito de você sair viva daqui. — Ela colocou o respirador no rosto, então ergueu-se pela escotilha até o teto da escavadeira, batendo a porta atrás de si.

Nebulosa ficou sentada, parada, por um momento. A mente dela estava em frenesi, revivendo os dias que tinha passado na *Santuário II* enquanto a nave estava inativa, atracada no campo externo do Salão de Jogos Cósmico, esperando pelo retorno do pai de quaisquer que fossem os negócios que tinha com o Grão-mestre. Ela ainda estava trabalhando duro para terminar seu braço, fazendo os ajustes finos de uma prótese para um membro que, se fechasse os olhos, ainda acreditava que não tinha perdido. Ela havia desligado circuitos de redirecionamento de tempo e trocado articulações, imaginando o que teria acontecido e que ela não conseguiria acobertar, e quanto tempo demoraria até que ela descobrisse a extensão dos danos.

Parecia improvável que o pai voltasse a confiar nela, ou mesmo a olhasse nos olhos. Quando voltou de Praxius, queimada, faminta e semimorta graças à infecção e à exaustão, ele demonstrou o desapontamento abertamente, um teatro emocional interpretado para uma audiência de uma única pessoa. Ele nunca se deu ao trabalho de dizer se estava desapontado por ela não ter escapado sem ter que sacrificar um braço no processo, ou se simplesmente por ela ter sobrevivido.

Ele não disse uma palavra quando ela voltou das Tumbas. Não veio vê-la enquanto estava se recuperando. Não lhe ofereceu os serviços de médicos ou mecânicos, ainda que a *Santuário II* tivesse os dois de sobra. Quando ele finalmente se aproximou, foi depois do encontro com o Grão-mestre, e vinha acompanhado por sua Senhora.

Nebulosa tinha se levantado da bancada de trabalho, sentindo-se, na presença dele, ainda mais consciente do espaço vazio ao lado do corpo. Quando Thanos não disse nada, ela sentiu a necessidade de preencher o silêncio por ele. De se desculpar por não ter sido forte. Por entrar correndo de cabeça quente, imprudente e colocando a todos em perigo. Ou talvez se desculpar por conseguir sair. Por ser menos do que ele esperava que ela fosse. Por ser forte demais para morrer, não importa o quanto ele tivesse tentado.

Ela estava tão cansada de se desculpar com o pai por existir.

Quando não pôde mais aguentar o silêncio, finalmente dissera a ele:

— Já acabou?

Thanos a tinha encarado. A Senhora Morte também. Nebulosa imaginou se ele a tinha trazido para terminar o que havia começado nas Tumbas Nubladas. Não parecia fora dos domínios da possibilidade. Ela sempre tinha pensado que morreria nas mãos dele. Ainda que fosse uma mão tangencial, a abandonando para morrer, como havia feito em Praxius.

Mas, então, Thanos dissera:

— O Grão-mestre me convidou para participar de uma competição.

Nebulosa olhou do pai para a Senhora Morte, silenciosa ao lado dele, acariciando o braço de Thanos com os dedos compridos. De alguma forma, quando olhava para ela, Nebulosa nunca tinha certeza se o cabelo da Morte era branco ou carmim, ou se havia sangue sob as unhas dela e crostas nos dentes. Dependia da luz, da atmosfera e se Nebulosa estava armada ou não.

— Parece divertido — disse Nebulosa.

— Ele me pediu para escolher um campeão em uma corrida para trazer a ele o coração de um planeta moribundo, Dunaberta.

Por mais que tentasse evitar, Nebulosa sentiu-se tomada de esperança. Por que ele estava compartilhando aquela informação se não fosse para dizer que era ela? Ela era a campeã que ele estava enviando em seu nome. Essa era a chance de se redimir pelo que havia feito.

No entanto, Thanos disse:

— Minha escolha teria sido Gamora.

A esperança se tornou ácido queimando nas veias dela. Nebulosa voltou-se para a bancada de trabalho, para que ele não a visse repreendendo a si mesma por ser tão estúpida de ter pensado que, mesmo se tivesse uma escolha, ele a escolheria antes da irmã.

— Quer que eu finja surpresa?

Thanos suspirou.

— Infelizmente, não pude escolher primeiro, e minha oponente a escolheu antes de mim.

Aquela esperança, aquela estúpida, apareceu mais uma vez. Apenas uma centelha, mas o bastante para iluminar seu caminho. Estava acostumada a ser a segunda opção. Poderia se conformar com isso. Ela poderia pegar essa segunda opção e transformá-la em uma forma de provar a ele que ainda era digna de um espaço ao lado dele. Ele estaria dando a ela outra chance. Ela virou-se para ele.

— Quer que eu seja sua campeã?

— Acha que é por isso que vim até aqui? — riu Thanos, e os lábios da Senhora Morte se curvaram. Um fio de sangue escorreu do canto da boca dela, ainda que tenha desaparecido quando Nebulosa a olhou diretamente. — A ideia de que você pudesse ser minha campeã me veio à mente, por um momento. Mas decidi que seria melhor para mim escolher alguma nativa fedorenta, patética e decadente, sem treinamento de combate, porque ela faria o trabalho melhor do que você. Então não, Nebulosa, eu não vim para lhe enviar como minha campeã. Vim para dizer que você não é, nem nunca será, minha campeã em qualquer competição. — Os olhos dele varreram a bancada dela, demorando-se nas ferramentas e partes do braço espalhadas, que ela ainda não havia encaixado. Os lábios dele se curvaram, e ele se virou. — Isso é tudo — disse, e ela o viu indo embora outra vez.

Ele a tinha deixado, mas a Senhora Morte ficou, parada na porta. Era um convite que ela havia oferecido antes. Nebulosa deveria tê-lo aceito em Praxius. Teria sido tão mais fácil morrer, em vez de passar por toda aquela dor só para descobrir que jamais teria redenção. Ela nunca faria a escolha certa. Nunca faria a coisa certa. Nunca seria forte o bastante. O pai havia transformado a preferência dele em um alvo móvel, e não importa o quanto Nebulosa mirasse, ele o deixaria um pouco mais alto, logo fora do alcance dela. Nunca jogaria em condições de igualdade. Nunca seria um baralho sem cartas marcadas.

Assim, ela teria que tomar algo dele. A única coisa que era mais importante para ele que a própria ambição e as graças de sua Senhora — a filha que ele tinha escolhido para ajudá-lo a conseguir essas duas coisas.

Foi então que ela decidiu ir a Dunaberta e encontrar Gamora, naquele mesmo instante, e chegar ao coração antes dela. Gamora era a única coisa que Thanos estimava o bastante para que se sentisse ferido quando ela falhasse. Ou, melhor ainda, se ela se voltasse contra ele.

E Nebulosa queria feri-lo. Queria fazê-lo sofrer tão profundamente que ele nunca mais duvidaria da força dela.

Naquele momento, a declaração do pai, de que havia escolhido uma qualquer, tinha parecido um exagero, feito para que ela se sentisse ainda mais diminuída. Ela suspeitava que ele havia convocado um campeão da lista habitual de assassinos de aluguel, alguém que Ronan, o Acusador, mantinha a postos, com armamento, treinamento de combate e a audácia de encarar Gamora frente a frente.

No entanto, ele realmente escolheu uma qualquer. Para ele, Nebulosa era menos que uma mineradora qualquer de um planeta moribundo.

Fora da cabine, ela ouviu Versa atirar.

E fez sua escolha.

Gamora sentiu o tiro raspar no degrau logo ao lado dos dedos, e quase perdeu a já vacilante pegada. Olhou para cima, e Versa estava mirando outra vez. Abaixou-se, e o blaster queimou a parede atrás dela. Cerrando os dentes, agarrou no teto da cabine e se ergueu, apoiando o pé na beirada e rolando adiante.

Versa estava de bruços, e se encolheu para trás de surpresa, quase escorregando do trator. Ela claramente tinha esperado que

Gamora fosse menos capaz de ignorar uma punhalada como tinha ignorado. Antes que Versa pudesse dar outro tiro, Gamora chutou o blaster da mão dela, fazendo-o voar e cair sobre o trator, então a chutou mais uma vez, dessa vez acertando Versa no rosto com força o bastante para sentir o estralo do ossos rachando no contato com o pé.

Versa cambaleou para trás, lutando para ficar agachada enquanto sangue vazava pelas beiradas do respirador dela. Gamora enganchou o pé em torno do joelho de Versa e a derrubou, fazendo-a deslizar pelo para-brisa em direção ao braço da escavadeira. Gamora estava pronta para saltar atrás dela, mas de repente o trator todo se moveu de súbito, e ela caiu de joelhos. O tambor tinha começado a girar, e a escavadeira forçou o caminho à frente, com o motor trabalhando ao máximo enquanto a perfuratriz lutava para se firmar à parede. Uma nuvem de pedras voou para trás, deslizando sobre a cabine, e Gamora cobriu os olhos com as mãos.

— Que droga, Nebulosa! — sussurrou, depois saltou da cabine para o braço. Através do vidro tingido, conseguiu ver a silhueta da irmã atrás do volante.

Versa havia se reerguido. Gamora aterrissou com firmeza, ficando parada por um instante a mais que o normal, e virou-se no momento em que o pé de Versa encontrou seu maxilar, jogando-a de lado. Gamora agarrou-se em um dos alto-falantes conectados à cabine antes que escorregasse do trator, e sentiu o peito queimando pelo esforço. A ferida talvez fosse mais profunda do que ela tinha pensado, e não tinha certeza de quanto tempo conseguiria continuar antes que a dor se tornasse impossível de ignorar.

Versa a golpeou novamente, mas Gamora bloqueou o soco, devolvendo outro à barriga de Versa. Foi um golpe fraco, devido ao braço irritantemente dormente, mas foi o bastante para que Versa perdesse o ritmo. Gamora saltou sobre ela e ambas se chocaram contra o braço da escavadeira. Ela tentou agarrar o pescoço de Versa, mas esta revidou com uma cotovelada no lado machucado de Gamora, logo na altura da lâmina. Gamora esganiçou, mas não soltou a adversária. Lançou uma perna à frente, tentando usar o joelho para prender Versa no chão, mas a mineradora segurou a perna de Gamora e a puxou, fazendo-a cair de costas. A cabeça de Gamora bateu no capô da cabine, e sua visão ficou cheia de pontos pretos. Versa pegou na faca no peito de Gamora, girou-a e puxou-a com força, arrancando-a de onde estava. A dor chegou de repente, como uma visita indesejada. Gamora teria gritado, mas já não tinha mais ar nos pulmões.

Com a faca em mãos, Versa se afastou, pronta para apunhalar Gamora outra vez, mas uma chuva de pedras caiu repentinamente sobre elas, e a mineradora levantou as mãos acima da cabeça. Nebulosa devia ter percebido que não se moveriam com os pistões hidráulicos ativados, mas assim que os desligou o túnel em torno delas começou a desabar devido à pressão. A escavadeira deu outro tranco para a frente, então parou, com a perfuratriz emperrada em alguma coisa e as esteiras girando no lugar. Versa gritou, furiosa, então enfiou a faca no cinto e saltou de volta para o teto da cabine. Gamora ficou em pé com dificuldade, e a seguiu. Sentia o sangue começando a encharcar a blusa, mas não olhou. Ver o lado de dentro do corpo sempre tornava as coisas piores.

Versa estava socando a escotilha da cabine, gritando para Nebulosa abri-la. Gamora não tinha certeza se Versa percebeu que ela a havia seguido, e saltou adiante, esperando pegá-la desprevenida, mas ela se virou e lhe deu um soco, bem no ponto onde a faca estivera. A dor disparou feito uma ratoeira, mandando embora qualquer outro pensamento. Gamora aterrissou, mas os pés escorregaram pelas bordas do teto da cabine, e ela tombou de lado.

E caiu.

Dessa vez a queda foi de cabeça, em direção ao chão, mas com as esteiras girando em falso no caminho. Ela não sobreviveria àquela queda.

No entanto, alguma coisa se prendeu em torno da perna dela.

Nebulosa não fazia ideia de como pilotar a escavadeira. Ela havia presumido que seria como qualquer outra nave — você aperta um botão para fazê-la avançar, e outro para fazê-la parar. Com a perfuratriz na frente, não encontrariam nada que não conseguiriam derrotar em uma luta.

Só que havia muito mais coisas acontecendo no painel de controle do que ela imaginava. A perfuratriz ia numa direção, depois na outra. O braço se levantava e abaixava. Os pistões hidráulicos impediam que o teto desabasse, mas travavam as esteiras, e as esteiras tinham cinco velocidades diferentes, e eram operadas por dois conjuntos de controles. E não havia o nome de nada escrito. Ao tentar ajudar na fuga, Nebulosa acabou desperdiçando combustível e literalmente correu sem sair do lugar. Ela ouviu uma pancada forte no teto da cabine, e Versa gritando para que ela abrisse.

O motor morreu, e Nebulosa gritou de frustração. Socou o painel, como se aquilo fosse resolver alguma coisa, e a perfuratriz começou a cuspir pedras para trás, salpicando o para-brisa com pequenas lascas de rocha, como se fosse chuva. O barulho era tão alto que ela levantou as mãos, ainda que soubesse que havia um vidro a protegendo. Ouviu um estalo, e quando abriu os olhos, o para-brisa tinha se partido em uma teia que tornava praticamente impossível de se ver através dele. Houve outra pancada no teto, o som de alguém puxando a escotilha com força. Nebulosa esticou o pescoço, tentando ver o que estava acontecendo acima dela, pelo lado de fora da janela do lado da motorista, nos fracos reflexos da luz dos faróis que saltavam da rocha.

A luz mudou quando alguém no teto caiu. Ela ouviu passos pesados logo acima, e o estampido seco de joelhos atingindo o metal. Viu um clarão do lado de fora da janela — as pontas brancas do cabelo de Gamora suspensas no espaço, feito os tentáculos ondulantes das medusas-aurora que o pai mantinha em um tanque na sala de guerra.

As luzes mudaram de novo, e viu quando Gamora caiu.

Nebulosa não hesitou.

Abriu a porta da cabine com tudo e, com o braço mecânico, pegou Gamora pelo tornozelo, impedindo a queda. A cabeça dela parou logo acima das esteiras que giravam. Nebulosa fez muito esforço tentando arrastar a irmã para dentro da cabine; o impacto de tê-la pegado afrouxou a prótese na altura do soquete, e ela sentiu o braço testando as conexões, com as faixas de couro escorregando para cima e cortando o pescoço dela.

Aguente mais um pouco, pensou ela.

Por um momento, Nebulosa achou que Gamora estava inconsciente, mas depois ela começou a se balançar para a frente e para trás, ganhando impulso. Nebulosa travou o outro cotovelo em torno do volante, tentando se ancorar. Alguma coisa estalou na junta do cotovelo mecânico.

De repente, Gamora conseguiu se erguer, dobrada na altura da cintura, e agarrou no pulso de Nebulosa; esta mudou a pegada do pé da irmã para o antebraço, de forma que Gamora ficou pendurada, com os pés paralelos às esteiras girando, agarrando com as duas mãos o braço mecânico de Nebulosa. Havia sangue na blusa de Gamora logo abaixo da clavícula, escorrendo para baixo de forma que manchas vermelhas cobriam a barriga dela, onde a blusa estava amarrotada.

Nebulosa ouviu a escotilha se abrir com uma batida, e virou-se no momento em que Versa aterrissou sobre ela, empurrando-a pelas costas. Com metade do corpo caído para fora da porta do lado da motorista, o ombro de Nebulosa virou-se de barriga para cima e o soquete girou. A articulação do cotovelo estava se estendendo demais, mas permaneceu agarrada à irmã. Atrás dela, o rosto de Versa estava coberto de sangue, com rastros vermelhos esguichando das bordas do respirador, espalhando-se pelas bochechas e pela testa. Estava com as unhas no rosto de Nebulosa, tentando enfiar um dedão no olho dela, ouvido, ou sob o respirador — onde quer que causasse dano o suficiente para que ela deixasse Gamora cair nas esteiras.

Nebulosa estava numa luta difícil, tentando ao mesmo tempo segurar Gamora e livrar-se de Versa. Conseguiu colocar um joelho sob Luxe para tentar chutá-la, mas esta estava com as pernas em torno do quadril dela, mantendo-a imóvel. Versa enterrou os dedos na pele macia atrás da orelha de Nebulosa, como se fosse tirar o respirador e deixá-la sem oxigênio, porém Nebulosa sentiu que ela estava pegando o pequeno chip implantado no crânio dela, que controlava seu braço. Nebulosa estava imobilizada, indefesa e incapaz de impedi-la, e Versa o arrancou com tanta força que arrebentou os fios.

Nebulosa sentiu o choque, como se alguma coisa falhasse no próprio cérebro. A mão mecânica afrouxou-se em torno do braço de Gamora.

— Não!

Nebulosa se virou. A escuridão havia engolido a irmã completamente. Versa olhou por sobre Nebulosa, com o feixe da lanterna de cabeça varrendo o túnel. Nebulosa se encolheu, esperando ver o corpo da irmã caído no chão, mas em vez disso, a luz iluminou Gamora agarrada na lateral do trator. Ela tinha conseguido soltar uma vibrolâmina de uma das botas, enterrando-a na parede do veículo e criando um apoio. Estava dependurada por uma mão só, com o corpo balançando sobre as esteiras, que ainda giravam. Mas ela estava lá.

Versa sentou-se, mantendo as pernas travadas em torno da cintura de Nebulosa. Depois bateu em alguma coisa no painel.

O tambor sacudiu, e Versa chutou o câmbio. O trator avançou com um estampido do metal raspando em rocha. Nebulosa sentiu uma chuva de pedras no rosto e percebeu que ela e Gamora estavam prestes a serem arrancadas da lateral do trator à força pelas paredes de pedra. Gamora também devia ter percebido, porque começou a se desesperar em busca de um apoio para os pés.

Nebulosa ficou olhando quando Gamora se ergueu, pegou a vibrolâmina com o pé e equilibrou-se precariamente por um momento antes de conseguir agarrar na beirada da cabine para se estabilizar. Nebulosa ofereceu a mão que restava, e a irmã a agarrou, sendo puxada com força, catapultada para a cabine, de forma que conseguiu atingir Versa, derrubando-a de costas no assento e imobilizando-a. Versa gritou quando Gamora puxou a segunda vibrolâmina da bota e a pressionou contra o pescoço.

— Que droga foi essa?

Versa se debateu sob Gamora, com os olhos se arregalando de medo.

— O que pensa que está fazendo? — gritou Gamora, pressionando a lâmina ainda mais no pescoço de Versa e fazendo com que a corrente elétrica a queimasse. — Você quebrou nosso acordo. Eu deveria te matar por isso agora mesmo.

Versa conseguiu balançar a cabeça.

— E aí você... nunca vai saber — engasgou-se, com a voz rouca.

Gamora não se moveu.

— Saber o quê?

Nebulosa sentou-se, batendo a porta da cabine atrás de si e verificando o monitor do painel para certificar-se de que ainda estavam indo em direção ao túnel que deveriam cruzar. A escavadeira tinha parado de se mover quando Gamora pegou Versa, e agora Nebulosa pisou no pedal para reiniciar o processo, prendendo-o com uma chave de boca do kit de ferramentas que tinha caído no assoalho.

— Saber o quê? — exigiu Gamora mais uma vez, arrancando o respirador do rosto de Versa, revelando um nariz quebrado e dois dentes trincados. O rosto dela estava encharcado de sangue. — Saber o quê?!

— Solte ela — disse Nebulosa, calmamente.

Gamora não olhou para a irmã.

— Ela tentou me matar. Não vou deixá-la fazer coisa nenhuma.

— Temos o coração. — Nebulosa deu uma batidinha no estojo, que estava aninhado no painel. — É o que importa. Temos que sair daqui e ir ao Salão de Jogos Cósmico.

Versa riu, fazendo um som alto e desesperado, deixando Nebulosa sobressaltada.

— Cala a boca — disse Gamora, rispidamente. — Você está interferindo em coisas além da sua imaginação.

— Você vai contar pra ela? — disse Versa, engasgando-se, seu olhar encontrando o de Nebulosa por sobre os ombros de Gamora. — Ou eu conto?

— Me contar o quê? — Gamora olhou de uma para a outra. Como nenhuma das duas disse nada, puxou Versa com força pela frente da jaqueta, mantendo a faca em seu pescoço. — Me contar o quê?

Não, pensou Nebulosa. *Não, por favor.*

No entanto, Versa olhou Gamora nos olhos, depois apontou para Nebulosa.

— Ela não é a campeã de Thanos — disse. — Eu sou.

22VE9Y1213E H268 19EA9D S712R18ES 12F
W1214E13 15IK22 U8

Capítulo 23

— Você está mentindo.

Gamora acusou sem hesitar, ainda que as palavras de Versa a tivessem atravessado como um choque elétrico.

Um fio de sangue escorria do nariz de Versa até a mão de Gamora.

— Não estou.

Gamora a bateu contra o assento, mantendo a vibrolâmina zunindo no pescoço da mineradora.

— Por quê? — disse ela, salpicando perdigotos no rosto sardento de Versa. — Por que ele escolheria *você*?

— Ele conhecia minha mãe — explicou Versa. Estava sofrendo para respirar, e Gamora via que a vibrolâmina a queimava, mas continuou pressionando. A pele de Versa ficou branca ao longo da lâmina. — Ele financiou… as operações dela contra a Companhia.

— Por quê?

— Desestabilizar a Igreja. — Versa tossiu, e a voz borbulhou em uma risada histérica. — Ele me ofereceu um acordo. O coração do planeta em troca de ajuda para sair daqui e me sustentar pelo resto da vida.

— Mas e sua rebelião? — exigiu Gamora. — E suas mães?

— Acha que eu quero morrer como elas? — Versa agarrou Gamora pelos ombros, fechando as mãos na blusa dela enquanto tentava empurrá-la e tentando firmar os pés em algum ponto do estofamento escorregadio. — Elas deram a vida por nada. Nada mudou. Nada muda pra gente. Não é assim que a galáxia funciona. Já vi todo mundo que eu amei apodrecer, passar fome, sofrer e morrer, e acha que eu quero ficar e lutar? Eu não quero salvar este planeta, só quero sumir daqui.

Gamora balançou a cabeça. Ela lembrava do que Versa tinha dito no depósito da cantina — tudo o que queria era sobreviver. Deveria ter escutado.

— Você está mentindo. Está mentindo, tem que estar. — A voz dela falhou quando falou mais alto, e tirou o cabelo do rosto. — Thanos te daria poder de fogo se tivesse te recrutado.

Versa sorriu.

— Sem interferência. É contra as regras do jogo.

Gamora xingou, depois se voltou para Nebulosa. A irmã estava sentada impassível, com as costas apoiadas na porta da cabine e o braço mecânico caído, pesado e inútil ao lado dela.

— Isso é verdade? — exigiu saber Gamora.

Os olhos negros de Nebulosa se desviaram, e Gamora soube que sim.

Ela deveria saber que Thanos jamais confiaria em Nebulosa. Ele nunca teria apostado todas as fichas na irmã apenas para provocá-la. Quando o assunto era sério, Thanos não brincava. Ele queria ganhar, e Gamora era seu trunfo. Ele nunca teria escolhido Nebulosa se tivesse outra opção. Mesmo uma mineradora com acesso aos tratores que poderiam levá-las ao centro do planeta e um desejo forte o bastante para arriscar a vida tentando escapar. Ela tinha estado tão ávida para baixar as armas e finalmente ter uma aliada — e saber que não tinha que estar sozinha no mundo por nem mais um passo — que tinha acreditado em tudo.

— Por que mentiu para mim? — demandou Gamora, e ela odiou o sopro de ar que assoviou entre suas palavras, aquela nota aflita, tão óbvia e tão pateticamente fraca. Ela não estava ferida. Ela não se permitiria estar. Nada que Nebulosa fizesse a ele poderia feri-la, porque Nebulosa não significava nada para ela. Era mais forte do que a irmã jamais seria. Gamora tinha sido tola de se deixar acreditar no pacto, de aceitar aquele aperto de mãos no deserto e de jurar lealdade uma à outra com tanta seriedade. Elas não eram aliadas contra Thanos, e nunca seriam. Nebulosa sempre estaria tentando diminuí-la aos olhos do pai. Sempre ansiaria por ser a campeã dele e, no fim, aquele desejo bruto que ele havia instalado desde a infância delas acabaria vencendo.

Nebulosa abriu a boca para responder, mas Gamora disparou:

— Não importa.

Nebulosa estendeu a mão.

— Gamora...

— Cala a boca. — Gamora pegou o estojo do console da escavadeira e o colocou no cinto, depois sacou o blaster. Sentiu um tremor na espinha, aquele mesmo movimento inexplicável nas fundações do planeta, que não entendia o porquê de acontecerem sempre que manipulava o coração. Devolveu a vibrolâmina à bota e deixou o blaster na altura da testa de Versa, desejando que pudesse atirar naquele momento, mas elas precisavam dela. — Sente-se no banco de trás, Nebulosa — disse, com a voz baixa.

Nebulosa obedeceu, subindo na parte de trás da cabine do trator sem dizer uma palavra. Gamora saiu de cima de Versa e sentou-se no banco do passageiro, com a arma ainda posicionada contra a motorista. Versa estava respirando com dificuldade. Cuspiu sangue no braço e olhou de Nebulosa para Gamora, rindo.

— Acha que vou fazer alguma coisa por você?

Gamora balançou o cano da arma em direção ao volante.

— Nos tire daqui.

— Ou o quê? — desafiou Versa. — Você não vai me matar. Precisa de mim.

Gamora disparou, e o tiro acertou Versa no joelho. Ela se dobrou de dor, uivando e levando o joelho ao peito.

— Tem coisas piores que a morte — disse Gamora. — Agora dirija.

Versa se ajustou atrás do volante, ainda gemendo de dor. Tateou abaixo do console, desprendendo a chave que Nebulosa tinha usado para manter o acelerador no lugar, e o jogou no assoalho do volante do passageiro antes de se voltar ao painel. Mexeu em alguns controles e depois pisou no acelerador, fazendo-as avançar. O rosto dela estava contorcido de dor.

— Não temos muito combustível sobrando — disse. — A gente estava torrando os motores e indo pra lugar nenhum. O que quer que eu faça a respeito?

Os olhos de Gamora vasculharam o painel, procurando pelo indicador de combustível. Era tudo o que Versa precisava. Ela puxou com força uma alavanca ao lado do banco do motorista, e a cabine se inverteu. Versa era a única preparada para a mudança súbita, e conseguiu se agarrar ao volante enquanto Gamora e Nebulosa foram jogadas no que antes era o teto. O estojo se desprendeu do cinto de Gamora e saiu batendo pelas paredes. O planeta se moveu outra vez, e o tremor foi o suficiente para desabar uma faixa do teto acima delas. Poeira vermelha choveu na cabine, feito areia em uma ampulheta.

Ainda agarrada ao volante, Versa chutou a escotilha de fuga no que agora era o chão da cabine. Gamora ouviu o rugido e sentiu a força do vento que era sugado para entre as esteiras, que a puxava para baixo. Nebulosa estava lutando para se prender com dedos que não funcionavam, mas conseguiu enganchar um pé no cinto de segurança, prendendo-se no lugar.

Gamora não conseguia achar um apoio. Caiu no teto da cabine e, lutando para ficar em pé, deslizou na areia escorregadia, indo em direção à escotilha. Acima dela, Nebulosa estendeu uma mão, em oferta.

— Gamora! — gritou, estendendo-se em direção a ela, com os dedos esticados. Arriscando o frágil apoio para salvar a irmã.

Gamora a ignorou. Dessa vez, permitiu-se cair.

O ar quente e rançoso preencheu os sentidos dela de uma só vez, como se tivesse pulado na água sem tapar o nariz. Sentiu a pontada da rocha no rosto, os arranhões das pontas cortantes do trator rasgando-a enquanto caía, e tudo aquilo ameaçava sobrepujá-la. No entanto, aquele era o tipo de momento pelo qual tinha treinado a vida toda. Ela tinha que se concentrar e *sobreviver*.

Conseguiu agarrar uma das hastes do chassi antes de acertar as esteiras, mas os joelhos ainda bateram no chão. A rocha bruta e a velocidade do trator rasgaram o tecido das calças, depois a pele abaixo dele, antes que ela pudesse se mover. Deu conta de correr alguns passos, pegando impulso, então se jogou para cima, prendendo as pernas em torno da barra, de forma que ficou de cabeça para baixo sob a cabine do trator, com as esteiras zunindo a poucos centímetros do rosto, a uma velocidade esmagadora.

O ferimento da faca de Versa tinha parado de sangrar, e quando Gamora se pendurou na barra, não tinha certeza se era a blusa encharcada de sangue se desprendendo da pele, ou se era a própria pele se abrindo por causa do esforço.

Gamora estava com o flanco dormente, e não tinha noção da própria dor. Enganchou o pé em torno da barra, ergueu o corpo e se enroscou nela, equilibrando-se da melhor forma possível sobre a barriga para tirar a pressão dos músculos. Estava sendo esfolada pelo refugo da perfuratriz, e enterrou o rosto no ombro, tentando proteger os olhos das pedras. Não tinha certeza de quanto ar tinha sobrando no respirador, ou quanto mais tinham que avançar, ou mesmo se poderia ficar o caminho todo pendurada ali antes que os braços cedessem. Talvez uma pedra errante pudesse colidir com sua cabeça ou Versa perceberia que ela estava ali e tentaria dar cabo de sua vida. Gamora estaria surda quando saíssem dali — o som do motor, dali de baixo, era impossível. Os dentes se chocavam a cada centímetro que avançavam. Era como se o cérebro dela estivesse chacoalhando dentro do crânio.

Porém, se Versa e Nebulosa pensassem que ela havia morrido, haveria uma chance melhor de surpreendê-las quando finalmente chegassem ao final do túnel.

— Ela caiu embaixo das esteiras!

Versa deu uma olhadela sobre o ombro para Nebulosa, que estava pendurada pelo pé no cinto de segurança, com o braço ainda estendido.

— O quê?

— Acabou — gritou Nebulosa, lutando para se fazer ouvir acima do rugido do motor e do ar sendo sugado para a escotilha aberta. — Acabou, ela morreu. Você venceu.

Versa a encarou por um momento, desconfiada, então puxou a alavanca para endireitar a cabine. Nebulosa foi voando para o banco da frente, batendo a cabeça na janela do lado do passageiro, deixando uma mancha de sangue da ferida aberta onde antes estava o chip. Apertou os dedos naquele ponto, e uma tontura se apossou do corpo dela quando sentiu a carne exposta e os fios arrebentados de fora a fora. Versa estava tateando para pegar o blaster que Gamora havia derrubado — e que agora estava batendo para lá e para cá sob o assento —, enquanto tentava manter os olhos no caminho e no painel.

— Não vou te machucar — disse Nebulosa.

Versa se endireitou e deu uma olhada rápida para Nebulosa.

Gritar uma com a outra pela cabine não funcionaria por muito mais tempo. Nebulosa pegou um dos fones abandonados e o colocou. Versa fez a mesma coisa com o que estava ao lado do volante. Houve um zunido, e Versa se encolheu. Nebulosa se inclinou para a frente, pressionando a boca no microfone, e viu as mãos de Versa tremendo. A corrente funerária estava se chocando contra os nós dos dedos dela.

Nebulosa se aproximou.

— Não me importo com o que aconteça — disse. — Não ligo para o jogo. Não tenho mais nada a ver com isso, agora que ela está morta. Tire-nos daqui vivas e podemos pegar a nave de Gamora até o Salão de Jogos Cósmico. Você não precisa contar para Thanos que te ajudei. Nem precisa me mencionar. Ainda pode vencer.

Os nós dos dedos de Versa ficaram brancos no volante.

— Tem certeza de que ela está morta?

Nebulosa assentiu, tentando parecer o mais traumatizada possível. O que ela tinha visto, na verdade, era sua irmã agarrar uma das barras de suspensão antes de cair sob as rodas. Gamora foi arrastada por alguns metros antes de conseguir colocar uma perna sobre a barra e sair do chão. Foi quando Nebulosa gritou para Versa, antes que ela pudesse dar uma boa olhada.

Mas não era uma mentira completa. Até onde Nebulosa sabia, àquela altura Gamora já podia estar morta; poderia ter se soltado, ou o pé dela poderia ter sido agarrado pela esteira, puxando-a para baixo e esmagando-a. Porém, ela achava que não. De alguma forma, tinha certeza de que, caso a irmã tivesse morrido, ela teria sentido, como se fosse uma ruptura sísmica só dela, da mesma forma que sentira o planeta se mover sob os pés toda vez que manuseavam o coração.

— Certo. — Versa se inclinou em direção ao para-brisa, virando dois botões do painel que ajustaram o ângulo da perfuratriz, depois pegou o estojo contendo o coração de onde tinha caído e o prendeu à cintura. — Coloque os cintos e fique quieta.

Nebulosa levou a mão ao arreio cruzando o peito, mas Versa disparou:

— Ei! O que está fazendo? — A mão dela voou para o câmbio antes que lembrasse que a faca não estava mais lá, agora perdida no túnel ou deslizando abaixo dos bancos desde a luta.

Nebulosa ergueu a mão.

— Estou tirando meu braço inútil.

— Ah. — Versa fechou os olhos por um momento, inspirando lenta e profundamente. — Certo. Faça isso.

Você é péssima com prisioneiros, pensou Nebulosa, mas manteve a boca fechada. Soltou a fivela do ombro, deixando que o braço caísse, morto, no banco. Ele só a deixaria mais lenta, mas a falta do peso a deixou sem equilíbrio. Olhou para a frente, para Versa, que a observava pelos espelhos retrovisores, depois levou o punho aos dentes e soltou a tela holográfica presa ao pulso, deixando-a cair em seu colo.

— O que foi agora? — exigiu Versa.

— Estou tirando minha blusa — disse Nebulosa, a voz calma na mesma medida que a de Versa estava nervosa. — Estou sangrando.

Os olhos de Versa voltaram rápido para a perfuratriz.

— Certo.

Nebulosa tirou a blusa de baixo e a amassou no colo, em torno da tela holográfica. Com cuidado, para manter os movimentos discretos, mexeu nos menus até encontrar o que a conectava ao dispositivo de rastreamento que tinha plantado na bota de Gamora quando a encontrou pela primeira vez na *Calamidade*. Ainda estava ativo. Ou Gamora não o havia encontrado, ou não se importou de desligá-lo ao perceber que era de Nebulosa.

Ouviram um rugido súbito, mais alto que o motor da escavadeira. O chão tremeu abaixo delas, e Versa segurou a porta da cabine. Um bloco de rocha em frente a elas pareceu evaporar, tornando-se poeira.

— O que foi isso? — perguntou Versa.

— Não sei — disse Nebulosa, e apertou o botão na tela que enviaria o sinal de seu dispositivo de rastreamento para todo o planeta.

20U922 I13 26 C615T 24AL15 Y126R 23AD

Capítulo 24

Quando o trator finalmente chegou ao túnel transversal do outro lado do núcleo do planeta, Gamora já estava zonza pela falta de ar. O suprimento de oxigênio estava baixo, e a própria respiração condensava e pingava de volta, quente e úmida. O respirador estava molhado, tanto por expirar quanto pelo suor que escorria do rosto dela, e cheirava como algo podre. Ela estava agarrada à barra oscilante, mas o esforço de ficar se segurando suspensa acima das esteiras imensas das rodas da escavadeira, depois de ter sido apunhalada, estava exigindo mais do que gostaria. Ansiava por ar respirável, pela chance de esticar os músculos, de ter os dois pés no chão e de se livrar do túnel claustrofóbico. Olhou para cima, para o maquinário interno da escavadeira, e mapeou uma constelação de barras e parafusos. Quase riu, delirante. Nebulosa estava certa sobre as estrelas.

O som da perfuratriz desapareceu de repente, e o tambor se recolheu ao longo do braço. Os ouvidos de Gamora zumbiam, e ela ainda conseguia ouvir o eco das ponteiras do tambor raspando a pedra. O motor rugiu quando a marcha foi trocada, depois o trator começou a ressoar em um ritmo mais acelerado. A velocidade e o terreno abaixo da esteira mudaram, e o chacoalhar se transformou em uma vibração. Gamora ainda sentia algo errado no planeta, uma minúscula alteração no ângulo da linha do horizonte, agora que o coração estava com elas. Porém, estavam quase fora do túnel. Tinham que estar.

Quão mais longe tinham que ir? E o combustível estava mesmo acabando, ou aquilo tinha sido só um truque de Versa para a distrair? Elas finalmente chegaram ao túnel pré-escavado, mas ainda estavam a centenas de quilômetros abaixo da superfície do planeta. Se as reservas de combustível acabassem, estariam perdidas.

No fim, não foi a falta de combustível que as fez parar. Foram as luzes no túnel, vindo na direção delas. Depois de tanto tempo na escuridão, o brilho era violento, mesmo antes de as luzes estarem próximas o bastante para ver de onde ele vinha. Gamora sentiu o trator desacelerar até parar. Fechou os olhos com força, dando a eles um momento para recalibrar a luz do outro lado das pálpebras antes de abri-los devagar. Soltou-se da barra e caiu no chão, aterrissando agachada, mas imediatamente rolou para o lado, usando as esteiras imóveis como esconderijo. Estava com a cabeça girando. Mudou o respirador de produção para ventilação e tentou respirar o mais profundamente possível naquele ar tóxico. Pelo menos, havia ar.

Acima do zumbido nos ouvidos, ouviu vozes ecoando pelo túnel, gritando para que saíssem da cabine e deixassem as armas. O trator foi ativado novamente — Gamora se jogou de onde estava, recostada na esteira, e agarrou-se à barra de suspensão outra vez, com os músculos gritando COMO VOCÊ OUSA?

Ficou imaginando se Versa seria do tipo que passaria por cima dos guardas — por experiência própria, aquele tipo de crueldade absurda geralmente aparecia depois de anos vivendo de matança. No entanto, o motor roncou, depois engasgou, e uma nuvem de fumaça preta envolveu a parte de baixo do trator. Houve um último giro final, então o veículo morreu, com o tanque de combustível vazio.

Gamora saiu de debaixo do trator, com as mãos levantadas. As luzes montadas na frente das naves que as haviam encontrado brilharam no rosto dela, e ela se encolheu. Era difícil de ver quem tinha vindo atrás delas, ou ouvir claramente o que estavam dizendo, mas manteve as mãos para cima. Bolhas enormes tinham se formado nas mãos dela por ter ficado agarrada ao chassi do trator, e estouraram, deixando as palmas terrivelmente ensanguentadas. Era sorte que não tivessem atirado nela ali mesmo. Olhou para baixo quando os seguranças correram até ela, tentando forçar os olhos a se ajustar à nova luz o mais rápido possível. Uma faixa de tecido preto enroscou-se nos pés dela quando um dos guardas se aproximou. Gamora, então, percebeu que não era a segurança da mineração do planeta, como ela esperava. Eram os Cavaleiros Negros.

Um dos Cavaleiros a forçou a se deitar de bruços na areia para pressionar uma arma contra a nuca dela. Ela poderia ter pegado no cano, derrubado o Cavaleiro de costas e acabado com metade do grupo antes que qualquer um deles alcançasse o coldre das armas. Mas ela estava tão cansada. O calor havia extraído suas forças, e o nariz estava entupido de areia e ar tóxico. O corpo inteiro parecia estar vibrando, os ossos repetiam o ritmo fantasma da escavadeira. Esquecer que foi apunhalada no peito era um sinal de que a jornada ao centro do planeta a tinha deixado acabada. O ferimento parou de sangrar, mas com as mãos presas atrás da cabeça e o rosto enfiado na areia, pôde senti-lo ameaçando a se abrir outra vez.

Ouviu, alguns segundos depois, o som de botas atingindo o chão, e mais Cavaleiros passaram por ela, saindo de vista. Gamora fechou os olhos e tentou respirar fundo. O interior do respirador estava úmido e malcheiroso. Alguma coisa acertou o chão ao lado dela, e quando se virou, Nebulosa estava estirada na areia. Tinha abandonado o braço inútil, e parecia estar gostando da pequena demonstração de colocar apenas uma mão para cima quando isso lhe foi ordenado.

Gamora olhou para a irmã. Ela tinha tirado a blusa, e estava usando apenas um top manchado. O torso dela estava todo sujo, e o sangue que havia escorrido da nuca, de onde Versa havia arrancara o chip, estava secando em lascas, em torno da clavícula.

Nebulosa sorriu, sem forças.

— Você está um horror.

Gamora olhou para o chão à frente.

— Não enche.

— Ela não, ela não! — Uma sombra bloqueou o feixe de luz sob o qual estavam deitadas. Alguém correu em direção aos Cavaleiros que seguravam Gamora, afugentando-os. Gamora levantou a cabeça. Em meio à confusão de corpos, uma pequena mulher usando os trajes vermelhos de uma cardeal avançou em direção a elas. Os olhos dela estavam pintados com os traços sagrados. — Solte-a! Eu mandei soltar! — Gamora sentiu a pressão sobre o corpo se aliviar, e a cardeal lhe deu as mãos, ajudando-a a se levantar. — Minha querida irmã. A Igreja da Verdade Universal está honrada em recebê-la.

Gamora franziu o cenho. Aquela missão perigosa do nada tinha se transformado em uma festa.

— Quê?

— Não atirem nela! — A mulher levantou uma mão, e Gamora olhou em volta, vendo que um dos Cavaleiros Negros estava apertando Versa contra a esteira do trator. — É proibido!

— Proibido? — repetiu Gamora. Não se importaria de assistir à Versa tomar um tiro, mas se aquilo fosse uma possibilidade, preferiria ela mesmo atirar. — Proibido por quem?

— O jogo, irmã, o jogo! — A cardeal bateu palmas, com a mão de Gamora entre elas. — Você é a campeã da Matriarca da Igreja da Verdade Universal. Recebemos seu chamado de urgência e viemos imediatamente. Venham, ajudem-na! — Ela fez sinal para uma série de missionários da Igreja, todos eles entoando hinos, com rostos pintados ocultos pelos capuzes, e usando véus de filtragem, de modo que cercaram Gamora como uma multidão sem rostos. De repente, ela percebeu o que estava acontecendo. De alguma forma a Igreja da Verdade Universal as havia encontrado; ela não sabia que havia enviado um chamado de emergência, mas também não sabia que isso era tudo um jogo cósmico do seu pai até recentemente, então não tinha sido a maior surpresa do dia. E eles tinham vindo buscar sua campeã.

— Vocês não deveriam interferir... — começou Gamora, mas a cardeal a interrompeu com uma borrifada de água benta no rosto dela. Cheirava a ervas queimadas, e Gamora se encolheu, surpresa.

— Isto não é interferência — insistiu a mulher, ainda que Gamora achasse que a maioria da galáxia discordaria com veemência. — Dedicamos nossa vida à proteção da Matriarca, e você é a campeã dela. Seria contra todos os nossos votos te abandonar em um momento de urgência. Agora venha, temos que sair daqui e cuidar de você.

— Irmã — um dos acólitos chamou a cardeal. — O que faremos com as outras duas?

— Seguiremos a orientação de nossa campeã — respondeu a cardeal, curvando-se para Gamora.

Gamora olhou de Nebulosa para Versa, ambas agora ajoelhadas no chão, com Cavaleiros Negros parados em volta delas, com bastões eletrizados nos pescoços das duas.

— Ela vem conosco — disse Gamora, apontando para Nebulosa.

— E a outra? — perguntou a cardeal, entusiasmada, enquanto um par de Cavaleiros faziam Nebulosa se levantar.

Versa levantou a cabeça, devolvendo o olhar pétreo de Gamora. Sangue havia borbulhado e secado em torno das bordas do respirador dela, e um de seus olhos estava fechado devido a um inchaço. A corrente funerária das mães brilhava entre os dedos, no mesmo ponto em que os acólitos seguravam os ossos de oração. Versa prestava adoração a um altar diferente, uma memória diferente e uma esperança diferente, mas o magnetismo era o mesmo.

— Deixe-a em Dunaberta — disse Gamora. — Para as minas.

Os olhos de Versa se arregalaram.

— O quê? — começou a se levantar, mas um Cavaleiro Negro atrás dela enfiou uma bota nas costas dela, prendendo-a na areia.

— A Companhia de Mineração vai lidar com ela — disse Gamora. Poderiam executá-la, ou prendê-la, mas o pior destino seria devolvê-la às trincheiras. Que ficasse trabalhando com Barranco e Luna e as outras que traiu, com a pele se acinzentando e descolando dos ossos. Que Dunaberta a reivindicasse. Ela merecia o lar que havia traído.

— Não! — Versa contorceu-se na areia, tentando se libertar. A um aceno da cardeal, o Cavaleiro a golpeou com o bastão eletrizado, disparando rajadas de energia azul que percorreram a pele dela. Ao lado, Gamora viu Nebulosa desviar os olhos.

Versa caiu, lutando para ficar consciente, enquanto sussurrou:

— Gamora... qualquer outra coisa, por favor... qualquer lugar, menos aqui.

No entanto, Gamora deu de ombros, levando a mão ao cinto de Versa e arrancando o estojo dali. O coração do planeta voltou às suas mãos.

— É assim que o jogo funciona.

Quando o transporte da cardeal atracou na nave-templo, Nebulosa foi arrastada para fora primeiro, imobilizada entre dois membros armados dos Cavaleiros Negros, enquanto Gamora foi escoltada pela cardeal, que havia se apresentado como Irmã Piedosa, e por um pequeno séquito de acólitos. Enquanto Nebulosa era levada para a direção oposta, Gamora olhou por sobre o ombro, deixando um alfinete no mapa daquela nave que já estava desenhando na mente, caso precisasse encontrá-la. No entanto, Gamora estava tão furiosa que a ideia de deixar Nebulosa ali e partir sozinha para o Salão de Jogos Cósmico parecia tentadora.

A cardeal e os acólitos levaram-na a uma sala onde, apesar de ter insistido que só precisava de uma nave e de combustível para levar o coração do planeta ao satélite do Grão-mestre, lhe foi oferecido um banho. O gralho que havia se enterrado profundamente nas unhas, cabelo e entre os dedos foi removido por água limpa e morna, que era derramada sobre ela pelos acólitos de Irmã Piedosa; a experiência era ligeiramente menos prazerosa devido aos cânticos constantes e perturbadores.

Uma médica desinfectou e enfaixou o ombro dela e as canelas raladas, depois passou uma pomada especial para amenizar os efeitos da exposição ao gralho. Aquilo queimou tanto que Gamora ficou com medo de morder a língua enquanto era aplicado. Os acólitos secaram e perfumaram o cabelo dela com um pó ósseo vermelho, que tingiu as pontas descoloridas, deixando-as cor de sangue, então o cobriu, junto ao rosto dela, com um véu de renda preta. Também a vestiram de preto — um vestido corpete com mangas longas e gola alta, com contas e pérolas bordadas ao longo dele como se fosse uma praia cheia de pedras. A única coisa que permitiram que mantivesse era o estojo contendo o coração. Ninguém tentou pegá-lo enquanto pintavam as unhas dela de um tom tão negro quanto o vestido e traçavam linhas grossas de vermelho e preto no rosto dela, seguindo os ossos da face, de forma que o semblante de Gamora ficou semelhante a uma caveira contornada. Salpicaram as pálpebras dela de preto, deixando os olhos parecerem órbitas vazias, então se afastaram, curvados, fazendo o sinal da Matriarca.

Gamora não resistiu a nada. As poucas horas de calmaria e cuidado, sendo tocada suavemente por estranhos, era um bálsamo depois dos dias que havia passado em Dunaberta, sempre a postos para lutar. No entanto, quando perguntou o porquê de terem escolhido uma transformação surpresa em vez de dar a ela os suprimentos que precisava para chegar à Matriarca e ganhar o jogo, Irmã Piedosa apenas respondeu.

— É para a sua gloriosa entrega do coração do planeta à Matriarca.

Quando finalmente foi escoltada para fora da câmara pelo bando de acólitos, que cantavam "Nossa Eterna Senhora Gloriosa" e perfumavam o ar com turíbulos oscilantes, Gamora não foi levada de volta para o hangar. Em vez disso, Irmã Piedosa abriu as portas de uma catedral imensa, cujos tetos negros abobadados eram preenchidos por murais enormes que exibiam Adam Warlock no Entremeio, com Caos e Ordem o flanqueando junto da Matriarca, reproduzida em detalhes vívidos acima do altar, com as mãos abertas e olhos que fitavam os adoradores reunidos. A capela estava cheia de acólitos usando trajes vermelhos, em pé e com o capuz cobrindo o rosto, formando filas perfeitas. Quando Gamora entrou, todos se ajoelharam, com o farfalhar dos tecidos sendo seguido pela batida dos joelhos na pedra, e começaram a cantar.

— *Ave, Salvadora da Eterna Matriarca, Nossa Gloriosa Campeã.*

Gamora sentiu o ressoar baixo das palavras penetrando os ossos dela mais profundamente que a trepidação do trator, e voltou-se para Irmã Piedosa, que estava mergulhando a mão na vasilha de água benta ao lado das portas da capela.

— O que é isso?

Irmã Piedosa colocou um dedo nos lábios, como se estivesse lembrando Gamora de prestar reverência na presença de sua Senhora, mas Gamora não tinha qualquer conexão com a Matriarca além do planeta que havia obtido para ela, ainda em suas mãos.

— O que é isso? — exigiu, elevando a voz. — Não estou aqui para ser adorada.

— Você está aqui como uma representante de nossa Senhora — sussurrou Irmã Piedosa. Os acólitos estavam andando em formação pelo corredor, com fumaça cinza e vermelha que deixavam um rastro saindo dos turíbulos, queimando os pulmões de Gamora muito mais do que o gralho já havia queimado.

— Não tenho tempo para isso.

— Você tem tempo — disse Irmã Piedosa, com uma mão se fechando em torno do pulso de Gamora com uma força surpreendente — para o que quer que digamos que você tem tempo. — Ela sorriu, e a tinta vermelha rachou-se em torno dos olhos dela. — Você é a campeã de nossa Senhora.

Gamora resistiu à necessidade de dar um soco na cara da mulher e sair correndo. Seria satisfatório, mas contraproducente. Eles tinham pegado as roupas, os coldres, as botas com as vibrolâminas, tudo com a promessa de que os objetos voltariam à nave que lhe estavam preparando. Ela amaldiçoou a si mesma por permitir que levassem as armas dela em troca de vapores florais e uma banheira de água quente.

Irmã Piedosa abriu uma mão, incitando-a a avançar. Relutantemente, Gamora seguiu os acólitos pelo corredor, sem ter certeza de para onde olhar. Em torno dela, os adoradores de trajes vermelhos continuavam cantando. O vestido de Gamora e o excessivo detalhamento em contas e pérolas pesava nos ombros; era o tipo de coisa que seria presa em uma pessoa antes de ser arremessada no oceano. Quando chegaram ao final do corredor, ela estava ofegante. Andar vestida daquele jeito tinha sido, de longe, o melhor exercício que já havia feito, especialmente em botas de salto agulha.

Perto do altar havia cinco cadeiras. Três estavam ocupadas por cardeais que usavam as mesmas túnicas e pinturas faciais que Irmã Piedosa. Quando Gamora as alcançou, todas beijaram a mão dela, com os lábios tocando os anéis de pedra negra que os acólitos haviam usado para ornamentar seus dedos.

Elas sussurraram os próprios nomes ao beijá-la — Irmãs Caridade, Prudência e Obediência —, e Gamora não tinha palavras para descrever o quão incrivelmente esquisito era aquele culto, por mais estiloso que fosse.

Irmã Piedosa ocupou o quarto trono, mas quando Gamora foi em direção ao quinto, desesperada para aliviar o peso daquele vestido impossível sobre o corpo, Irmã Obediência levantou uma mão.

— Este assento está reservado para nossa Senhora.

— Ela não está aqui — disse Gamora. Havia um *Pelo amor do próprio Magus, me deixa sentar* que não foi dito, mas ficou implícito.

— A cadeira é apenas para ela — disse Irmã Caridade, com um trinado agudo na voz que era dissonante naquele lugar semelhante a uma tumba.

Gamora pensou em se sentar onde estava, como uma criança petulante, ou então ocupar o trono de qualquer jeito — sendo a pessoa mais bem-vestida da sala, ela não mereceria um trono? Uma acólita levantou-se do banco da frente e avançou até um livro enorme disposto no altar. O rosto dela estava pintado com faixas verticais adicionais, para distingui-la dos outros, e a voz dela soou pela vastidão do salão.

— Ave, salvadora de nossa Senhora e de nossas almas — leu a acólita.

— Ave — entoou de volta a congregação, e a palavra soou como um vento na madrugada agitando uma janela com dobradiças.

Gamora virou-se para a multidão, e o pavor no peito foi se transformando em medo.

— Ave, coração sagrado do planeta Dunaberta — continuou a acólita.

— Ave — sussurrou a congregação.

— Ave, aquela que carrega o coração para nossa Senhora e, assim, outorga a ela a vida eterna — leu a mulher.

Gamora girou para encarar as quatro Irmãs nos tronos.

— O que isso significa? — exigiu saber. — Não vou dar vida eterna a ninguém. Principalmente à Matriarca.

— Sua vitória assegura o poder dela sobre o Canal. — Quando Gamora olhou para ela, Irmã Piedosa continuou: — O Canal, através do qual é concedida a vida eterna.

— Que droga é esse canal?

— O Canal tomará o poder bruto da gralhimiquita que mineramos, e o usará para restaurar nossa Senhora — explicou Irmã Piedosa. — Com sua força, ela viverá para sempre.

— Ave, todo-poderosa Gralhimiquita, que há de restaurar nossa Senhora — entoou a acólita.

— Achei que mineravam gralho para abastecer suas naves-templo — disse Gamora. Era o que Nebulosa lhe dissera, e só aquilo já parecia um conflito de interesses muito sério. No entanto, todo o gralho que haviam minerado, todos os mineradores que haviam explorado e oprimido e deixado para morrer nas minas, tudo tinha sido feito para sua profetisa.

Irmã Piedosa piscou.

— Nossas naves são abastecidas pela fé de nossos fiéis. Não usamos o gralho. Nós o guardamos até o dia de hoje, esse dia glorioso, no qual a Matriarca receberá o Canal, e o poder dele poderá restaurá-la.

— Esse dia glorioso — responderam em coro os acólitos. — Esse dia glorioso.

— Vocês mataram este planeta para manter sua profeta herege viva? — Gamora arrancou o véu do rosto, sentindo repulsa pelas pontas cor de sangue do cabelo. — E eu achava que esse jogo não poderia ficar ainda mais doentio.

Irmã Obediência começou a se levantar, mas Irmã Piedosa colocou uma mão no braço dela, segurando-a no trono.

— A Matriarca deve viver — respondeu ela. — Se Dunaberta for o preço, que seja.

— Mataríamos cem mil planetas — interveio Irmã Caridade — se isso fosse necessário para levar seu evangelho por toda a galáxia.

— Se você matarem cem mil planetas, não terão para quem pregar sua religião falsa — respondeu Gamora, com gentileza. As cardeais olharam para ela como se tivesse acabado de se agachar e urinar no altar da Matriarca. — Vocês tiraram uma população inteira de seu lar, escravizaram a todos e depois lucraram com a falsa esperança que vendiam em nome de uma profeta que sabiam que só continuaria viva se explorassem o povo.

— Não exigimos a fé deles — disse Irmã Prudência, mas Gamora prosseguiu.

— Não, só tornam a vida deles tão vazia que não há nenhuma outra fonte de esperança, até que vocês apareçam e ofereçam uma imitação barata disso — disse ela. — Vocês os deixam tão desolados que não têm escolha a não ser seguir sua Matriarca. E assim que eles dão sua fé, sentem-se no direito de exigir suas vidas para minerar o gralho que a manterá viva. Isso é nojento. É horrível. — Voltou-se para a congregação e, dessa vez, gritou. Os cânticos tornaram-se sussurros de confusão. — Vocês todos sofreram lavagem cerebral, e sua Matriarca é uma cobra. E esse coração — levantou o estojo contendo o coração do planeta — nunca será usado a favor dela. Posso ser a campeã dela, mas não sirvo sua Senhora ou essa Igreja, e não devo a ela lealdade nenhuma.

A capela ficou num silêncio quase absoluto. O único som foi o de Irmã Piedosa dando um tapa na mão de Irmã Prudência quando ela a apertou pelo braço, em choque. O olhar de Irmã Piedosa estava fixo em Gamora quando se levantou e apontou um dedo branco para ela.

— Você não é a campeã de nossa Senhora — sibilou ela, e sob o arco da catedral os olhos dela pareciam completamente negros. — Você não é digna do patronato dela.

— Finalmente concordamos — disse Gamora, mas Irmã Piedosa já havia sido tomada pela teatralidade.

— Ela não é a salvadora de nossa Senhora — exclamou Irmã Piedosa, voltando-se para a congregação, que irrompeu em sussurros assíncronos de *não é a salvadora, não é a salvadora, não é a salvadora*. As palavras se enterraram na pele de Gamora, e ela pensou em pegar uma faca antes de lembrar que, mesmo que estivesse na bainha, ainda havia quarenta quilos de um vestido ridículo no caminho. Irmã Piedosa avançou e arrancou o véu da cabeça de Gamora; ele havia sido preso com um pente grosso, e Gamora jurou sentir que um tufo de cabelo tinha saído junto. — Você não é digna de usar o manto dela! — gritou Irmã Piedosa, e apanhou a mão de Gamora, pegando um dos anéis e fazendo a pedra dele sair voando. Ela quicou pelo chão num tinido delicado. — Você não merece as preciosidades dela!

Irmã Piedosa tentou agarrá-la de novo, mas Gamora caiu, com as botas de salto alto escorregando na escadaria do altar. Sentiu mãos pressionando as costas dela, os dedos gélidos da congregação se fechando para arrancar do corpo dela tudo o que a Matriarca lhe dera, enquanto entoavam "não é a salvadora, não é a salvadora". Gamora abraçou o coração de Dunaberta, sentindo como se estivesse sendo arrastada por uma corrente muito forte.

Foi então que Irmã Piedosa gritou, e a voz dela cortou o ar como o machado de um executor:

— Se você não dará a vida à nossa Senhora, não é digna de continuar com a sua!

18F Y126 15EA5E

Capítulo 25

Os Cavaleiros Negros responsáveis por deter Nebulosa na nave-templo passaram algum tempo discutindo qual seria a melhor forma de prender alguém que só tinha um braço. Após uma pequena conferência, várias configurações de algemas comparadas e uma reavaliação, finalmente decidiram acorrentar o braço de Nebulosa a um dos Cavaleiros do grupo.

O que foi o primeiro erro deles. Estar acorrentado a alguém colocava esse alguém na exata proximidade necessária para imobilizá-lo e usá-lo como escudo em caso de agressão.

No entanto, o plano não era tão simples. Depois que o guarda dela foi incapacitado, Nebulosa ainda estava acorrentada ao corpo de um deles, e por mais que tenha procurado nos trajes dele, não encontrou chave alguma. Ela não tinha tempo de revirar os bolsos de todos os Cavaleiros desacordados. Alguns deles acordariam logo, e ela tinha feito tanto barulho que era provável que mais deles estivessem a caminho. Por um momento, pensou em simplesmente cortar fora o braço do Cavaleiro ao qual estava presa, até perceber que, por causa da corrente, ela não tinha uma mão livre para brandir uma faca.

Permitiu-se um palavrão horrível que estava entalado na garganta, de tanta frustração, depois começou a trabalhar.

Tirou a túnica preta de um dos Cavaleiros Negros inconscientes e a colocou em torno dos ombros, puxando o capuz para ocultar o rosto. Ergueu o Cavaleiro ao qual estava acorrentada, deixando-o em pé, e colocou o braço dele sobre o ombro dela, dobrando o próprio braço contra o corpo. Com um braço faltando e o outro inutilizado, seguiu caminho, rezando para que parecessem apenas dois soldados cujo único crime seria andar desconfortavelmente próximos um do outro.

Lembrava-se bem o bastante da planta da nave, de quando a havia percorrido com Irmã Piedosa, de forma que saiu da área prisional e chegou à sala do gerador que abastecia a nave. Nebulosa soltou o corpo do Cavaleiro no chão da entrada e pressionou a mão dele no painel de identificação. Houve um bipe, e as portas se abriram.

Nebulosa não se importou em segurar o corpo do Cavaleiro nos ombros outra vez. Em vez disso, o pegou pelo pulso para aliviar um pouco da pressão no ponto onde as algemas a machucaram, e arrastou-o atrás dela. As portas sibilaram atrás deles com um sopro pneumático.

Os geradores tinham vários andares de altura, e os painéis de vidro na parte inferior de cada um mostravam o interior amarelo, derretido, borbulhando e ondulando lentamente. Nebulosa estava começando a suar devido ao peso do Cavaleiro e o peso absurdo do traje — a coisa mais admirável da Igreja da Verdade Universal parecia ser a dedicação deles a tecidos pesados e nada práticos. Quando encontrou um armário cheio de ferramentas, estava ofegando. Suor pingava nos olhos dela e ela não conseguia tirá-lo dali. Vasculhou no armário por algum tipo de alicate que daria conta das algemas. A mão do Cavaleiro balançava molenga ao lado da dela, e quase deu um tapa no próprio rosto com ela mais de uma vez.

— Precisa de uma mãozinha?

Nebulosa girou, erguendo o corpo do Cavaleiro para usar de escudo.

Demorou um momento para reconhecer a mulher parada diante dela, com as mãos enfiadas nos bolsos do macacão. Era Lovelace, a mecânica que a havia equipado com um braço explosivo quando fora trazida ali. Nebulosa deixou o corpo do Cavaleiro cair, pesadamente, enquanto fixava em Lovelace o melhor olhar severo que tinha.

O olhar de Lovelace passou pela manga vazia do traje de Nebulosa.

— O trocadilho foi completamente intencional.

— Você tentou me explodir — disse Nebulosa, abrupta. Parecia algo mais urgente de se falar em vez de comentar a piadinha óbvia.

Lovelace ergueu um ombro.

— Sinto muito por isso.

— Sentir muito não muda nada.

— Não tive escolha.

Nebulosa riu.

— Essa frase não funciona mais comigo.

— Você roubou o coração de Dunaberta.

— Eu ajudei.

— Então você desestabilizou o planeta.

Nebulosa tateou atrás de si, no armário, tentando encontrar alguma coisa afiada ou pesada o mais discretamente possível.

— Disso eu não sei nada.

— A gralhimiquita foi corrompida — disse Lovelace. — Sem o coração, um planeta é um corpo sem alma. Um planeta morto.

Os dedos de Nebulosa roçaram uma barra pesada, mas ela congelou.

— O que isso significa? — disse, tentando muito soar como se estivesse realmente interessada em ouvir a resposta.

Lovelace não acreditou. Cruzou os braços, com um sorriso tão estreito quanto as sombras.

— Acha que pode interferir em mundos sem haver consequências?

— Consequências não são um problema meu — respondeu Nebulosa, tentando preencher a voz com uma certeza e frieza que se equiparasse ao que estava dizendo. E arruinou completamente aquela tentativa, ao perguntar: — Então as minas são inúteis?

— E você achou que estava agindo apenas por interesse próprio.

— O que vai acontecer com os mineradores?

Lovelace deu de ombros.

— Acho que vamos descobrir — respondeu ela. Nebulosa abriu a boca, pronta para falar antes que tivesse algo para dizer, mas Lovelace levantou uma mão. — Não, não. Eu sei.

— Sabe o quê? — perguntou Nebulosa.

— Você não teve escolha.

Nebulosa engoliu seco. O que poderia dizer? Me desculpe? Seria possível dizer palavras mais vazias que aquelas?

Me desculpe por destruir o seu lar.

Aprendera há muito tempo que sempre era mais fácil jogar uma granada e se afastar sem olhar para trás, do que parar para ver a explosão, o sangue e as ruínas que deixava pelo caminho. Nebulosa tinha conseguido chegar até ali devastando as entranhas da galáxia, e nenhuma vez olhou para trás para ver os restos fumegantes. Era o único jeito que conseguia continuar avançando. Ela sempre tinha um trabalho a fazer — e os resultados dele ficavam com outra pessoa. Era assim que o universo funcionava.

No entanto, ela cometeu um erro. Ela olhou para trás. Esperou por tempo demais e aquilo a engolia. Aquele sentimento estúpido que um dia a mataria, junto do alívio que sempre o acompanhava, envolvendo-a como se fosse neve macia.

Ela congelaria até a morte antes de se importar com qualquer pessoa que não fosse si mesma. Agora era ela e Gamora. Não poderia olhar para trás, mesmo se tivesse se envolvido no assassinato de um planeta.

Nebulosa indicou, com o queixo, os geradores que se enfileiravam nas paredes atrás delas.

— Que bom que vocês pelo menos conseguiram juntar bastante gralho.

— O quê? — Lovelace olhou por sobre o ombro, então de volta para Nebulosa, franzindo o cenho. — Aquilo não é gralho.

Nebulosa encarou Lovelace, se questionando se um dos golpes que levou de Versa tinha afrouxado o cérebro dela.

— Claro que é — disse, devagar, como se estivesse explicando algo a uma criança. — É por isso que a Igreja tem uma concessão nas minas. É assim que abastecem essas naves. Você quem me explicou.

— Eu disse que o gralho poderia abastecer — respondeu Lovelace. — Nunca disse que era o que usavam. A Igreja reserva os estoques de gralho para a Matriarca.

— O que ela quer com isso? — perguntou Nebulosa.

— É assim que vão manter ela viva pra sempre — disse Lovelace. — Com gralho e o que quer que você consiga com o Grão-mestre em troca do coração do planeta.

— Você sabe de muita coisa.

Lovelace deu de ombros.

— É incrível o tipo de coisas que essas cardeais falam quando não tem ninguém além dos servos para ouvir. — Tirou um chaveiro do bolso e o estendeu para Nebulosa. — Você está tão perto.

— Perto de quê?

— Acabar com tudo — respondeu Lovelace. — Só te falta uma coisa.

Nebulosa não se moveu.

— Não estou tentando salvar seu mundo, ou transformá-lo, ou o que quer que seja. Só quero sair daqui viva.

— De acordo com o que eu ouvi dizer, as filhas de Thanos raramente deixam os mundos que visitam do mesmo jeito que estavam quando chegaram. Suas impressões digitais estão na galáxia inteira. — Lovelace deu mais um passo para a frente, com o chaveiro ainda levantado. — O gralho que restou em Dunaberta agora não tem mais energia, e quase tudo o que foi guardado para a Matriarca está aqui, nesta nave. Você pode derrubá-la.

Os olhos de Nebulosa estreitaram-se, encarando Lovelace. No brilho dourado dos geradores, os cachos vermelhos dela pareciam-se com chamas, famintas e apocalípticas.

Nebulosa pegou o chaveiro, usando-o para escanear a algema conectada ao pulso dela e ao do Cavaleiro Negro. Nada aconteceu.

— Não é pra isso que serve — disse Lovelace, e olhou por sobre o ombro de Nebulosa, que se virou. Logo além do armário do depósito havia um painel de controle dos geradores. Nebulosa olhou para ele, depois para Lovelace, que encarou o chão com as mãos nos bolsos. Ela era profissional em se fazer passar por inofensiva e submissa. Quantos seres tinham uma chave para desligar os geradores e fazer uma nave-templo despencar pela atmosfera, depois de passar anos e anos coletando e armazenando uma fonte de energia, pronta para ser perdida?

— Então se não é o gralho — perguntou Nebulosa para Lovelace —, o que abastece essas naves?

Lovelace deu um sorriso enorme.

— Fé, querida. Fé basta.

Nebulosa bufou.

— Não zombe de mim.

— Não estou zombando. A Igreja converte a fé dos seguidores em energia para as naves. Por que acha que os missionários vão às estações mais desoladas em um planeta de mineração? Vão aonde há seres dispostos a confiar sem temer.

Confiar sem temer. Nebulosa queria arrancar os próprios olhos, de tão frustrada. Confiança era a coisa mais difícil de se obter na galáxia, a mais preciosa e mais frágil. Quantas vezes, nos últimos dias em Dunaberta, ela tinha desperdiçado a própria confiança? Quantas vezes, na vida dela, sua confiança tinha sido usada contra ela? Ela seria capaz de aprender a parar de confiar, ou continuaria se permitindo ser ferida por uma arma que dava livremente aos inimigos?

Nebulosa foi tomada de raiva ao pensar nas estações, nos mineradores, na capela cheia de devotos apodrecidos, desesperados, naqueles que pensaram ter encontrado o único lugar seguro em que poderiam estar, em um mundo que se afiara para feri-los, sem nunca saberem que a Igreja estava se aquecendo na fogueira das tragédias deles aquele tempo todo.

Nebulosa apertou o chaveiro na mão.

— Ainda estou algemada.

— Não posso te ajudar com isso. Tenho certeza de que você vai dar um jeitinho. — Lovelace tocou dois dedos na testa, e começou a se afastar, ainda olhando para Nebulosa. — A propósito — disse —, não deixe seu fardo tocar no chão.

Quando ela desapareceu, Nebulosa voltou-se ao armário.

— O que quer que isso signifique.

18M C1214I13G 4IT19 Y126

Capítulo 26

Os acólitos teriam despedaçado Gamora em segundos, se não fosse pelo vestido enorme no caminho.

Contas, pérolas e lantejoulas pretas escorreram pelos dedos deles e espalharam-se pelo chão, como se Gamora estivesse saindo da água após um mergulho. Tiras de tecido pretas balançavam conforme o vestido era rasgado, flutuando feito tentáculos sem nada que os prendesse no lugar. Os acólitos estavam se fechando em torno dela — muitos deles, muito perto, prendendo-a no lugar e puxando o cabelo dela, a saia, a pele. A tinta vermelha do rosto e das mãos deles mancharam o tecido preto, e quando Gamora olhou para si mesma, viu o que parecia um massacre.

Um alarme soou acima do cântico dos acólitos. Uma sirene se acendeu duas vezes. Gamora olhou em volta, tentando entender de onde o som estava vindo. Todas as luzes da capela se apagaram.

Era mais que as luzes. A própria nave parecia ter se desligado. O murmurar distante dos motores cessou, e um silêncio cavernoso caiu sobre eles, fazendo com que o som das pérolas que ainda caíam do vestido de Gamora soassem mais como uma metralhadora disparando. Até os ventiladores que bombeavam oxigênio desligaram-se e ficaram em silêncio.

Então a nave começou a cair. Não era a deriva de uma estação cuja energia havia sido cortada, ou mesmo a queda controlada de uma perda de energia temporária antes dos geradores de reserva se ligarem. Era como um mergulho, como se tivessem sido largados de uma altura enorme. A gravidade artificial de Dunaberta, que costumava manter as estações no lugar, havia pegado a nave e, sem o poder dos geradores para contrabalancear a queda, a nave-templo estava acelerando em direção à superfície do planeta.

A gravidade artificial da nave acabou assim que a fonte de energia se esgotou, qualquer que fosse ela. Gamora sentiu os pés saindo do chão e, por reflexo, agarrou-se a um dos tronos, que estavam presos ao chão, enquanto a outra mão apertava o estojo contra o peito, como se segurasse o próprio coração.

Os pés dela elevaram-se acima da cabeça, e foi acometida pelo vazio inquietante que sempre sentia em gravidade zero, como se as vísceras estivessem sendo drenadas do corpo. Fechou os olhos por um momento, como foi ensinada, centrando-se no próprio corpo e na própria presença. Ao abri-los, estava cercada pelas contas brilhantes que haviam sido arrancadas do vestido flutuando em volta dela, mais escuras que a escuridão. Era como se estivesse outra vez no centro de Dunaberta, vendo o coração do planeta cintilar no ar em torno de si, então o sugando como se fosse um predador lambendo a carne dos ossos de uma presa.

Por toda a capela os acólitos estavam se debatendo no ar, tentando alcançar alguma coisa para se estabilizar, exclamando orações e agarrando-se uns nos outros, incapazes de ver na escuridão ou saber onde estavam. Gamora viu quando uma acólita se chocou contra o retrato luminoso da Matriarca, depois começou a rasgá-lo com as unhas enquanto lutava para se prender a alguma coisa.

Gamora ainda estava se segurando no trono, e deu um salto calculado até um dos bancos. O movimento foi bizarramente lento pela falta de gravidade, e ela tentou evitar a ansiedade automática que surgia, observando a lentidão com a qual sua mão se movia pelo espaço. Esticou-se até o próximo banco, deixando-se levar adiante como se estivesse se movendo na água, depois foi ao banco seguinte. A maior esperança era a de chegar ao hangar, pegar uma nave e sumir dali.

Encontre Nebulosa, algo disse no fundo da mente dela, mas a nave estava caindo rápido demais. O oxigênio acabaria logo, e Gamora não tinha certeza de quanto tempo teria para percorrer o caminho todo até o hangar, em gravidade zero, antes da colisão.

Foi então que as portas da capela se abriram numa explosão que arrancou até mesmo partes das paredes ao lado delas. Uma impiedosa luz de faróis varreu o salão, iluminando os acólitos enlouquecidos vagando no ar, e o pânico deles era uma coisa viva e faminta. Um pequeno transporte colidiu com a capela, destruindo os bancos das fileiras de trás. A vasilha de água benta enxaguou o nariz da nave, deixando uma mancha vermelha no para-brisa antes de o veículo parar, flutuando acima do chão da capela, com os motores fazendo hora extra.

A escotilha se abriu, e Gamora percebeu que era Nebulosa nos controles. Os olhos dela vasculharam a capela até ver Gamora entre os acólitos, e ela levantou uma mão, como se tivessem se visto por acaso em um bar apinhado de gente. Gamora lutou contra a necessidade de revirar os olhos.

Nebulosa teve que rebater os acólitos que iam em direção à nave; eles moviam-se feito um enxame, da mesma forma que tinham feito com Gamora, tentando escavar com as mãos a entrada no transporte. Nebulosa portava um bastão eletrizado do mesmo tipo que os Cavaleiros Negros usavam, e expulsou os invasores do casco com estocadas, fazendo-os sair voando. No entanto, eles eram muitos.

— Venha logo! — gritou para Gamora.

— Estou tentando! — respondeu Gamora, ainda que não tivesse certeza de que a irmã a ouvira. Gamora estava se movendo aos poucos em direção à nave, mas o progresso foi impedido quando alguém a agarrou pelos cabelos, puxando a cabeça dela para trás, e ela se virou. Irmã Piedosa estava apertando com tanta força que os nós dos dedos estavam brancos.

— Você não é a campeã! — gritou, tentando pegar o estojo. Gamora girou para se livrar da mulher, chutando Irmã Piedosa no rosto com uma das botas de cano alto que lhe haviam dado, mas a cardeal continuou agarrando-a, torcendo os dedos no cabelo de Gamora. — Me entregue… o coração…

Gamora sentiu alguma coisa acertar as costas dela, mas antes que pudesse registrar o que era, Nebulosa atirou com as armas principais da nave, derrubando a parede posterior da capela e abrindo-a para o vácuo negro do espaço. Irmã Piedosa foi puxada violentamente, soltando Gamora, gritando enquanto ela e os demais acólitos eram sugados da sala, e demorou um momento para Gamora perceber que não estava escorregando para a escuridão com todos eles. Nebulosa, ainda presa ao banco do piloto, tinha disparado uma corda de rapel e a prendeu na parte de trás do vestido corpete da irmã.

Enquanto o espaço a puxava em uma direção, Nebulosa fazia o movimento contrário e, de alguma forma, foi mais forte. A irmã de Gamora a arrastou para a cabine e fechou a escotilha com força. A gravidade voltou com uma pancada, e Gamora desabou de costas, contorcendo o corpo com a mudança de peso.

Nebulosa virou uma série de botões no painel enquanto Gamora se arrastou até o banco do passageiro, atrapalhando-se com o cinto de segurança. Nebulosa olhou de relance para a irmã.

— Você está bonitinha.

Antes de Gamora poder responder, Nebulosa pisou no acelerador, enviando-as de súbito para o buraco que ela havia feito com os canhões de blasters. Dispararam pela lateral da nave, e

Gamora olhou para trás apenas por um instante, observando a nave-templo mergulhar em direção a Dunaberta.

— Você tem as coordenadas da entrega? — perguntou Nebulosa, e Gamora recitou a série de números que havia recebido com a mensagem inicial que explicava a missão. Nebulosa os digitou no computador de navegação, que piscou uma luz azul, travando no destino. Gamora virou-se para a frente, arrastando a saia do vestido consigo. Era tão grande que ela se espalhava pela cabine estreita, ocupando o espaço entre os bancos como se fosse uma nuvem translúcida. Os pés de Gamora bateram em alguma coisa sob o banco, e ela tateou por baixo das saias, encontrando as botas roubadas da Força Estelar.

Antes que pudesse perguntar, Nebulosa falou.

— Elas já estavam aqui quando roubei a nave. — Uma mentira descarada que parecia mais importante que a verdade.

Gamora olhou para as botas, depois para a irmã.

— Que sorte — disse.

— Que sorte — repetiu Nebulosa.

Gamora usou os pés para remover os saltos e calçou de volta as botas de combate familiares, apreciando o interior almofadado, amaciado e moldado pela forma dos pés. Sentiu o peso das vibrolâminas nas biqueiras. Finalmente poderia ficar em pé, frente a frente com o Grão-mestre, a Matriarca, o pai e quaisquer outros maníacos egoístas que tinham se envolvido naquilo.

Ficaram em silêncio por um longo tempo, com as estrelas fluindo pela cabine feito lascas de luz. Sombras violetas tingiram o rosto delas quando passaram sob uma nuvem interestelar, tão rechonchuda e delicada que parecia comestível. O centro era de um roxo tão profundo que parecia mais escuro que o próprio espaço.

Uma nebulosa, percebeu Gamora, e quase riu, ainda que não soubesse bem o porquê.

— O que vamos fazer? — disse Nebulosa, de repente, como se soubesse que a irmã estava pensando nela. Olhava adiante, com a pele azul sarapintada pela refração das estrelas através do para-brisa, como se ela mesma fosse uma galáxia.

— Achei que você havia digitado o destino.

— Me refiro a quando chegarmos lá.

Gamora esfregou uma mancha de tinta vermelha na manga do vestido.

— Encontraremos o Grão-mestre.

— E vamos dar o coração do planeta a ele?

— Não vamos dar nada a ele — disse Gamora, com firmeza. — Nem a ele, nem à Matriarca, nem a Thanos. Não daremos o coração. Ou nosso auxílio. Ou nosso tempo; nem um segundo a mais gasto uma contra a outra.

Nebulosa olhou para Gamora.

— Vamos enfrentar isso juntas?

Apesar de tudo? O final não dito daquela pergunta pairou entre elas. Apesar de Nebulosa ter mentido. Apesar de Gamora ter pensado em várias maneiras de se vingar poucas horas antes. Apesar de que, nas sombras de um planeta morto, ficar juntas soava mais como dar as costas a um inimigo.

Porém, Gamora assentiu, breve.

— Vamos enfrentar isso juntas — disse. — Não importa o que aconteça.

Quando Gamora imaginou a entrada triunfante e audaciosa no Salão de Jogos Cósmico, ela não tinha em mente um vestido com uma cauda de dois metros — e Nebulosa teria dois braços. Atravessar as barreiras de segurança com o nariz amassado do cruzador e despachar os guardas com os bastões eletrizados roubados — esse era o plano desde o começo. Vagar pela estação labiríntica, com corredores cheios das obras de arte mais bizarras que já tinha visto, ter que voltar e tentar um caminho diferente ao mesmo tempo que soltava lantejoulas a cada passo, enquanto Nebulosa pisava vez ou outra na cauda do vestido dela? Não, não era o plano.

Debateu em voz alta se seria contraproducente perguntar a um dos servos sem rosto, que às vezes passavam por elas andando de quatro, aonde ir — qual era o jeito correto de agir quando a pessoa se perde depois de entrar à força em algum lugar? E outra, dava para chamar de "entrar à força" se tecnicamente tinham recebido as coordenadas e não haviam forçado ou quebrado nada, exceto uma cancela de estacionamento e a clavícula de um guarda?

Entraram no Salão de Jogos propriamente dito sem perceber. Foi só quando Gamora notou o Grão-mestre parado em uma plataforma elevada, cercado por tela holográficas e de costas para ela, que se tocou de onde estava.

Gamora pegou no braço de Nebulosa, puxando-a para a base das escadas que levavam à plataforma. Parecia que o Grão-mestre ainda não as percebera, e Gamora não queria esperar que ele o fizesse. Elas podiam ter perdido a entrada triunfal, mas ainda dava tempo de um pronunciamento de chegada triunfal.

— Ei! — gritou Gamora, desejando ter pensado em algo melhor para começar, e que ele tivesse um primeiro nome que ela pudesse usar de forma condescendente. Não havia maneira alguma de transformar o título *Grão-mestre* em algo desdenhoso.

Como ele não se virou, ela jogou o estojo no chão, depois bateu o bastão eletrizado no piso. As luzes que iluminavam o andar cintilaram quando abastecidas com energia. Ao lado de Gamora, Nebulosa estava parada segurando uma das vibrolâminas da irmã — e de alguma forma, o modo casual de empunhá-la parecia mais ameaçador do que uma postura de combate.

— Contemple suas campeãs — disse Gamora, e a grandiosidade da frase só foi abalada pelo que Nebulosa acrescentou:

— Babaca.

Gamora resistiu ao desejo de dar uma cotovelada na irmã, e em vez disso continuou:

— Não estamos aqui pela Matriarca, ou pelo nosso pai, e certamente não estamos aqui por você. Estamos aqui como nossas próprias campeãs. Estamos aqui como representantes dos mundos que você não pode controlar. Não vamos jogar seus jogos. Não seremos peões em seu tabuleiro. Nós trazemos o coração de Dunaberta em nosso próprio nome, e exigimos a recompensa de campeã que nos é garantida pela entrega.

O Grão-mestre se virou vagarosamente e as observou; a capa dele caía num arco elegante do ombro até o chão. Gamora tinha certeza de que ele pagara alguém só para deixá-la daquele jeito. O cabelo grisalho, que estava penteado em forma de cachos ondulados, cada um saindo de um lado da cabeça, não se moveu. Ele encarou as duas por um momento, então apontou deliberadamente a um dispositivo que estava usando no ouvido, e moveu a boca sem emitir som:

— Estou no telefone.

26 C1213T22ND22R

Capítulo 27

O plano que já era frágil dissolveu-se ali mesmo.

Elas foram desarmadas rapidamente pelos guardas do Grão-mestre, que estavam escondidos em torno da sala e não foram impedidos nem por um braço faltante, nem por um vestido ridículo. Gamora foi posta contra a parede e mantida no lugar com o próprio bastão eletrizado, cruzando o peito. Do outro lado da plataforma, Nebulosa também estava presa contra a parede, com sangue escorrendo do queixo devido a um golpe na boca que levou ao tentar revidar, apesar de estarem em desvantagem numérica absoluta.

O Grão-mestre, teatralmente, desceu as escadas devagar e pegou o estojo contendo o coração do planeta, que estava onde tinha sido deixado. Jogou-o preguiçosamente de uma mão para a outra enquanto andou de Nebulosa até Gamora, olhando para elas de cima a baixo, inclinando a cabeça como se as criticasse. Parou diante da última, tocando o próprio queixo azul pontudo com um dedo enluvado.

— Que vestido mara — disse de repente, erguendo e abaixando o dedo, desenhando a silhueta de Gamora em aprovação. — Que ótimo que teve um tempinho para fazer compras enquanto estava matando planetas.

Gamora resistiu à tentação de dar uma cabeçada nele.

Não demorou até que outra tropa de guardas aparecesse, dessa vez com Thanos se destacando deles pela altura. A Senhora Morte, com uma mão branca sobre o braço dele e a outra descansado em uma cadeira de rodas na qual uma mulher estava curvada, parecia apenas um bruxuleio. A cabeça da mulher pendia sobre peito, como se ela não pudesse sustentá-la no lugar; apesar de usar um véu, não era o bastante para cobrir os poucos tufos de cabelo desgrenhado que se prendiam à cabeça calva. Tinha a pele enrugada como se fosse papel amassado e desamassado várias vezes, e a coluna dela se curvava em meia-lua. Usava um vestido vermelho bem volumoso e redundantemente ornamentado, e ainda que a duras penas tivesse sido ajustado para que os tubos que corriam pela pele da mulher parecessem parte dos adornos, os tanques presos à cadeira traíam o verdadeiro propósito.

O corpo da Matriarca estava desmoronando como o planeta que havia ajudado a destruir para se manter viva.

A cadeira parou ao lado de Thanos e, juntos, olharam para as irmãs.

Quando a Matriarca falou, os lábios não se moveram, e Gamora percebeu que havia um respirador no pescoço dela, que distorcia as cordas vocais. As palavras saíam de um conjunto de alto-falantes intuitivos montados dos dois lados da cadeira.

— Minha campeã. — Levantou uma mão cheia de veias para Gamora; a pele era quase translúcida. — Minha conquistadora. Eu venci.

— Você trapaceou. — Thanos apontou para Gamora. — Acha que não reconheço os trajes de seu culto? Suas Irmãs não conseguiram manter as mãos delas fora disso. — Voltou-se para o Grão-mestre. — Houve interferência. O jogo foi comprometido.

— Você não pode provar interferência — argumentou a Matriarca. — Minha campeã trouxe o coração.

— Sua campeã é *minha* filha — disparou Thanos.

— Onde está o seu lixo das minas, Thanos? — disse a Matriarca, e de alguma forma o zunido eletrônico da voz dela conseguiu sair provocativo. — Por que ela não está aqui?

— Porque minha filha é a maior guerreira da galáxia — devolveu Thanos. — Ambos sabemos que uma mineradora de Dunaberta nunca teria chance contra Gamora.

— Parem de falar de mim como se eu não estivesse aqui! — exclamou Gamora, e sentiu o guarda apertar o bastão eletrizado contra o peito dela com mais força.

Thanos se virou para ela.

— Filha...

— Como ousa — ela sibilou, e saliva voou dos lábios com as palavras. — Como *ousa* permitir que eu seja usada dessa forma? Eu não sou um peão, e não sou seu fantoche.

— Você é minha soldada — disse Thanos.

— Eu sou seu bobo da corte — retrucou Gamora.

O pai balançou a cabeça, e Gamora queria fechar os olhos e esquecer a visão da dor que apareceu no rosto dele.

— Eu te ensinei tudo o que sei.

— Você não me ensinou nada além de raiva, inveja e crueldade, e disfarçou tudo isso dizendo que se tratava de força e sobrevivência — respondeu Gamora. — Você me ensinou que a única forma de vencer era ser a primeira a sacar a arma, e nunca me ensinou que eu tinha a escolha de simplesmente abaixá-la. Você não vai mais nos colocar uma contra a outra. — Olhou para Nebulosa. — Estamos cansadas. Nós duas. Não estamos aqui como suas campeãs. Você não vai mais nos transformar em inimigas.

Thanos a encarou. Ela esperava que ele ficasse chocado, talvez até envergonhado, mas em vez disso ele pareceu decepcionado, como quando ela errava um salto no campo de treinamento ou era nocauteada no ringue. A certeza que ela tinha no discurso, ensaiado na cabeça por todo o percurso até o Salão de Jogos

Cósmico — tudo o que ela achou que gostaria de dizer a ele —, de repente se partiu, como a casca de um ovo, expondo um frágil filhote de confiança à uma luz implacável. Ela sempre acreditou no pai sem questionar, e a decepção dele despertou nela algum medo primordial de que, se ele não concordava com o que ela dizia, era sinal de que *ela* estava errada. Se ele não estava envergonhado, então era *ela* quem deveria estar.

— Uau, pra mim isso está superdivertido. — O Grão-mestre lançou a capa sobre o ombro e o caimento, mais uma vez, ficou perfeito. Talvez a bainha tivesse pesos, ou o chão estivesse magnetizado. — Brigas de família sempre são maravilhosas pra quem não está envolvido nelas.

— Então declare um vencedor — disse a Matriarca. — Quem recebe o Canal?

— O que é o Canal? — exigiu saber Nebulosa.

— Quer explicar? — O Grão-mestre olhou para Thanos, e acrescentou, desdenhoso: — *Papai?*

Gamora viu uma veia pulsar na testa de Thanos, mas ele falou, sem olhar para Nebulosa:

— Há um item em posse do Grão-mestre...

— Conte a elas como foi! — interrompeu o Grão-mestre, batendo as mãos. Então, aparentemente incapaz de esperar, complementou a resposta de Thanos. — Eu o venci. Em um jogo. Meio parecido com esse. Teve mais sangue envolvido, mas ainda temos tempo pra dar um jeito nisso. E tubarões... você sabe o que é um tubarão? Também ganhei um montão deles.

— Um item — continuou Thanos, como se o Grão-mestre não tivesse falado nada — que tanto a Matriarca quanto eu viemos pedir a ele.

— Que item? — quis saber Gamora. — Que tipo de coisa vale um planeta inteiro?

— É uma resposta — respondeu Thanos, e os olhos dele por um instante se desviaram para a Senhora Morte. — É algo que me deixa um passo mais próximo da ordem que trarei à galáxia.

— E meu corpo não é mais o que já foi um dia — disse a Matriarca, e Gamora lutou consigo mesma para não responder *Ah, vá*. — Toda a gralhimiquita de Dunaberta não adianta de nada sem uma forma de canalizar esse poder na forma mais pura possível. O Canal vai me manter viva. Sem ele, eu morro.

— Então eu organizei uma competiçãozinha — interrompeu o Grão-mestre, alisando os cabelos para trás. — Esses dois escolheram campeãs para enviar a Dunaberta e coletar o coração para mim.

— Por quê? — perguntou Nebulosa. — Por que precisa do coração de um planeta?

O Grão-mestre encolheu os ombros.

— Porque eu queria? Porque é divertido? Porque se você pudesse fazer alguém jogar as filhas dele em situações de vida ou morte para recuperar um item de colecionador totalmente inútil, só pra poder se exibir para o seu irmão e dizer que você tem, e ele não, você não faria? Então ela — apontou para a Matriarca — escolheu você — disse, apontando para Gamora. — E você... — olhou para Nebulosa. — Na real, eu não sei exatamente quem é você.

— Ela é minha irmã — disse Gamora, com rispidez.

— Ah, reunião de família! — O Grão-mestre bateu palmas, delirante. — Que fofo! Mas você tá totalmente por fora desse negócio. — Ele levantou uma mão, e os dois guardas forçaram Nebulosa a se ajoelhar. Um deles sacou a vibrolâmina que havia pegado dela (a mesma que Gamora deixara em Praxius) e a segurou contra o pescoço de Nebulosa. Ela resistiu, mas o guarda a chutou na barriga, fazendo-a se curvar, arfando. Thanos nem se moveu. A Senhora Morte inspirou profundamente, um suspiro como se tivesse acabado de acordar de um bom cochilo.

— Não toquem nela! — gritou Gamora, forçando o corpo contra o bastão eletrizado. O guarda chutou os pés de Gamora, fazendo-a cair, mas ela girou, batendo o calcanhar no chão e liberando a segunda vibrolâmina. Pegou-a e a enfiou na coxa do guarda, que caiu. Gamora retomou o bastão eletrizado, fazendo-o girar sobre a cabeça em um arco que derrubou os outros dois guardas que a flanqueavam, depois apontou para o que estava com a lâmina no pescoço da irmã. — Solte. Ela. Agora.

O Grão-mestre olhou de uma para outra.

— Tem algum tipo de parceria-barra-juramento-de-lealdade aqui que eu perdi? Vocês formam um belo par desorganizado de criaturas emocionalmente despedaçadas, isso eu admito.

Gamora virou-se para Thanos, com o bastão eletrizado ainda levantado.

— Você nos colocou uma contra a outra nossa vida inteira, porque sabia que, no momento em que lutássemos juntas, seríamos poderosas demais para se controlar. Você não era capaz de lidar com essa força, então nos manteve ignorantes em relação a ela.

— Você não sabe o que está dizendo — afirmou Thanos.

— Eu sei exatamente o que estou dizendo. Pela primeira vez na minha vida estou lutando do lado certo. O meu. Nós duas estamos. Faça o que quiser conosco, mas não vamos mais lutar uma contra a outra. Nem como suas campeãs, nem como suas guerreiras e nem como suas filhas. Não somos as inimigas que você queria que nos tornássemos.

Thanos deu um passo adiante.

— Gamora, isso é tolice.

— Fale com ela. — Gamora indicou Nebulosa com a cabeça. — Pare de fingir que ela não está aqui. Ela também é sua. É o dobro da guerreira que você jamais vai ser, porque sobreviveu a tudo o que fez com ela.

Thanos olhou para Nebulosa. Ela devolveu o olhar com o queixo abaixado e o maxilar cerrado. O sangue tinha escorrido pelo queixo dela e secado em faixas, e a pele em torno das orelhas estava tingida de vermelho com a poeira de Dunaberta que ainda não havia sido lavada. Depois ele voltou a dirigir-se à Gamora.

— Você quer que eu me desculpe por ter ensinado você? Por tê-la treinado? — perguntou ele. — Por torná-la o que você é? Quer que eu ignore o fato de que você é mais forte, inteligente e talentosa...

— Não! — exclamou Gamora, e bateu o bastão eletrizado no chão. Uma das telas holográficas piscou e chiou. — Não sou melhor que ela! Só você acha isso!

— Gamora, irmã. — A Matriarca estendeu as mãos. A pele dela era fina feito papel, e os tubos sob ela bombeavam sangue e vitaminas. O corpo dela parecia uma paisagem topográfica da luta contra a Senhora Morte. — Minha campeã. Guerreira magnífica. Rainha. Vencedora. Você venceu para mim.

— Ela não venceu — disparou Thanos. — Ela trapaceou. A interferência de Nebulosa e o envolvimento das suas cardeais invalidam a competição.

— Ela não venceu devido à interferência — disse a Matriarca, ainda estendendo as mãos para Gamora. — E, sim, apesar dela.

— Isso nunca esteve nas regras — disse Thanos.

A Matriarca agitou os dedos.

— Venha, irmã. Você o conquistou para mim.

— Gamora — disse Thanos, com o nome soando como um alerta.

— Eu não conquistei nada. *Nós* — olhou para Nebulosa — não conquistamos nada.

— Tá bom, tá bom — interrompeu o Grão-mestre. — Mas vocês têm que entregá-lo a *mim*, pelo menos. Deixa esses merdinhas pra lá — balançou um dedão, indicando Thanos e a

Matriarca —, mas você ainda pode me dar o coração. Pronto, dez pontos, vocês conseguiram, mataram um planeta por uma aposta idiota.

O olhar furioso de Gamora foi do Grão-mestre para Thanos.

— Nós fizemos o quê?

O Grão-mestre ergueu uma delineadíssima sobrancelha.

— Sabe, você é melhor em se passar por forte do que em fingir que é burra. Você tinha que saber. — Ele olhou para Nebulosa. — *Você* sabia, né? Entre vocês duas deve ter pelo menos dois neurônios pra esfregar e chegar nessa conclusão.

Gamora olhou para Nebulosa, que desviou o olhar.

— Você sabia? E não me contou?

— Nunca surgiu a oportunidade — disse Nebulosa, baixinho.

Silêncio. Quebrado apenas por um sussurro teatral do Grão-mestre:

— Eita.

Gamora tombou para trás, e toda vontade de lutar desapareceu. *Assassina de planetas*. Mais um epíteto para os muitos que poderiam seguir o nome dela, um mais cruel que o outro por serem verdadeiros. Elas tinham assassinado um planeta para quê? Mostrar que poderiam? Por uma aposta? Sabia, nos ossos dela, que um planeta não poderia sobreviver se tivesse seu coração arrancado. Assim como ela. Assim como Nebulosa. Ela sabia e tinha feito aquilo mesmo assim. Por ela? Por Nebulosa? Para se livrarem do pai? Como poderiam ser mais valiosas que um mundo inteiro?

Não eram apenas as minas, as máquinas, as usinas que envenenavam o ar e abriam o solo que tinham sido destruídas — era o pequeno jardim em um cânion no deserto, o potencial renascimento. A promessa de que coisas preciosas ainda podiam crescer em lugares desolados.

Gamora não conseguia olhar para a irmã. Desde quando ela sabia?

— Tente internalizar isso — disse o Grão-mestre. — Todos nós fizemos coisas das quais não temos orgulho. E a vida dificilmente é preciosa; pelo contrário. Coisas preciosas são raras, e a vida é qualquer coisa, menos rara: está em todo lugar. Você sempre pode jogar a culpa nesses tiranos e em suas jornadas insaciáveis pelo poder.

— Não é poder o que eu quero — disse a Matriarca, com o alto-falante emitindo um assovio agudo. — O que eu quero é apenas vida. Sem este canal, eu morrerei. Quem vai guiar meus seguidores depois disso? Quem dará esperança a eles?

— É isso o que você acha que faz por eles? — perguntou Nebulosa. As palavras dela saíram com esforço, devido à cabeça inclinada e a vibrolâmina no pescoço. — Se você dá esperança a eles, é só para poder lucrar com ela. O que abastece suas naves? A fé dos seus seguidores não é o bastante para te manter viva?

A Senhora Morte fechou os olhos e colocou a mão na cabeça da Matriarca. Talvez esta tenha sentido o toque, ou o esforço de se manter calma a cansara, porque virou a cadeira para encarar Nebulosa, depois ergueu a mão e arrancou o véu que usava, revelando olhos negros e lábios rachados, escuros e manchados de sangue seco.

— Sua criança vil e despudorada! — grunhiu, e a voz piedosa de velha foi desaparecendo, substituída por um rosnado que Gamora já tinha ouvido antes na voz do pai. Era o tipo de voz que poderia reunir uma igreja de milhões por toda a galáxia, encurralando a todos e forçando-os a devorar uns aos outros vivos antes que dissessem que aquilo era um ato de sua deusa. — Como ousa? Como ousa interferir em assuntos que não lhe dizem respeito e dos quais não entende? Eu dou vida aos meus seguidores! É demais pedir que me devolvam essa vida a mim? Eu mereço o Canal e o poder da gralhimiquita que passamos tanto tempo colhendo. Não vou morrer! A Igreja não pode morrer! O Magus vive em todos nós... seu espírito vive em mim!

Ela ofegava com o esforço do discurso, curvando-se para o lado na cadeira. A Senhora Morte tentou tocá-la outra vez, mas a Matriarca se encolheu, e disse para Thanos, arfando:

— Tire essa vadia de perto de mim!

Thanos assumiu uma postura absolutamente ereta, e os olhos dele brilharam de fúria. A Senhora Morte recostou o rosto no braço dele, num sinal de mágoa que não se encaixava com a expressão serena.

— Como ousa? — rugiu ele.

— Certo, as coisas estão ficando meio agitadas aqui. — O Grão-mestre havia retornado ao topo da plataforma, assistindo à discussão com o estojo em uma mão enquanto passava um dedo pelas bordas do objeto, ficando um bom tempo tocando o fecho. — Gamora, querida, abaixe o negócio pontudo. Aí podemos atacar uns aos outros verbalmente, como adultos civilizados. Vossa Exaltada Repugnância, por favor, controle sua campeã.

— Ainda venci — disse a Matriarca, tentando levantar-se da cadeira. Os tubos correndo sob a pele esticaram-se das bolsas de sangue. — Ela trouxe o coração. Ela era *minha* campeã! — Desistiu e afundou outra vez na cadeira, estendendo uma mão retorcida para Thanos. — A dele provavelmente está morta! — provocou.

— O desafio não se tratava de quem voltasse viva! — grunhiu Thanos.

— Psiu. — O Grão-mestre agitou os braços no ar, pedindo silêncio, então puxou as mangas para trás. — Sendo o único ser com alguma autoridade real aqui, vou proferir uma sentença oficial. Ninguém venceu.

— Mas e quanto a... — começou a Matriarca, mas o Grão-mestre ergueu um dedo para silenciá-la.

— Deixe-me terminar. Nenhum de vocês venceu, porque a sua campeã — apontou para Thanos — não está aqui, e a sua — agora para a Matriarca — só está porque você quebrou as regras e deixou seu culto se envolver. Não discuta! — Abanou uma mão para negar os protestos da Matriarca. — Acha que eu não reconheço a alfaiataria-barra-simbologia-religiosa gritante nesse vestido dela? É maravilhoso, aliás, e com certeza vou encomendar um. Mas não me importo se elas estavam ou não agindo sob suas ordens: você trapaceou. Ninguém venceu. — Colocou uma mão sobre o coração, pressionando-o como se dizer aquilo fosse muito doloroso. — Então o que vamos fazer é o seguinte. — Tamborilou os dedos no peito, olhando pela sala como se procurasse inspiração na decoração. — Essas duas — disse ele, apontando para Nebulosa e Gamora — são suas, não são, Thanos?

Thanos assentiu.

— Certo, certo, isso está ficando interessante de novo. Dá pra trabalhar com isso. — O Grão-mestre fez um gesto com o queixo, e algo atingiu Gamora na parte de trás das pernas. Uma descarga elétrica as deixou dormentes, e ela caiu, derrubando o bastão. Dois guardas arrastaram-na para longe de Nebulosa, que havia recebido o mesmo golpe e estava inerte nos braços de outros servos do Grão-mestre. — Eis o que faremos. Duas garotas. — O Grão-mestre abriu as mãos — Um duelo até a morte.

— O quê? — cuspiu Gamora. Estava com cabelo nos olhos, e gosto de sangue no fundo da garganta, mas ainda resistia. — Não pode fazer isso!

— Xiu, querida, os adultos estão conversando. — O Grão-mestre olhou outra vez para Thanos e a Matriarca. — Então. Duelo até a morte. Jogamos as duas numa sala e vemos quem sai viva. Quem de vocês dois adivinhar o resultado recebe o tesouro.

— De acordo — disse a Matriarca imediatamente, mas Thanos se impôs, com as narinas se expandindo de raiva.

— As duas são minhas filhas! — exclamou. — Não pode esperar que eu sacrifique ambas por você! Coloque Gamora contra um dos Cavaleiros Negros dela e veja quem sai vitorioso.

O Grão-mestre fingiu considerar aquilo por um momento, depois disse:

— Não, assim é menos divertido. Ela estava tão desesperada para entrar no jogo — acenou para Nebulosa antes de se virar para Gamora — e ela estava tão ansiosa para sabotá-lo. Quero me certificar de que isso machuque a todos igualmente. É o que é justo. — Fez um gesto com uma mão. — Levem as duas. Eu aviso quando a arena estiver pronta.

Gamora tentou prender os pés ao chão o quanto pôde, mas as pernas ainda estavam dormentes devido ao choque.

— Pai, pare com isso! Faça ele parar! — disse; e como Thanos não respondeu, ela se esticou em direção à Nebulosa. A irmã havia levantado a cabeça, tentando se livrar da tontura da pancada do bastão eletrizado e revidar. Os olhos dela brilharam de pânico quando encontraram os de Gamora.

— Nebulosa! — exclamou Gamora, tentando dar a mão à irmã, com a certeza de que, se pudesse tocá-la, se pudesse pegar a mão dela e segurar, como fez naquela noite em Dunaberta, elas não poderiam ser separadas. — Não faça isso! Nós prometemos uma à outra! Lembre-se!

— Gamora... — gritou Nebulosa para avisar, mas um dos guardas já tinha enterrado o bastão de atordoamento no flanco de Gamora, e ela desabou, com a visão piscando e chiando feito o pulso elétrico.

18 W188H 18 C126L23 14AK22 Y126R
40R15D W2613T 20U

Capítulo 28

Gamora andou pela cela, de uma parede cromada à outra, parando apenas para socar uma delas, frustrada. Quando a porta finalmente abriu, girou em direção a ela, pronta para lutar contra os guardas, mas não eram os soldados do Grão-mestre.

Era Thanos.

Ele estava sozinho. Fazia tanto tempo desde que ela vira o pai sem a Senhora Morte recostando-se no ombro ou sussurrando no ouvido dele. Gamora não havia percebido o quanto a imagem do pai passou a ser formada por ele e por um fantasma que o seguia. Sem sua Senhora, ele parecia estar ali apenas pela metade. Quando a porta fechou, ele tirou o elmo e sentou-se no chão, suspirando profundamente. Colocou uma mão no assoalho ao lado.

— Pode se sentar comigo, filha?

— Vai se ferrar. — Gamora cuspiu no chão diante dele.

Thanos levantou a cabeça. Ele parecia cansado, arruinado, de uma forma que raramente demonstrava. Os ombros dele cederam, como se a armadura que usasse fosse muito pesada para ele. Ela teve que ficar de costas para evitar que fosse tomada por piedade. *Ele te usou*, lembrou a si mesma. *Ele te usou a vida inteira.*

— Por favor — disse Thanos. — Eu imploro. Sente-se comigo por um momento. Há coisas que preciso dizer.

Gamora inclinou a cabeça para trás e riu. Sentiu-se feito um fio desencapado, soltando faíscas e se debatendo contra a terra, pronta para se agarrar em alguma coisa e queimar tudo até virar cinzas.

— Você deixou que eu destruísse um mundo. Você me enviou para um planeta envenenado para assassiná-lo. E agora ofereceu Nebulosa e eu como buchas de canhão em uma competição para ganhar algum brinquedo que você quer, e espera que eu me sente em seu colo, deixe que passe a mão na minha cabeça e que me diga que sente muito, que não tinha outra escolha? — Gamora bateu a bota na parede. Tinham dado a ela um macacão para usar em vez do vestido, mas permitiram que continuasse com as botas. A pancada fez chacoalhar o espaço vazio onde antes estavam as vibrolâminas. — Estou cansada de você sentindo muito, mas fazendo do mesmo jeito.

— Gamora — disse Thanos. — Estou apostando em você.

— E por que diz isso como se fosse algo de que eu deva me orgulhar? — exigiu ela.

— Porque é — respondeu ele. — Você é forte. É uma guerreira. Estou apostando na sua vitória.

Em que mundo distorcido você mataria a irmã antes de ela fazê-lo, e consideraria isso uma vitória? Gamora colocou a testa na parede, ainda sem olhar para ele.

— Bem, não aposte.

— Não sei que acordo você e Nebulosa fizeram, mas acha mesmo que ela vai mantê-lo quando tiver a chance de te matar?

Gamora voltou-se para o pai.

— Como assim?

— Eu conheço sua irmã — explicou Thanos. Ele arrastou uma mão pelo rosto e soltou outro suspiro. Ela nunca tinha visto o pai parecer tão velho e cansado, com cada coisa terrível que ele tinha visto e feito ao longo de séculos e sistemas estelares escrita nas rugas do rosto. — *Você* conhece sua irmã. Quem ela realmente é, não qual versão dela que tenha falsificado e pavoneado diante de você para te fazer de boba e fazer baixar a guarda.

— Ela não está me enganando — disse Gamora, tentando fazer a voz soar mais confiante do que realmente se sentia. Tudo o que Nebulosa tinha feito desde que se viram pela primeira vez em Dunaberta tinha sido enganá-la. Tudo a respeito do porquê de estar lá, de por quem estava lá e do quanto sabia tinha sido uma mentira.

— O único jeito dela te vencer é trapaceando — disse Thanos. — Quantas vezes ela já provou isso? Me machuca profundamente o fato de que você não consiga ver que foi enganada.

— Ninguém me enganou além de você. — Ela queria socar a parede até atravessá-la. Queria gritar até que não tivesse mais voz e tudo o que sua garganta pudesse oferecer seria o próprio sangue. Ela queria derrubar as portas com as próprias mãos. Ou pelo menos tentar. Ela queria sangrar para poder pelo menos sentir *outra coisa*. Uma dor da qual tivesse evidências claras, e não tivesse a ver com tatear os próprios traumas para ver se seria capaz de descobrir a fonte.

— Você acha que ela não seria capaz de te seduzir com uma sensação falsa de irmandade, e depois te dar um tiro pelas costas, sabendo que você jurou que não a atacaria? — disparou Thanos, com a voz se elevando conforme a raiva se mostrava pela primeira vez. — Não seja tola.

— Ela não faria isso — disse Gamora, mas a voz dela titubeou. Pensou em Nebulosa, em Dunaberta... Nebulosa que havia mentido sobre ser a campeã do pai, para enfraquecer a fé dela em Thanos. Para fazê-la achar que era menos que a irmã. Todo esse pacto, essa promessa de lutar lado a lado, estavam cuidadosamente dobrados em camadas de inverdades. Nebulosa teve que mentir para ela, para que parecessem iguais o bastante, porque só assim uma promessa seria válida.

— Você acha que ela não sabe que você pode vencê-la em tudo o que faz? — continuou Thanos. — Não vê o quão intensamente ela tenta? É patético.

Gamora sentiu-se quente, repentinamente, com as roupas de repente apertadas demais contra a pele.

— Quer que eu mate minha irmã?

— Eu quero que você sobreviva — disse Thanos, ferozmente, fechando a mão em um punho. — Que faça o que for preciso. Não posso controlar o que acontece na arena, mas posso lhe prometer uma coisa: se der a ela uma chance, terminará morta. Gamora, você sabe disso tão bem quanto eu.

Gamora deu as costas para ele, e sentiu os olhos ardendo. Queria tanto confiar em Nebulosa, como se estivesse esperando a vida toda para que a irmã lhe desse uma razão. Confiança e esperança, os dois bens mais raros da galáxia, e ela os havia dado a Nebulosa sem luta nenhuma. Quantas vezes, desde que se encontraram em Dunaberta, que a irmã lhe dera razões para que não merecesse confiança, e quantas vezes Gamora as ignorou? Não conseguia lembrar. O passado estava enevoado através do vidro esfumaçado das palavras do pai.

Sentiu-se tola por confiar na irmã. Tola por deixar que as palavras do pai perfurassem aquela confiança tão facilmente. Tola por não ter fé o bastante no próprio coração para ver como tudo acabaria. Foi convencida tão facilmente. Manipulada tão facilmente. Odiou a si mesma por aquilo. Thanos pode ter feito dela um peão, mas ela havia jogado o jogo, e ali estava ela, num impasse.

— Você teria sido minha campeã — disse Thanos com uma voz suave; Gamora semicerrou os olhos —, se o destino tivesse me ajudado ao dar as cartas.

— Não culpe o destino — disse Gamora, com a garganta queimando.

— Eu sabia que você venceria — continuou Thanos, como se ela não tivesse falado. — Ninguém seria páreo para você. Nem Versa Luxe, e certamente nem sua irmã. Você é minha maior força. Minha maior guerreira. Minha filha. Tenho tanto orgulho de quem se tornou.

Contra a própria vontade, Gamora se ajoelhou diante do pai. Ele estendeu a mão, e ela permitiu que Thanos lhe acariciasse o rosto. Aquilo a fez parecer pequena, aninhada naquela mão enorme. Ela sempre se sentiu pequena em relação a ele.

— Faça essa última coisa para mim, pequenina — disse ele. — Sobreviva. Faça o que for preciso. Sobreviva a isso, e nunca mais vai olhar para trás.

700 L267E 70 D1822 20U13G

Capítulo 29

Na arena acima dela, Gamora pôde ouvir a multidão gritando em torcida e também o drone com a voz do Grão-mestre, que soava ainda mais alto. É claro que ele tinha um anfiteatro e um público disponíveis em caso de necessidade. E é claro que tinha transformado aquilo em um espetáculo.

Um dos guardas a escoltou a uma pequena plataforma circular, depois lhe entregou um blaster cromado, tão polido e reluzente, que viu no cano da arma o reflexo dos olhos dela a encarando de volta. Parecia nunca ter sido usado. Imaginou Nebulosa, em algum lugar subterrâneo do outro lado daquele ringue, recebendo a mesma arma e as mesmas instruções.

— Você será elevada até a arena — disse a guarda, com uma voz monótona. — Não se vire até ouvir a sirene, ou será desqualificada. Não atire antes da sirene, ou será desqualificada. Não pise fora da plataforma antes da sirene, ou será...

— Desqualificada? — interrompeu Gamora. — Isso é um código para "alvejada"?

A guarda hesitou, e o silêncio dela serviu de resposta.

— Siga as regras — disse, por fim. — Boa sorte.

Ela pressionou um botão no painel, e Gamora olhou para baixo quando um campo de energia azul abocanhou os pés, segurando-os no lugar. O chão abaixo dela começou a se elevar enquanto logo acima o teto se dividiu, revelando um pequeno círculo de céu.

De repente ela estava na arena, e a plateia estava trovejante. Os sentidos de Gamora amorteceram. Os holofotes flutuantes caíram sobre ela, e o calor fez com que parecesse estar em Dunaberta outra vez. Ouviu, de maneira vaga, o Grão-mestre anunciar o nome dela, seguido por uma lista de superlativos que seu cérebro não foi capaz de entender.

Testou o peso do blaster na mão. Deixou-o encaixar-se na curva da palma, e o dedo passar pelo gatilho. Fechou os olhos. Concentrada na própria respiração.

Pôde ver Nebulosa no Cibele, com uma ruga na testa enquanto se debruçava sobre o braço que estava construindo. Em pé, ao lado dela, quando enfrentaram os Cavaleiros Negros. Pôde sentir os dedos de Nebulosa se fechando para segurá-la pelo tornozelo, impedindo sua queda quando Versa a empurrou do trator. Cada momento que passaram lado a lado nos últimos dias. E, seguindo esses momentos, milhares de instantes se destacaram na memória: uma vida juntas, das Tumbas Nubladas ao bar de perfume, os ringues de treinamento, as madrugadas em que escapavam de seus quartos depois do toque de recolher, a primeira vez que se encontraram, duas garotinhas, cada uma sendo a última de seu povo. Pensou em tudo o que poderia ter acontecido, naquele primeiro momento em que se viram, e tudo que escolheram ser em vez disso.

Desarmou a trava de segurança do blaster. *Sobreviva*, o pai dissera. Essa era a única coisa que ele lhe havia pedido: sobreviver. Ele nunca parou para pensar em como ela viveria.

Ouviu a contagem regressiva começar, bipezinhos metálicos que soaram feito agulhas nos tímpanos dela, cada batida um aviso.

Um aviso.

Um aviso.

Ela faria o mesmo a você.

Ela atiraria primeiro.

Se você não atirar primeiro, ela vai.

Gamora não morreria nessa arena. Ela não morreria nas mãos da irmã.

A sirene soou. O campo de força desapareceu de seus pés.

Gamora se virou.

BHE A1814S 19ER P188T12L 26T T1922 BKY

Capítulo 30

Ela atirou antes de olhar. Antes de pensar.

No momento em que o dedo pulsou no gatilho, a arena pareceu se encolher, e a multidão e o espetáculo desapareceram, deixando as duas em um mundo só delas, um mundo que se movia devagar, com anos-luz a cada suspiro, a cada batida do coração, cada coisa se demorando o quando precisasse. Tudo o que restava era tempo.

Gamora viu o tiro viajar entre elas, um rastro, como o de uma estrela cadente, que, abaixo de seu brilho, tornou a areia da arena vermelha.

Assistiu quando ele encontrou o alvo no peito de Nebulosa.

Assistiu quando Nebulosa deu um passo para trás, cambaleante, depois caiu de joelhos, deixando marcas na areia feito trincheiras em miniatura quando tombou para o lado.

Ao cair, estava de mãos vazias, espalmadas acima da cabeça.

Sequer havia sacado a arma.

Gamora gritou. O som saiu como se arrancado de algum lugar muito profundo dentro dela, algum canto escuro que nunca visitou antes. Cada partícula do seu ser estava gritando, mas o som não parecia o bastante, como se estivesse gritando embaixo d'água. Sentiu-se rasgada em duas, seu eu completo agora feito de farpas pontudas e incompletas. Tentou correr até Nebulosa, mas uma guarda a agarrou pela cintura, arrastando-a para trás.

Os pés dela saíram do chão quando se debateu, chutando e socando o ar. Não conseguia parar de gritar.

— Você venceu — uma das guardas ficava dizendo a ela. — Acabou, você venceu. — Gamora não conseguia ter voz para dizer que aquele era o problema.

— Sedem ela — ordenou outro guarda.

Gamora retorceu-se nos braços da guarda, com o cabelo batendo no rosto. Teve um último vislumbre de Nebulosa deitada no chão da arena, cuja areia estava escurecendo, absorvendo o sangue que escorria do peito da irmã. Então uma guarda aplicou uma agulha no pescoço de Gamora, e ela sentiu-se deslizando pela estrada da inconsciência, com o céu se dobrando, a terra se inclinando e o grito na garganta desaparecendo enquanto era arrastada para longe da irmã.

18 G127 26 S162F6L

Capítulo 31

A Senhora Morte sentou-se ao lado de Nebulosa, observando-a. Um olhar curioso — cabeça inclinada e olhos arregalados, como se nunca tivesse visto sangue antes e estivesse fascinada pela forma com que borbulhava dos lábios de Nebulosa, escorrendo pelo queixo enquanto tentava respirar, apenas para perceber que os pulmões estavam encharcados. Ela estava se afogando. Não, sangrando. Ela levou um tiro. Estava embaixo d'água. Deitada na areia. Estava nas profundezas de um planeta, engolida pelo coração dele. Estava sendo enterrada viva.

Ela estava morrendo.

Nebulosa encarou o céu, e as estrelas pareciam apagadas diante das luzes da arena. Além da luz dos holofotes, naves pontilhavam o ar, flutuando acima do espetáculo dela se negando a matar a irmã. Ou dela cumprindo sua promessa. Ela tinha prometido. Gamora tinha *prometido*. O quão idiota tinha sido pensar que ela havia sido tão sincera quanto Nebulosa, ou que tudo o que ela queria era uma irmã — a única coisa que Nebulosa esperava ter desde que se conheceram. Confiança era a maior mentira da galáxia, e não havia por que aprender com aquele erro. Esse erro a havia matado. Ela passou a vida inteira lutando, com blasters e facas e espadas e combustível, e quando essas coisas acabavam, ela ia com tudo para cima dos inimigos, enfiando os dedos nos olhos até que o sangue deles a encharcasse. Mas ela morreria *desse* jeito. Com a arma ainda no coldre. Em uma arena cheia de testemunhas de sua fraqueza. Lágrimas turvaram a visão, e ela sentiu a mão da Senhora Morte tocando o rosto dela, tirando-as dali. Não tinha forças para afastá-la.

Olhou para o céu e desejou poder ver as estrelas.

Uma sombra a encobriu, e Thanos ajoelhou-se entre ela e a Senhora Morte, olhando para o rosto de Nebulosa. Ele observou, sem expressão alguma, enquanto a ferida no peito da filha cuspia sangue e ela lutava para respirar através do sangue que enchia a boca. Nebulosa conseguia sentir os tecidos internos se rompendo, as veias estourando, a pele se desprendendo do corpo e encolhendo como se fosse um pedaço de fruta descascado. Era capaz de contar as batidas do coração a cada novo pulsar de sangue.

— Que vergonha — sussurrou ele.

Com toda a força que tinha, Nebulosa ergueu uma mão e esperou que ele a pegasse. *Por favor*, pensou ela. *Seja meu pai por um segundo. Nesse último segundo. Me dê sua mão e não me deixe morrer sozinha. Não me deixe morrer tendo apenas a Morte como companhia. Não importa o quanto me odeie, o quanto eu te desapontei, por favor não me deixe morrer sem ter nem ao menos as estrelas.*

Mas Thanos não pegou a mão dela. Em vez disso, perguntou:

— Você quer viver?

Tudo o que ela pôde fazer foi assentir, fraca. A vista estava escurecendo.

— O que me daria por sua vida? — perguntou ele.

Ela cerrou o punho no ar vazio. A escuridão que começava a abraçar de repente tornou-se uma luz cegante. Os olhos dela queimaram.

Com a boca cheia de sangue, conseguiu cuspir as palavras:

— Qualquer coisa.

23EA7H T1912U 8HA15T D1822

Capítulo 32

Nebulosa acordou. Só aquilo já pareceu estranho e milagroso. Ainda mais estranho era a sensação de que o que estava fazendo era menos a de acordar e mais a de estar sendo ligada, como se fosse uma nave desconectada da porta de carregamento, cuja ignição acabava de ser pressionada.

Conseguiu focar a visão ao redor como se estivesse ajustando lentes. Jurou que poderia ouvir o som de um motor dentro da própria cabeça. Estava em uma baia médica, branca e asséptica, com um droide flutuando sobre ela e cutucando o novo braço protético com uma caneta laser.

Seu braço. Levantou a cabeça da melhor forma que pôde, olhando do ombro para o braço como se fosse o cano de uma arma; viu os dedos de metal intrincado, o revestimento de cromo, os fios, o pequeno núcleo de energia azul brilhando no pulso. Sua visão piscou de repente e, dessa vez, pôde ouvir o giro e o clique distintos na cabeça.

Havia algo dentro dela.

Tentou se sentar, mas estava presa no lugar por alças grossas em torno dos punhos e tornozelos. Pôde sentir outra em torno do peito, apesar de estar coberta por um lençol branco. Debateu-se contra as cintas, chacoalhando a mesa.

— Ei… ei! — Até mesmo a voz soava estranha, mais grossa e com uma rouquidão metálica. O droide continuou cutucando o braço dela, com a caneta laser ainda zumbindo. A visão de Nebulosa se embaçou, então ficou nítida de novo, dessa vez focando de perto no número de série pintado na lateral da cabeça do droide, como se ela estivesse enxergando através de binóculos. Soltou uma exclamação engasgada de choque: — O que aconteceu com meus olhos? Ei, me escute!

O droide a ignorou. Ela se debateu, e fez tanta força que o lençol escorregou, fazendo-a ficar paralisada. Ela mal reconhecia o próprio corpo. Sua pele havia sido arrancada do torso, dando lugar a fios e consoles, com uma armadura de placas fundida aos ossos; seu coração fora substituído por câmaras de bombeamento de metal, e os pulmões se inflavam por trás de costelas soldadas. Quando desviou a cabeça, pôde sentir o puxão dos fios no pescoço, como músculos ficando rijos por falta de uso. Não conseguia ver, mas sentia que uma parte do crânio havia sido removida, e o cérebro estava exposto e cheio de fios. Quem poderia dizer se ainda era seu próprio cérebro?

Tentou se libertar outra vez, soltando um grito que era mais de pavor do que de raiva. O droide médico flutuou para trás, com uma luz vermelha piscando no console dele.

— Paciente aflito. Por favor, acalme-se — entoou, com a voz monótona de robô. — Paciente aflito. Por favor, acalme-se.

— É claro que estou aflita! — gritou Nebulosa. Ouviu monitores disparando alarmes, sentiu o novo coração se flexionando, esforçando-se demais. — O que você fez comigo?

A luz do droide mudou de vermelho para verde, e uma voz feminina começou a recitar:

— Instalação de: um braço cibernético, esquerdo. Um conjunto de garras de aço temperado, mão direita. Implante de regeneração. Um comunicador cibernético. Uma prótese visual. Um motor sináptico. Armadura de aço temperado inserida em sete pontos...

A lista continuou, mas Nebulosa não conseguia se forçar a entender o que as palavras diziam. Os ouvidos dela tiniam; a respiração pareceu estranha em seu corpo, e o próprio corpo pareceu o de um estranho.

— Ainda não ouvi um *obrigada* — disse uma voz.

Ele estava logo além do campo de visão dela, mas ela era capaz de ver a silhueta, parada no canto da baia, admirando algo que ela não podia ver.

Nebulosa fechou os olhos.

— Afaste-se de mim.

Thanos riu discretamente.

— Mas que arrogância.

— O que fez comigo? — grunhiu Nebulosa, com os dedos se fechando em punhos. Sentiu a pressão das garras de aço temperado cortando os nós dos dedos da mão direita.

— Eu te *salvei* — afirmou Thanos, simplesmente.

Alguém deu passos até o lado da cama, e Nebulosa sentiu os dedos gelados da Senhora Morte na testa.

— Você disse que faria qualquer coisa para sobreviver — disse Thanos. — E precisávamos de um corpo voluntário. Meus técnicos têm desenvolvido melhorias cibernéticas para criar o soldado perfeito por anos, mas os testes de implantação se provaram arriscados. Você foi a primeira a sobreviver.

— Sorte a minha.

— Ainda há alguns detalhes a resolver. Mas logo deve estar pronto para Gamora.

Os olhos de Nebulosa se arregalaram. A visão dela vacilou outra vez, esforçando-se para ajustar o foco.

— O quê?

— Você não acha que eu fiz isso por você, acha? — riu Thanos. — Mesmo com esse corpo você é incapaz de desafiá-la. Todas as armas da galáxia não compensam um coração fraco. Não foi minha Gamora quem nem sacou a arma na arena.

— Era essa a sua aposta? — perguntou ela, com amargura. — Que Gamora me mataria?

— Obviamente — disse Thanos, e o tom dele foi uma espécie de tiro no coração. — Tanto a Matriarca quanto eu apostamos em Gamora. Mas a minha aposta era a de que você nem mesmo atiraria. Era uma vitória simples.

A morte seria melhor, pensou ela, enquanto a Senhora Morte continuava acariciando a testa dela.

Não. Morrer era fácil. Mas sobreviver àquilo — sair daquela sala com cada centímetro do corpo transformado em uma arma, e cada grama de sua força pronto para ser canalizado em fazer a irmã pagar pelo que havia feito a ela — sobreviver àquilo era a razão. A razão pela qual ela havia passado por aquilo e saído viva e mais forte.

Sentiu sua fúria se destilar em um ponto de luz dentro do peito, um propósito para aquele corpo novo. Essa nova arma. Se ela era uma arma, seria capaz de brandi-la. Se o coração foi arrancado, seria mais forte sem o peso dele. Os pedidos constantes de que ela confie nas pessoas, de que pare, de que se segure, de que anseie por coisas que não pode controlar. De que implore por um amor de que não precisa. Era o amor que havia colocado uma arma nas mãos dela, no fim das contas.

Se o pai a transformara em uma arma, então ela lutaria.

Primeiro, ela iria destruí-lo. Depois faria Gamora pagar por tê-la matado.

E então, talvez, enfim, Nebulosa poderia pertencer a si mesma.

Thanos ficou parado, com a cabeça quase batendo no teto da sala quando ele se aproximou da linha de visão da filha.

— Vou deixá-la para terminar as melhorias.

Nebulosa voltou-se ao pai quando ele estava saindo pela porta, e cuspiu:

— Valeu a pena? Todo o dano que você causou? Todos os seres que feriu, os planetas que matou e *tudo* o que nos fez passar? Essa *aposta* valeu a pena?

Thanos parou na porta, então se virou e levantou a mão. Nela havia uma manopla de ouro enferrujada, e quando ele flexionou os músculos seis engastes brilharam nos nós dos dedos, vazios, esperando por alguma coisa.

— Valeu — disse ele, fechando a mão da manopla em um punho. — Tudo valeu a pena.

SOBRE A AUTORA

MACKENZIE LEE é bacharel em História e mestre em Escrita para Crianças e Jovens Adultos pelo Simmons College. É autora best-seller do *New York Times* pelos romances de fantasia histórica *Loki: onde mora a trapaça*, *O guia do cavalheiro para o vício e a virtude* — que venceu um Stonewall Honor Award em 2018 e o New England Book Award — e sua continuação, *O guia da donzela para anáguas e pirataria*. Ela também é autora do livro de não ficção *Bygone badass broads*, uma antologia de biografias curtas de mulheres que foram esquecidas pela História. Em 2020 foi nomeada para a lista *30 under 30* da Forbes por seu trabalho ao trazer narrativas de minorias para a ficção histórica. Quando não está escrevendo, trabalha como livreira independente, bebe Coca Diet demais e dorme com Queenie, sua são bernardo.

TIPOGRAFIA ADOBE CASLON PRO
IMPRESSÃO COAN